古典詩歌研究彙刊

第三五輯

龔鵬程 主編

第3冊

華麗與幻滅
——李煜詞中的生命反差

陳慈君 著

國家圖書館出版品預行編目資料

華麗與幻滅——李煜詞中的生命反差／陳慈君　著 -- 初版 --
新北市：花木蘭文化事業有限公司，2024〔民 113〕
目 4+178 面；17×24 公分
（古典詩歌研究彙刊　第三五輯；第 3 冊）
ISBN 978-626-344-548-2（精裝）
1.CST：（五代）李煜　2.CST：學術思想　3.CST：唐五代詞
4.CST：詞論
820.91　　112022449

ISBN-978-626-344-548-2

古典詩歌研究彙刊
第三五輯　第 三 冊

ISBN：978-626-344-548-2

華麗與幻滅
——李煜詞中的生命反差

作　　者　陳慈君
主　　編　龔鵬程
總 編 輯　杜潔祥
副總編輯　楊嘉樂
編輯主任　許郁翎
編　　輯　潘玟靜、蔡正宣　美術編輯　陳逸婷
出　　版　花木蘭文化事業有限公司
發 行 人　高小娟
聯絡地址　235 新北市中和區中安街七二號十三樓
　　　　　電話：02-2923-1455 ／傳真：02-2923-1452
網　　址　http://www.huamulan.tw　信箱　service@huamulans.com
印　　刷　普羅文化出版廣告事業
初　　版　2024 年 3 月
定　　價　第三五輯共 4 冊（精裝）新台幣 8,000 元

華麗與幻滅
——李煜詞中的生命反差

陳慈君 著

作者簡介

陳慈君，國立中央大學中國文學系、中興大學中國文學研究所畢業。

生於淳樸的北港小鎮，在教育世家的薰陶下，自小便廣泛閱讀，浸濡在書香的世界。民風單純的鄉鎮養成了天真爛漫的少女，在少女情懷總是詩的荳蔻年華與文學激起了火花，沉浸於小說、唐詩、宋詞的綺麗世界，開啟心中的浮想聯翩。

高中時期，師承文學造詣深厚的國文老師，將吾人自文學的夢幻想像中領進深邃悠遠的殿堂，真正領會中國文學的奧義與鋪墊、章法與辭篇，喚起吾人探討藏於文字之下的隱含深意及挖掘作者背景、寫作緣由的好奇心。

自此，當真正進入文學的淵博世界！

提　要

李煜一生如流星般須臾耀眼，在文學上的貢獻卻如恆星般璀璨無垠。隨著李煜人生軌跡的滑落，作品由奢靡明艷走向洗盡鉛華、傾訴幽怨，呈現明顯的「反差」現象，故以「華麗與幻滅——李煜詞中的生命反差」為題，分為六章來探討。

第一章為「緒論」，說明研究動機、前人研究成果，並確立李煜詞作範疇為三十八闋：分為歡娛情愛的九闋前期詞，哀悼盼歸的十六闋中期詞，悲痛亡國的十三闋後期詞。第二章為「李煜詞之創作背景」，在「坐享江山，沉浸文藝」階段，李煜擁有「高貴的出身地位」、「深厚的家學淵源」、「蓬勃的文壇環境」與「甜美的燕侶生活」，薰陶出瑰麗柔美的詞作；在「斷送山河，破碎愛情」階段，「墜落的人生」與「分飛的鸞鳳」之體驗，使作品高度提升，眼界始大、感慨遂深。第三章為「李煜詞反差之表現內容與主題意蘊」，詞篇中呈現「希望：期待與失落的雙重矛盾」、「幸福：掌握與流失的擺盪」以及「際遇：適意與違心的未定」之隱含意涵，企圖挖掘出潛藏的深意。第四章為「李煜詞的反差表現手法」，分析李煜採用「物美情劣」、「昨是今非」、「常與變、動與靜及其他」的方式來營造詞作意境，闡述生命反差。第五章為「李煜與李清照反差比較」，除了探究二李取材成因的不同外，也比較兩人的生平歷程與詞作內容，並歸納出李煜以「夢」意象貫串一生，李清照以「酒」意象吐露心聲。第六章為「結論」，總結李煜在詞作中所表現的生命反差狀態，得出深意與藝術價值。

高潮起伏的人生敲打著李煜的生命，羽化出精彩絕倫的詞作，使其有「富貴語」和「愁苦語」全方位的風格，樹立「詞帝」的至高地位。

目次

表目次

第一章　緒　論

第一節　研究動機與目的

王國維云：「詞至李後主而眼界始大，感慨遂深，遂變伶工之詞，而為士大夫之詞。」〔註 1〕在讀書人眼中，詞本乃「小道」、「小技」，為體不尊，向來不受文人重視，屢屢遭受批評：詞為豔科，多描述相思愛戀、綺靡纖柔題材，甚至為社會沒落、精神頹喪的佐證，陸游云：「《花間》皆唐末五代時人作。方斯時，天下岌岌，生民救死不暇，士大夫乃流宕如此，可嘆也哉！或者出於無聊故耶？」〔註 2〕表露出極大不屑、指責的語氣。待至李煜（李後主），方脫「鏤玉雕瓊，剪花裁葉」〔註 3〕的華豔息氣，使詞不限於男歡女愛、嬌嬈華麗，擴大詞的意境，走向鎔鑄經歷、抒發懷抱、反映社會時代的體式，為「詞」爭取到了一席之地。

王國維又云：「主觀之詩人，不必多閱世。閱世愈淺，則性情愈真，李後主是也。」可見「性情」是後主創作的觸發點與靈感胚胎，

〔註 1〕（清）王國維著，滕咸惠校注：《人間詞話新注》（濟南：齊魯書社，1989 年 7 月），頁 91。

〔註 2〕（宋）陸游：〈花間集跋〉，《渭南文集》卷三十，收於《欽定四庫全書叢要》（吉林：吉林出版集團有限公司，2005 年 5 月），頁 321。

〔註 3〕孫立：《詞的審美特性》（台北：文津出版社，1995 年 2 月），頁 16。

其以獨一無二的經歷、壯闊波瀾的起伏，搭配得天獨厚的文學天賦，鑲嵌上一顆赤誠敏感的心靈，迸發出照耀詞界的火光。李煜乃至真、至情、至性之人，為詞中之聖、詞中之帝，字字發自內心、句句出自血淚、闋闋肇於生平，不論描繪宮廷宴樂、奢靡生活、賞花弄月、男歡女愛，或是積鬱隱憂、惴惴不安、憑弔亡人、憂思故國、國仇家恨……，讀來如聞其聲、如見其人、如臨其境，不覺撥動讀者心弦、扣入讀者胸懷、勾住讀者思緒，使吾人隨之喜樂哭鬧、賞玩悲痛，故李煜在詞界端有至高無上、無可取代之大位，字字句句引人入勝，為研究之首選。

另一方面，帝王生活「尚奢」，李煜以夜明珠照明、紅羅金綃冪壁、連夜歌舞至天明……，味無不甘甜、視無不華美、起居無不奢靡，因此，此時期作品色彩亮麗、物件精雕細琢、重視感官享受。無奈愛妻至親亡逝、國家逐漸飄搖，作品漸添憂愁。忽然，漁陽鼙鼓動地來，李煜頓時由九重天墜落苦海，作品洗盡鉛華，渲染環境氛圍，盡吐幽怨哀傷之音，如見一孤寂、無助、落魄、痛絕之人跪倒於地，掬人熱淚。李煜有赤誠之心、真摯之情，對於外在事物感受敏銳，容易觸景生情、因物起興、融情於景，事事物物勾起往日佳情、今日哀思、故國之怨，因此，隨著人生的遭遇起伏，李煜作品有濃烈由「華麗到幻滅」的趨向，且此趨向不但開拓詞的廣度、加深李煜詞作的藝術境界，而且加倍引起讀者的嘘唏與共鳴，故本論文藉由爬梳李煜的人生軌跡，探討由華麗到幻滅的詞作內容與創作手法，以深入剖析欣賞李煜獨特的藝術魅力與超凡的作詞功力。

不獨李煜（男性），另有一位巾幗不讓鬚眉的女詞人同樣震古鑠今，此即「李清照」，沈謙在《填詞雜說》中提到：「男中李後主，女中李易安，極是當行本色。」〔註 4〕便將二人相提並論，又有「不

〔註 4〕（清）沈謙：《填詞雜說》，收錄於唐圭璋：《詞話叢編》（北京：中華書局，1981 年），頁 631。

徒俯視巾幗，直欲壓倒鬚眉」〔註 5〕之評，可見李清照之造詣非但不在男性之下，甚至可令人折服，方有詞中之帝——李煜，詞中之后——李清照〔註 6〕此等讚譽。非但如此，雖然兩人身分、地位、年代不同，卻同有從甘落苦的溜滑梯式人生，使其作品同具「華麗到幻滅」的走向，所以，特立一章分析兩人際遇與作品內容，探討二者異同。

李煜詞作宛如中國文學史的璀燦寶石，不同研究者以不同角度進行切割琢磨，本論文嘗試由「華麗與幻滅——李煜詞中的生命反差」著手，企圖沿著生命軌跡，雕琢人生的興衰與詞作的燦爛。

第二節　前人研究成果檢視

在中國文學史上，李煜地位崇高、詞作為人稱道，即使詞作如鳳毛麟角般只有三十餘首，卻仍讓研究者趨之若鶩，相關專著、學位論文、期刊不勝枚舉。

一、專著

專著的部份，大概可分為探討「生平背景與詞作分期」，「創作手法和藝術價值」，以及「名家詞話」三方面。

探討生平背景與詞作分期方面，例如：謝世涯《南唐李後主詞研究》本書從詞的發展論及李煜、兼及李璟的詞作。蔣勵材《李後主詞傳總集》說明李煜生平事跡並收錄詞作。范純甫《帝王詞人李後主》將李煜生平與作品互為參照。劉維崇《李後主評傳》伴隨李後主一生論及詞作。

在創作手法與藝術價值方面，例如：唐文德《李後主詞創作藝術

〔註 5〕（清）李調元：《雨村詞話》，收錄於唐圭璋：《詞話叢編》（北京：中華書局，1981 年），頁 1081。

〔註 6〕黃文吉：《宋南渡詞人》（台北：台灣學生書局，1985 年 5 月），頁 128。

的研究》總述李後主詞的風格，再針對每闋詞剖釋欣賞。杜少春《多情淒美的情歌：李後主詞名篇欣賞》分析李後主詞作。葉嘉瑩《南唐二主詞新釋輯評》賞析詞作以及收錄後人評論。

在名家詞話方面，舉凡民國以來的葉嘉瑩、俞陛雲，清朝王國維、沈謙、陳廷焯，明代沈際飛、王世貞，宋朝的劉斧、胡仔……諸人皆有深切體會與評論，可見李煜作品之舉足輕重。

表 1-2-1　李煜研究專著探究表

類　別	作　者	書　名	出版地暨出版社	出版年度
生平背景與詞作分期	謝世涯	南唐李後主詞研究	上海：學林出版社	1994
	蔣勵材	李後主詞傳總集	台北：國立編譯館	1962
	范純甫	帝王詞人李後主	台北：莊嚴出版社	1977 年 3 月二版
	劉維崇	李後主評傳	台北：黎明文化事業股份有限公司	1978
創作手法與藝術價值	唐文德	李後主詞創作藝術的研究	台中：光啟出版社	1975
	杜少春	多情淒美的情歌：李後主詞名篇欣賞	台北：學鼎出版社	1999
	葉嘉瑩	南唐二主詞新釋輯評	北京：中國書局	2003
名家詞話	葉嘉瑩、俞陛雲、王國維、沈謙、陳廷焯、沈際飛、王世貞、劉斧、胡仔……等人			

二、學位論文

台灣地區研究李煜的學位論文，從專論李煜詞作與文學性，到使用客觀理論分析其篇章意象、修辭、與李清照比較，至整理對兩宋詞人的影響以及蒐羅宋、明、清的接受史，共有 11 篇，依年代整理為表 1-2-2 台灣研究李煜學位論文表：

表 1-2-2　台灣研究李煜學位論文表

作　者	論文名稱	學　校	年　度
陳芊梅	李後主研究	國立台灣大學碩士論文	1971
謝佳涯	南唐後主李煜研究	國立台灣大學碩士論文	1972
莊淑如	李煜詞的鑑賞與研究	國立彰化師範大學碩士論文	2003
李金芳	李後主文學研究	國立高雄師範大學碩士論文	2005
胡雅雯	李煜詞篇章意象探析	國立台灣師範大學碩士論文	2007
劉春玉	李後主詞研究	玄奘大學碩士論文	2007
王廣琪	動亂中的詞人——李煜李清照詞比較研究	國立彰化師範大學碩士論文	2008
邱國榮	李後主前其詞作中的修辭格及其藝術作用之研究	國立台中教育大學碩士論文	2008
鄂姵如	李煜詞對兩宋詞人之影響	國立高雄師範大學碩士論文	2009
黃思萍	李煜詞接受史	國立成功大學碩士論文	2011

三、論文期刊

關於李煜的相關期刊，篇目繁多，蒐集整理之下，可分為「詞作賞析類」、「生平探究結合詞作藝術類」，以及「風格與手法類」三種，整理為表 1-2-3 台灣研究李煜論文期刊表：

表 1-2-3　台灣研究李煜論文期刊表

類　別	作　者	期刊名稱	刊登單位	刊登年月
詞作賞析類	王力堅	亡國之君的淒惶——試析李煜詞〈虞美人〉	台北：《中國語文》第 470 期	1996 年 8 月
	陳滿銘	李煜〈清平樂〉詞賞析	台北：《國文天地》第 14 卷第 01 期	1998 年 6 月
	余我	李後主的〈破陣子〉析語	台北：《中國語文》第 496 期	1998 年 10 月
	李李	李後主〈菩薩蠻〉詞賞析	台北：《國文天地》第 17 卷第 12 期	2002 年 5 月

	張錦瑤	論李煜〈相見歡〉	台北：《中國語文》第596期	2007年2月
生平探究結合詞作藝術類	羅悅玲	讀李後主晚期的詞	台北：《中國語文》第33卷第2期	1973年8月
	曹淑娟	〈金劍已沉埋——李後主的人間行〉	新北：《鵝湖月刊》	1978年2月
	陳紀蘭	由「一江春水」到李後主的「愁」	台北：《中國語文》第12卷第6期	1983年6月
	楊石隱	〈李後主的生平及其作品〉	《漢家雜誌》	1986年7月
	沈謙	李煜後期的詞	台北：《中國語文》第493期	1998年7月
風格與手法類	孫康宜	李煜與小令的全盛期	《中外文學》第227期	1991年
	何敏華	李煜詞風的探究	台北：《中國語文》	1997年9月
	曾伯勛	閉鎖與延續——李煜詞的文學線向學考察	《文學前瞻》第四期	2003年
	廖育菁	李煜詞中色彩之變化與情感之表現	《人文社會學報》第三期	2007年

綜觀前人研究李煜成果，大多結合生平事跡解釋詞作意義、分析作品技法與風格內涵，抑或探討對於後世的影響與接受史等題材，但對於李煜顯而易見的由高點垂降至谷底的人生趨勢與作品走向，並未有人探究，故本論文另闢蹊徑，希望從不同角度深究李煜的反差生命和詞篇深意。

第三節　研究範圍與方法

李煜一生如電光石火般短暫閃耀，傳世之詞數量不多，卻有不同選集之別，故進行深究之前，需先釐清數量與內容，以確定範圍，茲將《李後主詞傳總集》〔註 7〕、《南唐李後主詞研究》〔註 8〕、《李後主詞創作藝術的研究》〔註 9〕、《南唐二主詞新釋輯評》〔註 10〕、《李煜李清照詞注》〔註 11〕五本書之內容，加以整理，如表 1-3-1：

表 1-3-1　李煜詞作釐清比較表

詞牌	首　句	李後主詞傳總集	南唐李後主詞研究	李後主詞創作藝術的研究	南唐二主詞新釋輯評	李煜李清照詞注
詞調	起句	蔣勵材著	謝世涯著	唐文德著	楊敏如編著	陳錦榮編注
漁父	浪花有意千重雪	V	V	V	V	V
漁父	一櫂春風一葉舟	V	V	V	V	V
一斛珠	晚妝初過	V	V	V	V	V
浣谿沙	紅日已高三丈透	V	V	V	V	V
玉樓春	晚粧初了明肌雪	V	V	V	V	V
菩薩蠻〈菩薩蠻〉	花明月黯籠輕霧	V	V	V	V	V
	蓬萊院閉天臺女	V	V	V	V	V

〔註 7〕蔣勵材:《李後主詞傳總集》(台北:國立編譯館中華叢書編審委員會,1962 年 3 月)。以下同出此書者,依此為主,僅列出作者、書名、頁數。

〔註 8〕謝世涯:《南唐李後主研究》(上海:學林出版社,1994 年 4 月)。

〔註 9〕唐文德:《李後主詞創作藝術的研究》(台中:光啟出版社,1975 年 12 月)。

〔註 10〕楊敏如編著,葉嘉瑩主編:《南唐二主詞新釋輯評》(北京:中國書店,2003 年 1 月)。

〔註 11〕陳錦榮編注:《李煜李清照詞注》(台北:遠流出版事業股份有限公司,2000 年 6 月)。

	銅簧韻脆鏘寒竹	V	V		V	V
子夜歌	尋春須是先春早	V	V	V	V	V （缺字）
	人生愁恨何能免	V	V	V	V	V
後庭花破子	玉樹後庭前	馮延巳 李煜 元好問	元好問	V		V
長相思	雲一緺	V	V	V	V	V
	一重山	鄧肅 李煜	鄧肅	V		V
喜遷鶯	曉月墜	V	V	V	V	V
蝶戀花	遙夜亭皋閒信步	歐陽修 李煜 李冠	李冠	V	李煜 李冠	
更漏子	金雀釵	溫庭筠	溫庭筠	V		
	柳絲長	溫庭筠	溫庭筠			
采桑子	亭前春逐紅英盡	V	V	V	V	V
采桑子	轆轤金井梧桐晚	V	V	V	V	V
浣谿沙	風壓輕雲貼水飛	蘇軾	蘇軾		蘇軾	
浣谿沙	一曲新詞酒一杯	晏殊	V			
阮郎歸	東風吹水日銜山	V 呈鄭王十二弟	馮延巳	V	V	V
搗練子令	深院靜	V	V	V	V	V
搗練子令〉	雲鬢亂	V	V	V		V

憶王孫	萋萋芳草憶王孫	秦觀	李重元			
憶王孫	風蒲獵獵小池塘	周邦彥	李重元			
憶王孫	颼颼風冷荻花秋	康與之 范仲淹	李重元			
憶王孫	彤雲風掃雪初晴	歐陽修	李重元			
青玉案	梵宮百尺同雲護	非李煜	非李煜			
楊柳枝	風情漸老見春羞	V	V	V	V （柳枝）	V
三臺令	不寐倦長更	韋應物 疑李煜	無名氏	V		V
開元樂	心事數莖白髮	顧況	顧況	V		
烏夜啼	昨夜風兼雨	V	V	V	V	V
相見歡	林花謝了春紅	V	V	V	V	V
	無言獨上西樓	V	V	V	V 李煜	
謝新恩	冉冉秋光留不住	V	V			V
	秦樓不見吹簫女	V	V		V	V
	櫻花落盡階前月	V	V		V	V
	庭空客散人歸後（缺字）	V	V		V	V
	櫻花落盡春將困（缺字）	V	V		V	V

	金窗力困起還慵（缺字）	V	V		V	V
臨江仙	櫻桃落盡春歸去	V	V	V	V	V
破陣子	四十年來家國	V	V	V	V	V
清平樂	別來春半	V	V	V	V	V
南歌子	雲鬢裁新綠	蘇軾	蘇軾			
望江南	閒夢遠，南國正芳春	V	V	V	V	V
	閒夢遠，南國正清秋	V	V	V	V	V
望江梅	多少恨	V	V	V	V	V
	多少淚	V	V	V	V	V
浣谿沙	轉燭飄蓬一夢歸	李煜 馮延巳	馮延巳			V
秋霽	虹影侵階	胡浩然	胡浩然			
浪淘沙	往事只堪哀	V	V	V	V	V
浪淘沙令	簾外雨潺潺	V	V	V	V	V
虞美人	風回小院庭蕪綠	V	V	V	V	V
虞美人	春花秋月何時了	V	V	V	V	V
浣谿沙	手卷真珠上玉鉤		李璟		李璟	
浣谿沙	菡萏香銷翠葉殘		李璟		李璟	
應天長	一鉤初月臨粧鏡		李璟		李璟	
望遠行	玉砌花光錦繡明		李璟		李璟	
合計（確為李煜）		38 首	38 首	36 首	36 首	39 首

根據各選集交叉比對，選出以上大部分選錄之作品，總計三十八闋，其中包含三闋〈謝新恩〉之缺字作品，但文字不全其意難明，故不在本論文討論之列。另外，蔣勵材著《李後主詞傳總集》一書將李煜詞作分為前中後三期：

> 前期多為歡娛之作，殆係繼立小周后以前所作；中期多為憂傷之詞，殆係周后逝世至金陵失陷時所作；後期多為哀苦之期，殆係被俘歸宋後所作。〔註 12〕

如此分期相當貼近李煜人生起伏的轉捩點，且此書佐以生平參照，疑為別家詞或互用他人詞均予以注明；詞牌或字句如有異文，附錄在旁以茲明辨，校勘詳細，故以蔣勵材著《李後主詞傳總集》為分期與詞文依據，共得李煜詞三十八闋，分為前中後三期，前期九闋，中期十六闋，後期十三闋，分析如表 1-3-2：

表 1-3-2　李煜三十八闋詞作一覽表

序　號	分期	詞牌名	首　句
一	前	〈漁父〉	浪花有意千重雪，桃李無言一隊春。
二	前	〈漁父〉	一櫂春風一葉舟，一綸繭縷一輕鉤。
三	前	〈一斛珠〉	曉妝初過，沈檀輕注些兒箇。
四	前	〈浣谿沙〉	紅日已高三丈透，金爐次第添香獸。
五	前	〈玉樓春〉	晚粧初了明肌雪，春殿嬪娥魚貫列。
六	前	〈菩薩蠻〉	花明月暗飛輕霧，今朝好向郎邊去。
七	前	〈菩薩蠻〉	蓬萊院閉天臺女，畫堂晝寢人無語。
八	前	〈菩薩蠻〉	銅簧韻脆鏘寒竹，新聲慢奏移纖玉。
九	前	〈子夜歌〉	尋春須是先春早，看花莫待花枝老。
十	中	〈長相思〉	雲一緺，玉一梭。
十一	中	〈喜遷鶯〉	曉月墜、宿煙微，無語枕頻欹。
十二	中	〈采桑子〉	亭前春逐紅英盡，舞態徘徊。

〔註 12〕蔣勵材：《李後主詞傳總集》，頁 1。

十三	中	〈采桑子〉	轆轤金井梧桐晚，幾樹驚秋。
十四	中	〈阮郎歸〉	東風吹水日銜山，春來長是閒。
十五	中	〈搗練子令〉	深院靜，小庭空，斷續寒砧斷續風。
十六	中	〈搗練子〉	雲鬟亂、晚粧殘。帶恨眉兒遠岫攢。
十七	中	〈楊柳枝〉	風情漸老見春羞，到處芳魂感舊遊。
十八	中	〈烏夜啼〉	昨夜風兼雨，簾幃颯颯秋聲。
十九	中	〈謝新恩〉	金窗力困起還慵（僅一句，其餘均缺）。
二十	中	〈謝新恩〉	秦樓不見吹簫女，空餘上苑風光。
二十一	中	〈謝新恩〉	櫻花落盡階前月，象床愁倚薰籠。
二十二	中	〈謝新恩〉	庭空客散人歸後，畫堂半掩珠簾（缺字）。
二十三	中	〈謝新恩〉	櫻花落盡春將困，秋千架下歸時（缺字）。
二十四	中	〈謝新恩〉	冉冉秋光留不住，滿階紅葉暮。
二十五	中	〈臨江仙〉	櫻桃落盡春歸去，蝶翻金粉雙飛。
二十六	後	〈破陣子〉	四十年來家國，三千里地山河。
二十七	後	〈清平樂〉	別來春半，觸目柔腸斷。
二十八	後	〈相見歡〉	林花謝了春紅，太匆匆，無奈朝來寒雨晚來風。
二十九	後	〈相見歡〉	無言獨上西樓，月如鉤。
三十	後	〈望江南〉	閒夢遠，南國正芳春。
三十一	後	〈望江南〉	閒夢遠，南國正清秋。
三十二	後	〈望江梅〉	多少恨，昨夜夢魂中。
三十三	後	〈望江梅〉	多少淚，斷臉復橫頤。
三十四	後	〈子夜歌〉	人生愁恨何能免，銷魂。獨我情何限。
三十五	後	〈浪淘沙〉	往事只堪哀，對景難排。
三十六	後	〈浪淘沙令〉	簾外雨潺潺，春意闌珊，羅衾不耐五更寒。
三十七	後	〈虞美人〉	風回小院庭蕪綠，柳眼春香續。
三十八	後	〈虞美人〉	春花秋月何時了，往事知多少？

本篇論文第二章李煜詞之創作背景，第三章李煜詞的內容分期、比較，第四章表現手法的詞例，第五章李煜有關「夢」的詞作等，均按此三階段分期，並以此表三十八闋詞作為分析依據。

關於李清照的詞作，因為王學初《李清照集校注》〔註13〕中已經盡蒐其詞、詩、文，即使是斷句殘篇或爭議未明之作，仍然選錄書中，是目前相對詳備的集子；加上書中又多檢錄評論意見，對於李氏一生也詳細考證，所標明之註釋又參考、引用宋代社會風俗與文物制度，在深度與廣度上堪稱較為完備的文集版本，所以，論文中所引之李清照詞作將以此書為依歸，並佐以于中航《李清照年譜》〔註14〕來了解其一生脈絡。

確定範疇後，本論文名為「華麗與幻滅——李煜詞中的生命反差」，即根據李煜的生命進程乃有從享受榮華富貴的「華麗」階段，淪落到妻亡子夭、城毀國滅、稱臣為囚的「幻滅」狀態，呈現極大的「反差」——表示二者以上的事物或狀態，相較之下，表現出相反的、對立的情形，進而予人較為激烈的感受，稱之。以人生發展為縱軸，詞作為橫軸，分為六章。首先介紹孕育李煜成為詞界閃爍明星的各項搖籃，再分析詞作在表面下所隱藏的意義，以及探究表現反差狀態時，李煜所運用的手法，最後比較李煜、李清照在人生和詞作內容上的反差異同與取材成因。

第一章緒論。簡述研究動機與目的，表明本論文創作之因與期待成果。接著檢視、整理前人研究成果，確立研究範圍，以求在以上基礎發掘李煜尚未為人所析錄的反差特徵與價值。

第二章探析李煜詞的創作背景。配合論文要旨，以「華麗到幻滅」的人生進程為主軸，介紹李煜祖父、父親胼手胝足創下並欣然傳與李煜的南唐江山簡史，以及坐享成果後的守成不易與斷送河山經過。另外，再查探薰陶李煜成為名流千古的家學淵源與文壇環境，還有從享受齊人之福的愛情生活到妻小不保的潦倒局面，盡量還原李煜從享盡榮華到倍嘗苦痛的一生。畢竟李煜的詞作內容緊緊扣住生平經歷，二者如靈與肉般不可分割，唯有掌握其際遇遞嬗，方能

〔註13〕王學初校注：《李清照詞校注》（台北：里仁書局，1982年5月）。
〔註14〕于中航編著：《李清照年譜》（台北：台灣商務印書館，1995年11月）。

全方位了解創作背景。

第三章深究李煜詞反差之表現內容與主題意蘊。首先從「希望：期待與失落的雙重矛盾」，敘述李煜遭遇大悲大痛後，希冀反轉至從前繁榮昌盛的日子；再從「幸福：掌握與流失的擺盪」，說明李煜耽於歡樂、逃避問題，在縱情聲色時，潛意識藏著愧疚不安；最後研究「際遇：適意與違心的未定」，雖然身為國主，李煜非才位相符的明君，但不可質疑的是他擁有一顆赤子之心、仁慈之懷，欣羨自在合意的生活，可惜天有不測風雲，人生難免無奈，登上大位後，便是違心與悲劇的開端。

第四章剖析李煜詞的反差表現手法。李煜賦詞自有獨到之處，常以「物美情劣」瑰麗的外物勾起自身淒切，或以「昨是今非」昔日的美好反襯今日之悲涼，再以「常與變、動與靜」和「情境與用字的深化作用」體悟出形單力薄的個人處在永恆無垠的自然中，宛如滄海一粟般的渺小與哀楚。

第五章李煜與李清照詞作的反差對照。比較尊為「詞帝」和「詞后」李煜、李清照兩人，在有類似的人生起伏下，卻有相異的處事態度、同中存異的詞作內容，以及因為多方因素，各自選擇不同「一象以蔽之」的人生意象。

第六章結論。李煜高潮迭起的一生由華麗到幻滅，作品也由逍遙快活到哀淒苦痛。因為國勢的積弱與命運的捉弄，使得李煜的詞作在愜意中潛藏著憂愁，在怨懟中充滿對過往的無限眷戀，而李清照同有類似的遭遇和作品趨向。因此，筆者願扮演拋磚引玉的角色，從不同角度發現李煜詞作的深層意涵與獨特魅力。

第二章　李煜詞之創作背景

歷史，鋪天蓋地席捲而來，南唐，只是厚重汗青中單薄的片段，在這不過短短三十九載的歲月，卻出了一位撼動古今的人物——李煜。在政治方面，李煜不算是雄才大略的明君，但在文學上，他是無人能出其右的詞中之聖、詞中之帝，基於對家國、人生的種種無奈、無能，以及身分的劇變轉換，從國家盛衰和個人血淚中脫胎出一闋闋扣人心弦、可歌可泣的詞作。因此，在探究李煜作品之前，必須先了解其「由華麗到幻滅」的人生經歷，方能領會李煜為人主的快意、夫妻的心靈相契，淪落到國滅人囚後心中的悲苦、處境的艱困與淒切的詞境。本章將李煜詞之創作背景分為二節加以探討，第一節緊扣南唐的建國脈絡，敘述李煜高貴的出身地位、家學淵源、當時的文壇環境以及甜美的燕侶生活，第二節急轉直下，敘述李煜斷送山河、接連喪親的慘況。藉由生涯的轉折對照，希望建構出李煜平生的輪廓與鉅變，以增進對其詞作的掌握與體會。

第一節　坐享江山，沉浸文藝

李煜乃天之驕子，不但祖父李昪、父親李璟衝鋒陷陣、篳路襤褸開創南唐江山，留下良疇沃野的國域傳與李煜，而且受到親人與環境在文學上的耳濡目染，奠定了其深篤的文學基礎，加上燕爾昵情，使李煜作品在華美外，更添柔情。

一、高貴的出身地位

烽火連天、炮聲隆隆，中原刮起一場場腥風血雨，將盛唐炸成殘唐，碎裂為「五代十國」（907～960 年）的局面。統一的中國，自此在黃河流域分裂為後梁、後唐、後晉、後漢、後周，代表中原正統，史稱「五代」。與五代並存的吳、南唐、吳越、楚、閩、南漢、前蜀、後蜀、荊南、北漢政權，史稱「十國」，先後出現於長江流域及其以南地區。

先祖李昪即在此時悄悄竄出了頭，開創了「南唐」。李昪是李唐後裔，建王恪的四世孫，李煜的祖父。登基後，因幼時貧寒，深知戰爭之苦，故下令與民休養生息，陸游《南唐書》：「帝生長民間，知民厭亂，在位七年，兵不妄動，境內賴以休息。」〔註 1〕主張先使百姓安居樂業、息兵安民，同時精練軍隊，待富國強兵之際，再平定中原。世事無常，李昪於昇元七年（943 年）二月崩，享年五十六歲，諡光文肅武孝高皇帝，廟號烈祖。長子李璟即位，乃為中主。

唐昭宗天祐十三年（916 年），一位神氣朗俊的嬰兒誕生，宏亮的啼哭聲延續著南唐的國祚，此嬰孩即為李煜父親李璟，初名徐景通，字伯玉，是先主長子，陸游《南唐書》記載：「元宗明道崇德文宣孝皇帝，名璟，字伯玉，烈祖長子，母曰宋皇后。」〔註 2〕馬令《南唐書》云：「初名景通，烈祖元子也。美容止，器宇高邁，性寬仁，有文學。」〔註 3〕景通相貌不凡，氣宇軒昂，言談舉止高潔雅秀，秉性寬厚仁德，加上好學敏捷，十歲能賦詩為文，眾人皆奇之，《十國春秋》云：「初

〔註 1〕（宋）陸游著：《陸氏南唐書　一》卷一，收錄於《四部叢刊續編》（台北：台灣商務印書館，1981 年），頁 8。以下若同出此書，依此為主，僅列出書名、卷數、頁數。

〔註 2〕《陸氏南唐書　一》卷二，頁 1。

〔註 3〕（宋）馬令著：《馬氏南唐書　一》卷二，收錄於《四部叢刊續編》（台北：台灣商務印書館，1981 年），頁 1。以下若同出此書，依此為主，僅列出書名、卷數、頁數。

名景通，風度高秀，工屬文，年始十歲。」〔註4〕馬令《南唐書》亦云：「甫十歲，吟新竹詩云：『棲鳳枝梢尤軟弱，化龍形狀已依稀』人皆奇之。」〔註5〕不僅如此，又擅騎射，《十國春秋》記載：「帝音容閒雅，眉目若畫，好讀書，能詩，多才藝，便騎善射，少喜棲隱。」〔註6〕可謂風度翩翩、允文允武。

徐景通於南唐建國後改名李璟，先被封為吳王，再改封齊王，馬令《南唐書》：「封吳王，累遷太尉、中書令、諸道元帥、錄尚書事，改封齊王。」〔註7〕至昇元四年八月，立為皇太子。昇元七年，先主過世，李璟繼位，改元保大，是為元宗，乃南唐第二位皇帝，世稱中主、嗣主。李璟友愛兄弟，甚至詔示以兄弟傳國，又禮賢下士，厚待人民，《十國春秋》云：「元宗在位幾二十年，史稱其慈仁恭儉，禮賢愛民，裕然有人君之度。」〔註8〕不但頗受人民愛戴，也吸引大批賢士到南唐定居，使南唐成為經濟水準相對繁榮的地區。

李璟在位前期勤於政事，積極開疆拓土，大規模對外用兵，將南唐的疆域由二十八州擴展為三十五州，蔚為大國。後期則對外進退失據，無法審時度勢，喪失不少土地；對內又因信任邪佞，賞罰不明，如用韓熙載、馮延巳等人為相，以致國勢日衰。

此時以趙匡胤為定國軍節度使的周國，勢力逐漸強大，步步進逼南唐，李璟曾致書於周，表示願奉周主為兄，周主不答。又遣司空孫晟向周奉表，而孫晟竟被周所殺。元宗十六年，周國大軍壓境，攻克唐楚州，李璟急遣使節盡獻江北之地以求和，周主才引軍還，但南唐已元氣大傷。交泰元年（958 年），南唐改元交泰。同年，周世宗御駕

〔註 4〕（清）吳任臣撰：《十國春秋　二》卷十六，收錄於王雲五主持《四庫全書珍本》（台北：商務印書館，出版年月不詳），頁 1。以下若同出此書，依此為主，僅列出書名、卷數、頁數。

〔註 5〕《馬氏南唐書　一》卷二，頁 1。

〔註 6〕《十國春秋　二》卷十六，頁 34。

〔註 7〕《馬氏南唐書　一》卷二，頁 1。

〔註 8〕《十國春秋　二》卷十六，頁 34。

親征，佔領了南唐淮南一帶，並長驅直入至長江，李璟只得割讓南唐江北十四州土地，再向後周俯首稱臣，陸游《南唐書》云：「夏五月下令去帝號，稱國主，去交泰年號，稱顯德五年。」〔註9〕又自貶儀制，《舊五代史》曰：「景，本名璟，及將臣于周，以犯廟諱，故改之」〔註10〕，李璟不但削去帝號改稱國主，奉周正朔，還為了避諱而改名李景，苟延殘喘於半壁江山。

周恭帝元年（960年）正月，趙匡胤廢周主，建立北宋，年號建隆，是為宋太祖。宋建隆二年，李璟將國都南遷洪州（今江西南昌市），留李煜在金陵監國。遷都不到半年，李璟因憂心國事，病死於洪州，年四十六，馬令《南唐書》云：「國主殂于南都，年四十有六，在位十有九年。」〔註11〕諡明道崇德文宣孝皇帝，廟號元宗，葬於順陵。

南唐昇元元年（937年），雕欄玉砌的帝王宮殿瀰漫著殷切的期待，期待著一位寧馨的嬰孩出世。純真無畏的落地聲劃破天際，實現了希冀，帶來一位形象特異的皇子，也注定其多舛不凡的一生，此人即是李煜（937～978年）。

李煜為中主的第六個兒子，生有奇相，《十國春秋》：「後主名煜字重光，初名從嘉，元宗第六子也，母光穆聖后鍾氏。」〔註12〕「善屬文，工書畫，知音律，廣額豐頰駢齒，一目重瞳子。」〔註13〕陸游《南唐書》：「從嘉廣顙，豐額駢齒，一目重瞳子。」〔註14〕李煜外形奇特俊朗，印堂寬宏、雙頰飽滿，兼有駢齒與雙瞳孔，散發絕美、奇異的光彩，不僅外表特出，對於作文、書畫、音律，無一不通曉，號鍾山隱士、鍾峰隱者、鍾峰白蓮居士、蓮峰居士等。

〔註9〕《陸氏南唐書　一》卷二，頁11。
〔註10〕王雲五主編：《舊五代史　五》，收錄於《四庫全書珍本別輯》卷三（台北：商務印書館，出版年月不詳），頁10。
〔註11〕《馬氏南唐書　一》卷二，頁5。
〔註12〕《十國春秋　二》卷十七，頁1。
〔註13〕《十國春秋　二》卷十七，頁1。
〔註14〕《陸氏南唐書　一》卷三，頁1。

無奈陰錯陽差導致了李煜曲折離奇、位不配才的境遇。其排行第六，實難有機會登上皇位，不幸哥哥皆早夭，才被封為吳王，其後成了繼承人，《新五代史》記載：「自太子冀已上，五子皆早亡，煜以次封吳王，建隆二年，景遷南都，立煜為太子，留監國。景卒，煜嗣立于金陵。」〔註15〕中主的第二子到第五子均早死，當長兄李弘冀為皇太子時，李煜只排序於其後。

李弘冀為人猜忌好妒，為達目的不擇手段，不惜弒親殺弟，《江南別錄》記載：「母兄冀為太子，性嚴忌。後主獨以典籍自娛，未嘗干預時政。」〔註16〕說明兄長弘冀曾對李煜起了殺心，李煜只好避禍典籍之中，不問政事，終日以讀書為樂，方得脫險。弘冀又曾因痛恨叔叔景遂威望危及其太子之位，於是酖殺之。不料於959年，因宮廷傾軋內鬥，弘冀毒死叔叔後，不久也病逝了。李煜的大弟從善趁此私下結附鍾謨，欲謀奪帝王之位，馬令《南唐書》云：「鍾謨云：『從嘉輕肆，請立紀國公從善。』」〔註17〕鍾謨說李煜器輕志放，無人君之度，乃盛薦其弟從善，但中主立李煜為儲之意以決，於北宋建隆二年（961年），立李煜為太子監國，令其留守金陵，六月中主崩，李煜在金陵登基，是為後主，並將母親鍾后尊奉為聖尊后，立妻周氏為國后。在一連串的被動情勢下，李煜屢屢化險為夷、否極泰來，安然登上了經國安邦、萬人之上的君王寶座。

生活環境和身分經歷等複雜事故，確立了李煜的人格特點，造就他反尋主觀感知，漠視政治功業，著重精神情感的靈動，追求自在逍遙的志願，所以，詞中可見隱遁的志向，如：〈漁父〉兩闋；另也可見

〔註15〕（宋）歐陽修撰：《新五代史　三》卷六二（北京：中華書局，2002年12月），頁777。以下若同出此書，依此為主，僅列出書名、卷數、頁數。

〔註16〕（宋）陳彭年著：《江南別錄》，收於張海鵬集刊：《墨海金壺　十三》（上海：上海商務印書館，1936年），頁9。以下若同出此書，依此為主，僅列出書名、頁數。

〔註17〕《馬氏南唐書　一》卷三，頁2。

帝王豪華奢靡、式樣講究的生活；加上李煜天性浪漫，更有添情奇想，如：每至夜間懸大寶珠代燭，相傳光照滿室，如日中也；以金玉為焚香之器，造型巧妙多樣，有把子蓮、三雲鳳、折腰獅子、金鳳口……；李煜愛好賞花，每春盛時，在雕欂畫壁、金階玉砌上作隔筒插花，榜曰錦洞天；此外，其對香料運用，也十分講究，又擅歌樂，經常日夜笙歌，故李煜作品中常見不同於布衣黔首之描繪，文辭典麗，雍容華貴。

二、深厚的家學淵源

李煜詞作感人肺腑，成果燦爛輝煌，除了天賦異稟外，從小的見聞習染，也為其在文學藝術領域奠下紮實穩固的基礎，成為一代詞學巨擘。

李璟乃李煜父親，即為中主，外表氣宇軒昂，性格淳厚，善於書法，雅好文學，甫十歲，便能吟詩賦詞，眾人異之，《釣磯立談》也云：「（元宗）時時作為歌詩，皆出入風騷，士人傳以為玩，服其新麗。」〔註18〕證明李璟酷愛文學，詩文新穎清麗、卓爾不群，引領當代風騷。不僅如此，其臣子韓熙載、馮延巳、延魯、江文蔚、潘佑、徐鉉等文學高手，也因此位居美官，上下沉浸於文學的薰陶中，使南唐文風流行昌盛。據此，尚有一諧趣佳話：某日，中主李璟與馮延巳閒談，李璟引了他〈謁金門〉中的一句說：「『吹皺一池春水』，干卿底事？」延巳對曰：「未若陛下『小樓吹徹玉笙寒』，元宗悅。」〔註19〕上、下位者藉詩詞切磋交誼，拉近距離。可惜李璟傳世作品很少，為一憾事。

李璟於政事上，雖有用人誤國之失，可是在文學藝術上，特別在詩詞方面，造詣尤高，其作品感情真摯，風格清新，語言不事雕琢，對南唐詞壇與後主李煜產生潛移默化的影響。加上常與寵臣如韓熙

〔註18〕（宋）史虛白著：《釣磯立談》，收錄於《百部叢書集成·知不足齋叢書》（台北：藝文印書館，1966年），頁231。

〔註19〕《馬氏南唐書　三》卷二十一，頁7。

載、徐鉉、馮延巳等文才之士飲宴賦詩，使得歌舞筵席之詞獲得了發展機會。薰陶於如此環境，更塑造了李煜多采多姿的藝術才情。

李煜長兄文獻太子，雖然為人善嫉、心腸狠毒，但詩文創作亦佳，曾將作品編輯成冊。二兄弘茂同愛好文藝，陸游《南唐書》：「幼穎異，善歌詩，格調清古。」〔註20〕說明其自幼聰穎奇異，擅長詩詞樂曲。弟弟從善、從鎰、從謙，也具文學素養，馬令《南唐書》：「鄧王從鎰，元宗第八子也。警敏有文。」〔註21〕《江南野史》云：「宜春王從謙，幼而聰悟好學，有文詞。年未弱冠，有能詩之名。」〔註22〕長至生父，幼至弟兄，在詩文方面皆生有奇才，好學勤敏，李煜在此家庭受書香洗禮，賦詩為文功力旁人自是不及。

況且李煜生於帝王之家，異書經典充斥宮中，本比他人更易取得研讀，又父兄晚輩皆好文藝，種種陶冶培育之下，自能青出於藍。還有，長兄弘冀嫉妒其生有奇相，想方設法謀害李煜，為免災禍，促使更專心浸淫於經籍書本，陶鑄出極深厚的文學礎石。

李煜不僅善於詩文，在書畫音律方面造詣猶高，《宣和畫譜》中提及：

> 江南偽主李煜，字重光，政事之暇，寓意于丹青，頗到妙處。……然李氏能文善書畫。書作顫筆樛曲之狀，遒勁如寒松霜竹，謂之金錯刀。畫亦清爽不凡，別為一格。〔註23〕

由此段文字可知李煜在詩、文、書、畫皆有高水準的表現，其書法瘦硬有力、遒勁波折，喜作顫筆，有「金錯刀」之稱，旁人難得精妙之處。且著有關於書法的專書——《書評》、《書論》，顯示在書法上的不凡鑽研。

〔註20〕《陸氏南唐書　二》卷十三，頁7。

〔註21〕《馬氏南唐書　二》卷七，頁11。

〔註22〕（宋）龍袞著：《江南野史》，收錄於《中國野史集成》（成都：巴蜀書社，1993年11月），頁68。以下若同出此書，依此為主，僅列出書名、頁數。

〔註23〕中華書局編：《宣和畫譜》卷十七，收錄於《叢書集成初編》（北京：中華書局，1985年），頁459～460。

另有丹青佳作，風格高雅新奇、栩栩如生，也為稀世之物，郭若虛《圖畫見聞誌》云：「後主才識深贍，書畫兼稱。嘗觀所畫林木飛鳥，遠過常流，高出意外。」〔註 24〕可見其構圖巧妙、畫境深遠。在眾多物象中，尤善畫墨竹，由根至梢，一一勾勒，蒼勁有力，用筆如書法強健剛硬，有「鐵鉤索」之名，也善林木、山水、翎毛。據記載，有〈雪鵲雀〉、〈鶴隼〉、〈雜禽花木〉、〈竹枝圖〉、〈四時紙上橫卷花〉、〈自在觀音像〉、〈雲龍風虎圖〉、〈柘竹雙禽圖〉、〈柘枝寒禽圖〉、〈秋枝披霜圖〉、〈寫生鵪鶉圖〉、〈竹禽圖〉、〈棘雀圖〉、〈色竹圖〉、〈江山摭勝圖〉〔註 25〕等，遺憾皆已亡佚。

在音樂方面，李煜出色奪眾，有〈念家山破〉、〈振金鈴破〉行於當時，惜譜已失傳〔註 26〕，也曾手書〈浣溪沙〉一詞，賜予樂工。李煜妻子大周后亦為出色的音樂家，二人鶼鰈情深、雙宿雙飛，常一同制曲作樂、合唱競奏、情韻動人。

榮格言：「集體無意識是從祖先的往事遺傳下來的潛在記憶痕跡的倉庫，……是人的演化發展的精神剩餘物。」〔註 27〕經由父親、兄弟手足之家學鎔鑄培養，李煜繼承先輩親人的長處和個性特點，在不知不覺中又接受了宮廷文學氛圍的深刻影響，使李煜精通詩、文、書、畫、音樂，成為難得的文藝全才，使其在文化舞臺上活躍、翻滾，迸出璀璨的火花。

三、蓬勃的文壇環境

中國文化日夜不息、承先啟後地發展著：五代十國年代，流行一種文學體裁——詞，為唐中葉以來一種具音樂性的新興文學。回溯源

〔註 24〕（宋）郭若虛著：《圖畫見聞誌》，收錄於《四部叢刊續編》（上海：商務印書館，1932 年），頁 112。

〔註 25〕任爽著：《南唐史》（長春：東北師範大學出版社，1995 年 9 月），頁 246～247。以下若同出此書，依此為主，僅列出書名、頁數。

〔註 26〕《南唐史》，頁 248。

〔註 27〕錢谷融、魯樞元著：《文學心理學教程》（上海：華東師大出版社，1987 年），頁 91。

流，乃因唐代國力鼎盛，外境部族紛紛內附朝貢，中外文化藉此暢通交流，樂曲也隨之傳入，然而樂曲初入市井、宮廷，言詞難以理解，樂工們便配合旋律，主要採西北各族的「燕樂」，填入當時膾炙人口的詩句，以應付演唱宴饗的需要，此即「倚聲填詞」，故詞又稱「曲子詞」。詩仙李白就曾作〈菩薩蠻〉（平林漠漠）及〈憶秦娥〉（簫聲咽）二闋，開創文人創作曲子詞的新紀元，宋人黃昇譽之為「百代詞曲之祖」。〔註 28〕但是，唐朝畢竟以科舉取士，科舉仍以詩為主體，詩人只以兼差性質賞玩詞作。直至晚唐溫庭筠，才算真正致力於詞之創作。

再發展至五代時期，「詞」已然成為為數不少的文人雅士有意識地制定及創作的體裁，學者鄒勁風認為：「詞是五代十國時期最有代表性的文學形式，有文人化的傾向，並為後世文人社會的雛形。」〔註 29〕

另一方面，中原地區戰火連天、外族入侵，民生疾苦、顛沛流離，且屬武人開國，少有文學素養。南唐位於長江流域，屬於非中原正統的十國之一，少受干戈動亂之苦，政權相對穩固，因此吸引大批士人移居江南避禍，不但帶來了北方的生產技術與科學文化，也帶動南方文學藝術的發展，成為中國文化的溫床。

李昪乃李煜祖父，為李唐憲宗第八子——建王恪的玄孫，大唐帝國的後裔。不若一般貴族的養尊處優，他生長的年代正值家道中落、天下多事之秋，殷憂啟聖，因為世事的坎坷磨難，恰鍛造出其寬仁為政、精練軍隊的胸懷，並開創了南唐帝國。李昪抓緊時機，趁大批北方世族湧入南唐之際，積極推動文化教育事業，設立太學，民間學堂也隨之處處湧現，南唐境內洋溢著濃厚的文化氣息。上行則下效，先主、中主至後主皆好文史，促使南唐將相大臣亦多好學，連沙場武官或鄉野農人亦喜讀書，文學成了全國上下的通好，南唐瀰漫著豐厚的文藝氛圍。

〔註 28〕黃進德：《唐五代詞選集》（上海：上海古籍出版社，2001 年），頁 7。
〔註 29〕鄒勁風：《南唐國史》（南京：南京大學出版社，2003 年 3 月），頁 213。

不僅在南唐，西蜀也為當時的文學中心，詞人創作雖集中於此二處，但發展略有不同，夏承燾認為：

南唐詞和西蜀詞一樣，都是在宮廷和豪門享樂的基礎上發展起來的。但是南唐的文化比西蜀高，南京自三國以來就是南方政治和文化的中心。西蜀詞的作者大都是宮廷豪門的清客，而南唐詞的作者大都是統治階級人物，有很高的政治地位和文化水準。〔註30〕

相較之下，南唐地域得天獨厚，歷史人文背景悠久，詞作發展當然更為顯耀，且南唐詞作家不同於西蜀的豪門貴冑，多為統治階級，引領效果必當加乘，另又與李唐關係密切，風格承繼唐代七絕而來，文辭更加溫婉柔綺，《蒿庵論詞》中說到：

詞至南唐，二主作於上，正中和於下，詣微造極，得未曾有。宋初諸家，靡不祖述二主，憲章正中。〔註31〕

證明了南唐二主的詞作，當代超群，眾人為其馬首是瞻，重要性及影響力可見一斑，且李煜擅長刻劃心緒、鋪排情境，在南唐詞壇上處於領袖地位。

趙崇祚所編的《花間集》為以西蜀為中心的詞集，也為我國第一部詞總集，溫庭筠為花間鼻祖，韋莊則為五代詞壇巨擘。南唐詞雖比《花間集》晚出，流傳下來的只剩馮延巳的《陽春集》，和李璟、李煜父子的《南唐二主詞》，所幸從唐代至五代詞作體制已漸完備，加上南京古都豐厚的歷史人文背景，江南經濟政局的相對安定富庶以及南唐君主的極力提倡……種種因素催化下，奠定了李煜好之、樂之、精之的詞作功力，開創詞體的新境界，如王國維《人間詞話》云：「詞至李後主，而眼界始大，感慨遂深；遂變伶工之詞，而為士大夫之詞。」〔註32〕經過李煜之手，詞終於跳脫花間柔靡、閨怨之境，由男女之情、

〔註30〕夏承燾：《唐宋詞欣賞》（香港：中華書局，2002年3月），頁44。

〔註31〕（清）馮煦著：《蒿庵詞話》，收於《中國古典文學理論批評專著選輯》（北京：人民文學出版社，1959年），頁59。

〔註32〕（清）王國維著，滕咸惠校注：《人間詞話新注》（濟南：齊魯書社，1989年7月），頁91。

個人之感，轉而為家國之思、社稷之憂，不只提昇詞之地位，也對往後的宋詞發展產生巨大的影響。

四、甜美的燕侶生活

昭惠后為司徒周宗之長女，小字娥皇，長李煜一歲，在十八歲時，風光出閣，史稱大周后。二人婚後情感甜蜜融洽，羨煞旁人，《南唐拾遺》記載：「昭惠后，善音律，能為小詞。」〔註 33〕其雅麗脫俗，嫻靜聰慧，莊重多才，不但精通書史，更擅於歌舞，與李煜琴瑟和鳴、雙宿雙飛，實乃天作之合。《南唐書》云：「後主嘗演念家山舊曲，后復作邀醉舞，恨來遲新破，皆行於時。」〔註 34〕又陸游《南唐書》：「常雪夜酣宴，舉杯請後主起舞，後主曰：『汝能創為新聲則可矣。』后即命牋綴譜，喉無滯音，筆無停思，俄頃譜成，所謂邀醉舞破也，又有恨來遲破，亦后所製。」〔註 35〕不但呈現夫妻鶼鰈情深，時常一人奏樂、一人獻舞，甚至合奏共舞、打情罵俏，情趣無窮的情狀，也可見大周后熟稔音律，造詣高超，不但能創製新曲，更補缺了自唐天寶年間即失傳的〈霓裳羽衣曲〉，馬令《南唐書》記載：「唐之盛時，霓裳羽衣最為大曲，罹亂，瞽師曠職，其音遂絕，後主獨得其譜，樂工曹生亦擅琵琶，按譜粗成其聲，而未盡善也。后輒變易訛謬，頗去洼淫，繁手新音，清越可聽。」〔註 36〕〈霓裳羽衣曲〉盛行於唐代，為一首曲調繁複，旋律優美的舞曲，音調嘹亮婉轉彷彿飄飄欲仙，舞姿優雅飄逸宛如天仙漫舞，惜因安史之亂，樂譜散佚不全，所幸經由李煜與大周后的修補整理，得以復傳於世。且皇后容美秀雅，衣著配飾更是引領時代潮流，陸游《南唐書》記載：「後主嗣位為后，寵嬖專房，創為高髻纖裳，及首翹鬢朵之粧，人皆

〔註 33〕（明）毛先舒著：《南唐拾遺記》，收錄於《百部叢書集成．學海類編》（台北：藝文印書館，1967 年），頁 153。
〔註 34〕《馬氏南唐書　一》卷六，頁 4。
〔註 35〕《陸氏南唐書　三》卷十三，頁 7。
〔註 36〕《馬氏南唐書　一》卷六，頁 3。

效之。」〔註 37〕表明周后自創髮髻新妝，時人競相仿效的狀況。

二人鎮日吟詩誦詞、歌舞通宵、逸樂享受，因而寫下不少香艷多情的詞篇，例如〈一斛珠〉（晚妝初過，紅檀輕注些兒個）、〈玉樓春〉（晚妝初了明肌雪）等詞，可見李煜之浪漫與兩人之旖旎時光。

不久，李煜與大周后陸續生下兩個愛的結晶，分別為仲寓與仲宣。仲宣俊朗聰穎，尤得父母喜愛，記載：「三歲誦孝經不遺一字，宮中燕侍何禮如在朝廷，昭惠后猶愛之。」〔註 38〕不料仲宣早夭，致使大周后心痛孱弱，此時，妹妹前來探視，卻意外闖進李煜心房。

大周后的親妹小周后是一位國色天香、風姿綽約的佳人，姿色才華皆不亞於家姐。因姐姐臥病在床，入侍內庭，而與李煜結下不解之緣，馬令《南唐書》：「後主繼室周后，昭惠之母弟也，警敏有才思，神采端靜，昭惠感疾後，常出入臥內。」〔註 39〕大周后生病期間，李煜與小周后在花明月暗的曙色中多次幽會，幽會情景在〈菩薩蠻〉（花明月暗飛輕霧）裡描繪尤為生動：小周后戰戰兢兢，剗襪提鞋，終於見到思慕的郎人，詞中雖描摹私會尋歡的情態，但不見低俗，反見李煜之真。二人情投意合，過著飲酒賦詩的歡愉生活，寵愛程度甚至高於大周后，陸游《南唐書》記載：「於羣花間做亭，雕鏤華麗而極迫小，僅容二人，每與后酣飲其中。」〔註 40〕可想見兩人緊密相偎、濃情蜜意的光景，宛如神仙眷侶。又寫了〈菩薩蠻〉（蓬萊院閉天台女）與〈菩薩蠻〉（銅簧韵脆鏘寒竹）表述衷情。

無奈李煜之子、大周后、太后相繼過世，因悼念親人、遵於禮法之故，小周后長期待年宮中，未能成婚，但彼此依然互訴衷情、相互慰藉，《古今詞話》云：「周后乃昭惠后之妹，昭惠感疾，周后常留禁中，固有『來便諧衷素，教君恣意憐』之語，聲傳外庭，至再納后，

〔註 37〕《陸氏南唐書　三》卷十三，頁 8。
〔註 38〕《馬氏南唐書　一》卷六，頁 4。
〔註 39〕《馬氏南唐書　一》卷六，頁 8。
〔註 40〕《陸氏南唐書　三》卷十三，頁 8。

成禮而已。」〔註 41〕《南唐書》:「後主服喪，故中宮位號久而未正，至開寶元年，始議立后為國后。」〔註 42〕待至李煜守喪期滿，於四年後，即開寶元年（968 年）方立為皇后，史稱小周后，開啟專屬於二人鳳凰于飛般的幸福時光。

李煜有大、小周后姊妹的依伴讌樂，生活稱意悠遊，充滿青春享樂的愉悅氛圍，寫下一闋闋直抒性靈、筆意馨逸的作品。

第二節　斷送山河，破碎愛情

李煜二十五歲登基，享受人間榮華富貴、齊人之福，怎料四十歲竟降宋，成為連自由也喪失的囚虜！除此之外，其間命運尚發生椎心變化：兄弟被扣、兒子早夭、摯愛離逝、親母歸天……，卻也因此由苦難中羽化出上乘佳作而令人擊節稱讚。

一、墜落的人生

即位後的李煜為政寬仁、勵精圖治，希望以古道馭民，以德治天下，廣求多方意見、解民困、廢屯田，無奈生逢亂世，欲以儒家之道、佛學之慈悲抵禦日漸興起的霸權實有困難，何況其性格溫文寡斷，北宋軍力遠大於南唐，一步步威逼進攻，李煜不但派遣弟弟鄭王從善朝宋，卻遭扣留，而且自降國格，年年向宋朝稱臣進貢，苟安於江南一隅，陸游《南唐書》:「元宗雖臣于周，惟去帝號，他猶用王者禮，至是國主，使易紫袍見使者。」〔註 43〕李璟雖臣服於周，但只去除帝號，依舊著帝王服儀，可是李煜降格甚於中主李璟，接見北宋使臣，不敢穿帝王黃袍而改穿紫袍；又陸游《南唐書》:「開寶五年春二月，國主下令貶損儀制改詔。」〔註 44〕《新五代史》曰:「煜下令貶損制度。

〔註 41〕（清）沈雄著:《古今詞話　上》，收於唐圭璋主編《詞話叢編　一》（台北：新文豐出版公司，1988 年 2 月），頁 753。
〔註 42〕《馬氏南唐書　一》卷六，頁 8。
〔註 43〕《陸氏南唐書　一》卷三，頁 1。
〔註 44〕《陸氏南唐書　一》卷三，頁 2。

下書稱教，改中書、門下省為左、右內史府，尚書省為司會府，御史台為司憲府，翰林為文館，樞密院為光政院，諸王皆為國公，以尊朝廷。」〔註 45〕李煜敕令貶損南唐國制，改中書門下省為左右內史府，尚書省為司會府，御史臺為司憲府，翰林為文館，樞密院為光政院，降諸侯王為國公，下書不稱「詔」而稱「教」，極力敬奉北宋，甚至連己即位之時，依天子之禮所立的金雞與鎮守社稷的「鴟吻」也拆卸下來，改為宛如四不像的「怪鳥」，就怕觸怒宋朝；不僅如此，陸游《南唐書》再云：「開寶四年冬十月，國主聞太祖滅南漢，屯兵於漢陽，大懼，遣太尉中書令鄭王從善朝貢，稱江南國主。」〔註 46〕李煜看到宋軍連滅數國，恐懼至極，取消國號，降格國主，上表自貶唐國號為江南，改唐國印為江南國印，自稱江南國主，委屈求全，幾至喪失國格。

無奈隱忍退讓並未換來長治久安，反而使敵人食髓知味、步步進逼，北宋開寶七年（974 年），宋朝廷要求李煜前往參加天子助祭，李煜因畏懼而推辭，惹惱北宋。是年九月，趙匡胤出征南唐。八年春，宋軍度大江迫金陵城下，《十國春秋》記載：

> 樊若水舉進士不第，詣宋闕獻策，請造浮梁以濟師。宋遣高品、石全振往荊湖，造黃黑龍船數千艘，又以大艦載巨竹絙自荊渚而下。及命曹等出師，及遣八作使郝守濬等率丁匠營之。議者以為古未有作浮梁度大江者。乃先試于石牌口，移置採石，三日而成。長驅度江，遂至金陵。〔註 47〕

樊若水為南唐人，因應試不第而為國賊，獻策使宋造浮梁渡江。李煜得知此事後，與臣子相議，但議者認為自古長江無為梁之事，因而不加理會。等宋軍兵臨城下，李煜見旌旗遍野，才知為時已晚。事實上，在此其間，忠臣潘佑曾八次上書勸諫，惜李煜未曾上心，反倒殺了潘佑知交李平，隨後潘佑也自盡於家中。所以，李煜在位時，雖有忠臣在側，終究無法力挽狂瀾，成為一位亡國之君。

〔註 45〕《新五代史》卷六二，頁 779。

〔註 46〕《陸氏南唐書　一》卷三，頁 3。

〔註 47〕《十國春秋　二》卷十七，頁 11。

北宋開寶八年（975 年）十一月，李煜三十九歲，金陵城陷，乃與群臣肉袒出降，陸游《南唐書》:「國主帥司空知左右內史事殷崇義等，肉坦降於軍門。」〔註 48〕《十國春秋》云:「南唐自丁酉年烈祖改元昇元，至後主乙亥歲國滅，歷三主，凡三十九年。」〔註 49〕歷經短短三十九年，南唐走上亡國命運。

接著，北宋開寶九年（976 年）十一月，李煜成了階下囚，《新五代史》:「九年，煜俘至京師，太祖赦之，封煜違命侯，拜左千牛衛將軍。」〔註 50〕太祖封其為「違命侯」，小周后為「鄭國夫人」。宋太宗即位後，加封為「隴西郡公」。面對冷酷的現實，李煜只能在唏噓落淚中暗自長嘆，藉著一篇篇的詞章傾瀉心中的哀痛與悲傷，如:〈清平樂〉（別來春半）、〈相見歡〉（林花謝了春紅）、〈望江南〉（閒夢遠）、〈子夜歌〉（人生仇恨何能免）……，不料〈虞美人〉「小樓昨夜又東風」一詞卻為他招來牽機毒藥，一代奇才終於太平興國三年（978 年）殞落，陸游《南唐書》:「太平興國三年七月辛卯殂，年四十二，是日七夕也，後主蓋以是日生，贈太師，追封吳王，葬洛陽北邙山。」〔註 51〕小周后悲痛欲絕，不久也隨之斷魂。李煜在位十五年，世稱李後主、南唐後主。

國勢的衰敗與宋國的凌辱，帶給李煜身體、心靈極大的損傷與折磨，時時提心吊膽、秒秒懊悔痛心，卻也因此淬礪出顛峰之作。

二、分飛的鸞鳳

李煜本為多情子，無奈錯置帝王家，導致無法彌補的人生憾恨與驚心動魄的家國之難，但錯誤並未改變其溫柔多情的本性，反而刻下了纏綿悱惻、繾綣不棄的摯愛情史。

李煜身為一國之君，日日與大周后琴瑟和鳴，深陷溫柔鄉而荒廢

〔註 48〕《陸氏南唐書　一》卷三，頁 6。
〔註 49〕《十國春秋　二》卷十七，頁 21。
〔註 50〕《新五代史》卷六二，頁 779。
〔註 51〕《陸氏南唐書　一》卷三，頁 7。

朝政、耽誤國事，縱使大臣嚴厲勸諫，但李煜意志不堅，聽取後仍耽廢政事、日夜笙歌，致使國勢日衰、強敵進逼。同期間，李煜與大周后陸續生下兩子，分別為仲寓與仲宣。仲宣英俊機靈，特別得父母喜愛，卻在乾德二年十月時，「四歲，保育於別院，忽遘暴疾，數日卒。」〔註 52〕不幸早夭（961～964），大周后為此深受打擊、哀痛甚劇，染疾益重，馬令《南唐書》：「后聞之，哀號顛仆，遂致大漸。」〔註 53〕又紀錄：「后雖病亟，豪邁如常，謂後主曰：『婢子多幸，託質君門，冒寵乘華，凡十載矣，女子之榮莫過於此，所不足者，子殤身歿，無以報德。』」〔註 54〕人有悲歡離合，月有陰晴圓缺，愛子驟逝，大周后哀淒難堪，撕裂了二人美滿的生活，從此，周后病益沉重。

面對如此景況，李煜憂心忡忡，在愛妻生病期間「朝夕視食，藥非親嘗不進，衣不解帶者累夕」〔註 55〕日夜探視，照顧呵護，連飲食藥物也親自餵食，但終敵不過死神的召喚，大周后於乾德二年十一月撒手人寰，卒年二十九，謚號昭惠。李煜沉痛心碎，曾作〈悼昭惠后誄辭〉以抒思念悲愴之情，又作〈長相思〉（雲一緺）、〈采桑子〉（庭前春逐紅英盡）……，字字心酸苦楚，惹人泣涕。

短期之內，愛妻、愛子相繼逝世，母親又於次年病逝，李煜接二連三遭受痛失至親的打擊，哀苦神傷、悲痛萬分。

其後，雖有小周后陪伴安撫在側，可惜只度過短暫平靜安穩日子，轉眼雪上加霜、世事弄人，趙匡胤的勢力逐漸壯盛，威嚇日益緊湊，終於在開寶八年（975 年）宋軍攻陷金陵。城破國亡，縱使將軍壯士力戰而死，也難挽狂瀾，李煜只得肉袒出降，著白衣紗帽，在明德樓下待罪，攜家眷渡江入宋。

入宋後，兩人生活困頓、屢遭侮辱，不僅李煜遭受多方凌虐、欺

〔註 52〕《馬氏南唐書　一》卷六，頁 4。
〔註 53〕《馬氏南唐書　一》卷六，頁 4。
〔註 54〕《馬氏南唐書　一》卷六，頁 4。
〔註 55〕《江南別錄》，頁 9。

壓，連小周后也常被太宗宣進宮，龍袞《江南錄》云：「李國主小周后，隨後主歸朝，封鄭國夫人。例隨命婦入宮，每一入輒數日，而出必大泣，罵後主，聲聞於外。後主多婉轉避之。」〔註 56〕文中記錄小周后一進宮便須留居數日，出宮之時則情緒失控、崩潰大哭，不難想像太宗種種淫暴獸行，已到令人無法承載之地步！

待李煜生辰那日，其鬱悶的心情再也壓抑不了，振筆寫下了名作〈虞美人〉（春花秋月何時了）表達故國之思，卻因此招來太宗憤忌，慘遭牽機毒藥謀害暴卒，一代奇才就此命喪黃泉。不久，小周后亦含悲而逝，馬令《南唐書》：「太平興國三年，隴西公薨，周氏亦薨。」〔註 57〕陸游《南唐書》：「國亡，從後主北遷，封鄭國夫人，宋太平興國二年，後主殂，后悲亦不自勝，亦卒。」〔註 58〕自此，大、小周后與後李煜的點滴酸甜、寵辱華貴、悲困愁苦，便走入南唐歷史的迴廊中，供後人憑弔、唏噓。根據蔣勵材《李後主詞傳總集》之資料，作表 2-2-1 以供對照李煜生平起伏：

表 2-2-1　李煜人生大事對照表

分期	公元	帝　號	紀　年	年齡	事　跡
前期	937	南唐烈祖	昇元元年	1	李煜生
	954	南唐元宗	保大十二年	18	納周氏娥皇為妃
	958	南唐元宗	中興元年	22	長子仲寓生
	961	宋太祖	建隆二年	24	1. 李煜嗣位 2. 立周氏為國后 3. 次子仲宣生
中期	964	宋太祖	乾德二年	28	1. 十月，次子仲宣薨 2. 十一月，國后周氏殂 3. 其妹小周入宮

〔註 56〕《江南野史》，頁 69。
〔註 57〕《馬氏南唐書　一》卷六，頁 9。
〔註 58〕《陸氏南唐書　三》卷十三，頁 9。

	965	宋太祖	乾德三年	29	母聖尊后鍾氏殂
	968	宋太祖	開寶元年	32	立小周為國后
	971	宋太祖	開寶四年	35	1. 弟鄭王從善朝宋被留 2. 請去國號，稱江南國主
	972	宋太祖	開寶五年	36	下命貶損儀制
後期	975	宋太祖	開寶八年	39	宋師薄金陵城下，李煜出降
	976	宋太祖	開寶九年	40	李煜詔封違命侯
	978	宋太宗	太平興國三年	42	1. 七月七日李煜被毒卒 2. 小周后不久亦卒

李煜以一介文人性情出生在帝王世家，缺乏雄霸之氣及正確判斷力，算是一位不及格的君主，但也因這殘酷的錯誤，鍛鑄李煜在文學藝術上無與倫比的成就，其精書畫、曉音律、工詩文，尤擅於詞，可謂造詣最高的詞人，他繼承了晚唐以來花間派的柔靡，又融入己身經歷，反映現實生活，擴大詞的意境。前期詞多寫宮廷享樂生活、男歡女愛，風格柔靡；中期因意識到國家日漸危急，又逢摯愛謝世，多寫愁中帶憂、抒春悲秋或思人待歸之詞；後期詞反映亡國之痛，一改先前風格，以亡國愁恨和在宋朝為階下囚的切身體驗為主題，寫下一闋闋感情真摯，流傳千古的詞作，語言清新質樸不加雕琢，極富藝術美感，後人將李煜與父親李璟的作品合輯為《南唐二主詞》。

第三章　李煜詞反差之表現內容與主題意蘊

李煜人生浮沉，由人生的至高點跌落幽冥底層，歷經至親接連逝去，內政紛亂未明、強敵宋國逼壓進犯，到國破家亡成了階下囚。因為經歷的劇烈變動，李煜的詞作中透露著非詞篇表面上的單一意涵、純粹情感，值得反覆思索、撥絲抽繭，筆者融入作者角度，找尋與表面上、傳統上不同、相反的內容意義與論述方向深入探討，此稱為「反差表現內容」，希望更加周全李煜表述動機與詞作意義。根據內容的不同，將其分為「希望：期待與失望的矛盾」、「幸福：掌握與流失的擺盪」以及「際遇：適意與違心的未定」三節來闡述。

第一節　希望：期待與失望的雙重矛盾

李煜原本盡擁人間榮華富貴、沉浸男女濃情蜜意、享受舞樂優雅輕盈，未料在乾德二年（西元 964 年），喪妻夭子，乾德三年（西元 965 年），母后殂逝，至親接連辭世，已為大不幸，更可悲的是，開寶八年（西元 975 年），身為國主的李煜斷送先祖以血汗打下的江山，肉袒出降，著白衣紗帽於明德門樓下待罪……，種種變異可謂「缺失性體驗——指主體對各種缺失（精神的和物質的、生理的和心理的等）

的體驗」〔註1〕，進一步說明：

> 缺失性體驗並不是單純的對缺失的體驗。更顯著的是，當主體在對缺失物件有一定的認識體驗後，而需求不能獲得再度滿足的體驗。美國女詩人狄金森曾寫到：「假如我沒有見過太陽，我也許會忍受黑暗，可如今，太陽把我的寂寞照耀得更加荒涼。」這說明，如果對實際的或想像中的幸福有過深切的體味和嚮往，那麼一旦缺失，反差巨大，痛苦將愈加強烈。〔註2〕

曾經體驗擁有的美好後，再遭剝奪或無奈失去，痛苦將加倍強烈，便是「缺失性體驗」，如同李煜原先居所雕梁畫棟、後宮美豔照人、嬪娥包圍呵護、情感甜蜜如漆、陳設富麗奢靡……。但在宋太祖開寶八年（西元 975 年），宋軍的砲聲隆隆驚破了美夢，可怕的是這不是夢，而是活生生的現實，李煜的生活瞬間一百八十度大翻轉，失去了所有，墜入深不見底的黑洞之中。馬斯洛（Abraham Maslow，西元 1908 年～1970 年 6 月 8 日）人格理論提及：

> 不論是生理需要、安全需要、愛與歸屬需要，還是尊重的需要以及自我實現需要，只要不能滿足，就會引起個體缺失性的體驗，缺失越多，體驗性就越強烈，對人格也將產生巨大影響。〔註3〕

承受著莫大「缺失性體驗」的李煜，心境產生巨大改變與創傷，傷痛到達極限，勢必需要被釋放、宣洩，以尋求某種心理平衡，像弗洛伊德所言：「藝術首先是一種逃避痛苦的方法，是一種獨特的、慰藉的、令人心醉的麻醉劑。」〔註4〕所以，面臨著椎心刻骨之痛的李煜，詞

〔註 1〕童慶炳：《現代心理美學》（北京：中國社會科學出版社，1993 年 2 月），頁 53。以下若同出此書，依此為主，僅列出作者、書名、頁數。

〔註 2〕沈鯤：《李煜及其詞創作的心理分析》（東北師範大學碩士學位論文，2006 年 5 月），頁 14。

〔註 3〕（美）亞伯拉罕．馬斯洛著，成明編譯：《馬斯洛人本哲學》（北京：九州出版社，2003 年 8 月），頁 153。

〔註 4〕轉引自沈鯤：《李煜及其詞創作的心理分析》，（東北師範大學碩士學位論文，2006 年 5 月），頁 15。

作內容由先前的醉舞狂歡、風流韻事變為悲不可抑、泣血滯咽的風格，藉由詞作，將過去的快樂時光，更鮮明的留存在心中，並慰藉今日悲痛的自己，《現代心理美學》說明：

> 當人們擁有一種對象時可能習以為常、毫不在意，失去時才覺得它的可貴。這種失去了的事物的意象因情感而更加鮮明，同時這一鮮明的意象又時時喚起強烈的情感。〔註5〕

因此，李煜有時沉浸在幻想中自我安慰，迷醉在酒鄉中忘卻煩憂，或作著美夢暫時寬慰心神，並且將不平透過詞作傾吐而出，為珍藏心中的片段留下實跡，不但達到「詞中之帝」的顛峰，也開創詞的格局，可謂「窮而後工」。可惜一切已成定局，即使多麼期待倒回身為國主、愛妻陪侍的日子，實況卻是一次次的打擊和失望，此番屢屢落空依然期待，深切期待依然落空的反復情形，便為「希望：期待與失望的雙重矛盾」，在〈臨江仙〉（櫻桃落盡春歸去）、〈望江梅〉（多少恨）、〈子夜歌〉（人生愁恨何能免）、〈浪淘沙〉（往事只堪哀）、〈浪淘沙令〉（簾外雨潺潺）、〈喜遷鶯〉（曉月墜）、〈采桑子〉（庭前春逐紅英盡）（轆轤金井梧桐晚）、〈禱練子令〉（深院靜）、〈相見歡〉（林花謝了春紅）可見之。

李煜天性純善，內外左右交相欺詐，內憂外患接踵而至，終於導致宋師大舉攻陷金陵，李煜肉袒出降，斷送山河的困境，故在國無寧日的開寶八年（西元 975 年），寫下〈臨江仙〉：

> 櫻桃落盡春歸去，蝶翻輕粉雙飛，子規啼月小樓西。玉鉤羅幕，惆悵暮煙垂。　　別巷寂寥人去散後，望殘煙草低迷。爐香閑裊鳳凰兒，空持羅帶，回首恨依依！〔註6〕

宋開寶七年（西元 974 年），宋軍大舉入侵，金陵遭圍。堅守一年，南唐窮途末路，城破國陷，李煜地位搖墜，心中憂心忡忡，本詞乃圍

〔註5〕童慶炳：《現代心理美學》，頁 122。

〔註6〕蔣勵材：《李後主詞傳總集》（台北：國立編譯館中華叢書編審委員會，1962 年 3 月），頁 129。本論文所引李煜詞作皆出自本書，以下僅在詞後標明頁數。

城中所寫。

原本櫻桃、粉蝶、杜鵑為三件美好事物，如今卻是歸去、飛離、怨慕，連象徵圓滿的月兒也漸漸西沉，代表興盛繁茂的春天已經流逝，國家用來薦獻宇宙的櫻桃落盡，春時大典不再宴饗，暗示風雨飄搖、國家搖墜。春季百花盛開，彩蝶翩翩；待到夏至火傘高張，粉蝶瀟灑飛離，好似故國逝去乾脆決然，不拖泥帶水。夜晚傳來子規不如歸去的啼叫，感慨杜宇失國，更恨己身江山易逝，西垂的月亮也如國土，幾近隱沒。接著由室外景物轉進室內器物，羅幕玉鉤，視線低迷，傍晚遠方炊煙稀稀疏疏，遮掩著內心惆悵萬分的主人。以物鋪陳人物出現，再直射情懷「惆悵」，哀婉盡出。

熱鬧喧囂後，加倍顯出寂寥，空空蕩蕩、幽幽晃晃，眼見只有殘景，且低迷的心情，使觸目盡皆低迷。空寂的爐香悄悄繚繞盤旋，因無聊而手持羅帶把弄，一切回憶徒增心傷懷念。

整闋詞籠罩在淒迷的氛圍中，上片寫春逝，下片寫人罕，上是玉鉤羅幕，下為荒煙蔓草，上有愁悵，下有寂寥，最後點出「恨」意，實乃從前太過優逸，存在無限的期待與懷念，才招引莫大失望與神傷，鎮日徘徊在現實的殘酷與感性的思念中，掙扎不已，其反差所示如下：

期待	（重回故國、昔日）子規啼月
失望	櫻桃落盡春歸去、惆悵暮煙垂、望殘煙草低迷、回首恨依依

再如〈望江梅〉：

多少恨，昨夜夢魂中：還似舊時遊上苑，車如流水馬如龍，花月正春風！（頁 133）

開寶八年（西元 975 年）後，李煜入宋成為俘虜，心中悲憤不已，寥寥數句，讀來驚心動魄！起首點出滿腔悲憤「多少恨」，究因來自於昨夜睡夢中：時任國主的那些年，鳳輿鑾駕樂遊在充滿珍禽異獸、瑤花琪草的御花園，香車寶馬、宮女跟隨、侍從列隊，浩浩蕩蕩，呈現繁華鼎盛的氣象。春風吹拂，綻放生機，不僅繁花瓊月映照美豔，聖心更為大悅。以昔日之榮盛在夢中重現，反襯今日之淒涼，「花」、「月」泛指美好景色，全詞戛然而止在最美妙處，猶如驚破夜夢，驚破希望時光倒回的夢魂，使李煜痛苦難耐，恨聲不絕，只能託付夢中，招致失望，令人斷腸，其反差所示如下：

期待	還似舊時遊上苑，車如流水馬如龍，花月正春風
失望	多少恨，昨夜夢魂中

再如〈子夜歌〉：

人生愁恨何能免？銷魂獨我情何限！故國夢重歸，覺來淚雙垂。　　高樓誰與上？長記秋晴望。往事已成空，還如一夢中！（頁 135）

位列至尊時，生活宛如仙人般快意；亡國後，生活如地獄般糾心斷腸，人生悲愁憾恨在所難免，可是心痛的程度卻是李煜最深刻，究竟是什麼引起劇烈的愁恨？以下敘述今昔兩樣情：原來是在睡夢中，又回到日思夜想的故國，歡聲鼓舞如現眼前，可是醒時卻興起無限悵惘而痛哭失聲。從前宮殿嬪娥魚貫列，大、小周后隨侍相伴，胸懷開闊，希望無窮；今日，卻連一位登高友伴都從缺，想藉登高望遠眺望故國，但怎可見呢？從前趁秋高氣爽好天氣，登山求福的快樂歲月，再也無法重溫了，如同〈相見歡〉「無言獨上西樓，月如鉤。寂寞梧桐深院鎖清秋」（頁 132），心遭封鎖，往事幻滅成空，人生豈不如同夢境一場嗎？

李煜心境由看破而接受，到深念夢迴，再到無奈慨嘆，最後體會人生如夢。再者，李煜期待「故國夢重歸」，但因不可能，故曾勸慰自己「獨自莫憑闌」，此卻又「高樓誰與上？長記秋晴望」，方致「往事已成空」、「銷魂獨我情何限」。他的人生總是在希望與失望中躑躅，無法自拔。其反差所示如下：

期待	故國夢重歸
失望	銷魂獨我情何限、往事已成空

再如〈浪淘沙〉：

往事只堪哀，對景難排！秋風庭院蘚侵苔，一桁珠簾閒不捲，終日誰來？金劍已沉埋，壯氣蒿萊。晚涼天淨月華開，想得玉樓瑤殿影，空照秦淮！（頁 136）

此為李煜身囚汴京，想念金陵之作。起首直抒胸臆，懷想往事，對著空曠景物無法排遣煩悶，更加心傷，除了哀愁，還是哀愁。上片寫白晝景況：秋風在庭院中颳起陣陣淒風，落葉掃地，蘚苔萋萋，侵蝕玉階，想見門庭冷落，無人到訪之景。再將視線轉至房內，無人來訪，百無聊賴，連珠簾也懶得捲起。據王銍《默記》提及：李煜住所只一老奴守門，奉旨不許任何人進去與李煜談話。所以，李煜懷囚徒的寂寞與失落，「終日誰來」雖是問句，實是沒人走訪，但內心豈不盼望有人關心？

下片寫夜晚：作為亡國之君的李煜，徹晚難以安眠，「金劍」、「壯氣」顯現帝王氣概，聯想到三國吳王以鐵鎖鍊橫斷長江，抵抗西晉的故事，可惜終究難逃滅亡慘境，正如劉禹錫〈西塞山懷古〉：「千尋鐵鎖沉江底，一片降幡出石頭」！而李煜妄想抵抗宋軍，大臣覲見獻策，仍難逃覆沒命運，「金劍」代表武力，「沉埋」言已消失，表示國家威權兵力已失，而叱吒風雲的帝王王氣也衰萎於草野之中，只得忍辱投降。

李煜以理性回憶過往、陳述現況，細數失敗的不振並直抒今日的抑鬱，可是理性仍難抵感性：想像秋風涼夜，天空如洗，明月照人，玲瓏的秋月映照在故土晶瑩的玉樓瑤殿，倒映在美麗的秦淮河面上，多麼的詩情畫意呀！

所以，儘管詞作中有「往事只堪哀，對景難排」的苦悶，「金劍已沉埋，壯氣蒿萊」的滅國劇痛，表達看透成空的命運，最後依然難掩思念之情，又回想起玉樓瑤殿，且南唐宮殿在想像中，更加美麗，河中畫舫遊艇，河岸歌舞樓台，金陵勝地美妙不已。詞境似幻似真，李煜心境拉拉扯扯，昏眩難理，其反差所示如下：

期待	晚涼天淨月華開，想得玉樓瑤殿影，空照秦淮
失望	往事只堪哀，對景難排、金劍已沉埋，壯氣蒿萊

再如〈浪淘沙令〉〔註7〕：

簾外雨潺潺，春意闌珊，羅衾不耐五更寒。夢裏不知身是客，一餉貪歡。　　獨自莫憑闌，無限江山，別時容易見時難！流水落花春去也，天上人間！（頁136）

李煜投降遭囚後，常常輾轉難眠，今夜又是一個驚夢失眠的暮春暗夜，小雨潺潺瀝瀝的響聲在夢醒後聽著，更加淒切，即便現為萬紫千紅的春天，也顯得春意衰殘。至此是寫景，或寫情。「羅衾」點出主人翁的出現，身蓋絲棉被也無法抵擋寒氣刺骨，更真切的說，是因夢醒後的失望支援不住內心的淒涼，方致透徹心寒。先寫感受，再述原因：原來是剛剛作了一場「貪歡」美夢，夢回故土，表露對往日生活的依戀難忘，可惜只有「一餉」，到了拂曉，現實便如同一餉美夢般流逝，明日依舊乃殘酷現實。

往下直抒孤獨愁緒。李煜被囚後，過著與世隔絕，嬪妾外賓不得接見的日子，多麼孤單寂寞，他告訴自己莫憑闌，實是在抑制自己欲憑闌之舉，憑闌若見「四十年來家國，三千里地山河」〈破陣子〉，該有多決絕悲慨！而此時的「無限江山」恰又對比李煜的「孑然一身」，亡滅家國的千鈞罪惡狠狠落在文弱的囚徒上，彷彿將致詞人於死地，且南唐故土逝去容易，再見太難，水流、花謝、春去如天人相隔，現在何處？是在天上，抑或人間？答案無從覓得，以喻傷心之極，如同「自是人生長恨水長東」般傾瀉流下，也如〈子夜歌〉：「故國夢重歸，覺來雙淚垂」，故俞陛雲評：

言夢中之歡，益見醒後之悲。昔日歌舞《霓裳》，不堪回首。結句「天上人間」，愴然欲絕，此歸朝後所作。……〈浪淘

〔註7〕本論文根據文本為蔣勵材：《李後主詞傳總集》，其將本闋詞牌名定為〈浪淘沙令〉，其下附註：其他各本調名多無「令」字。但為與〈浪淘沙〉（往事只堪哀）區別，此處定名為〈浪淘沙令〉。

沙令〉尤極淒黯之音，如峽猿之三聲腸斷也。〔註8〕

處處顯現對故國無限的懷想哀思，心痛宛如三峽猿猴心碎喪子一般，可惜一切已是天上人間，飄盪在現實失望與夢境希冀間，令人不忍卒聽，其反差所示如下：

期待	夢裏不知身是客，一餉貪歡
失望	無限江山，別時容易見時難！流水落花春去也，天上人間

再如〈喜遷鶯〉：

曉月墜，宿雲微，無語枕頻欹。夢回芳草思依依，天遠雁聲稀。　　啼鶯散，餘花亂，寂寞畫堂深院。片紅休掃儘從伊，留待舞人歸。（頁 113）

乾德三年（西元 965 年），大周后香消玉殞，李煜哀傷悼念，失眠難寢，〈喜遷鶯〉寫夢回之後的懷想，思念曾經恩愛至極，今卻死別的大周后。上片為夢境初醒，眼前所見之景：破曉的殘月逐漸隱沒，昨夜的晚雲漸漸飄散，猶如美夢與伊人淡然逝去，衝擊我的心房，致使醒後難以再眠，靠在枕上處處不得安寢。接著點出失眠原因「夢回芳草思依依」，如同〈清平樂〉所言：「離恨恰如春草，更行更遠還生」，「依依」乃留戀不捨，希望再見伊人，「芳草」在詩詞中常象徵別意，而此所留戀不捨仍然話別的，就是李煜日思夜慕的大周后！喟嘆生離死別，即使雁能傳書，也是音信難憑呀！

下片直言心境，環境由臥室移至畫堂庭院，淒零的外境造成更大的失落：時至春末，巧囀的啼鶯如今鳥散聲歇，桃紅柳綠的新春如今殘紅繁亂，惱人的大自然衝擊著憂煩的詞人，將我孤零零禁錮在彩畫裝飾的廳堂深院中。凋謝的紅花儘管隨它去吧！但勿掃，請留存，我要留著等待輕盈跳著霓裳羽衣曲的舞人歸來。

李煜明白知道已與愛妻天人永隔，依然託夢相見，莫掃片紅待人歸，實乃思念深切導致不合理的期待，最後落得失望的下場而「寂寞

〔註 8〕俞陛雲：《唐五代兩宋詞選釋》（上海：上海古籍出版社，2011 年 4 月），頁 259。

畫堂深院」、「無語枕頻欹」呀！其反差所示如下：

期待	夢回芳草思依依、片紅休掃儘從伊，留待舞人歸
失望	無語枕頻欹、寂寞畫堂深院

再如〈采桑子〉：

亭前春逐紅英盡，舞態徘徊；細雨霏微，不放雙眉時暫開。
綠窗冷靜芳音斷，香印成灰。可奈情懷，欲睡朦朧入夢來。
（頁 116）

本闋同悼念大周后。上闋傷春：庭院前紅豔的花朵敵不過春日將末，迴旋徘徊、以優美的姿態舞向春泥，在風雨的澆襲下黯然凋落了，好似不忍相別。風雨無情，雨絲紛紛密密接連相逼，目睹紅英盡落的詞人，感慨萬分，緊皺雙眉，頂多強顏歡笑，仍然難排悵然。上闋營造氛圍，下闋懷人：「綠窗」泛指女子閨閣，一位淑女沉潛深閨，靜坐窗前，等候佳音的到來，可惜總是靜謐深闃，待到篆字印香焚餘成灰，仍是毫無消息，這燒毀的不僅是香餅，也是思思慕慕的心！直到深夜，愈發苦痛，怎奈思人情懷，只能寄託在睡夢當中，作一個美夢吧！

此為暮春時節，李煜思念大周后之作。本闋描述傷春時節，懷人的作者期待思念之人可入夢，結果卻是室外風雨落花，室內香印成灰、一片靜寂，不僅為外景，同是主角內心寫照。在失望與期待間，輪迴反復，其反差所示如下：

期待	可奈情懷，欲睡朦朧入夢來
失望	綠窗冷靜芳音斷，香印成灰

再如〈采桑子〉：

轆轤金井梧桐晚，幾樹驚秋，晝雨新愁，百尺蝦鬚在玉鉤。
瓊窗春斷雙蛾皺。回首邊頭，欲寄鱗遊，九曲寒波不泝流。
（頁 116）

開寶四年（西元 971 年），面對宋朝的強勢壓迫，李煜派遣胞弟鄭王從善朝宋，表明敬畏臣服之意，可是，宋朝未表善意，竟將鄭王扣留，即使南唐屢屢自貶，時過三年，鄭王依然未歸，李煜自責憂鬱，託美人抒發懷念憂心之情。

首先描繪一位美人捲簾掛鉤之態，當從第四句「百尺蝦鬚在玉鈎」看起：一位美人捲起百尺如蝦觸鬚的簾子，鈎於以玉琢成的簾鉤上，她看見金壁雕飾的井欄木架，孤自置軸轉動，井邊生梧桐，有金井鎖梧桐之感。金井、轆轤、梧桐，刻畫出秋意的淒寒。耳聞室外秋聲，竟是「驚」秋，驚起的不但是秋雨襲落葉之聲，也是雨打梧桐樹之聲，淅淅瀝瀝，綿延至白晝，添上一層又一層的愁緒。深居幽閨，守著長夜，激起縈繞不絕的愁情離思。

下闋直指離情：窗是以瓊玉雕飾而成，鈎是以玉鑄造而成，蝦鬚有百尺，顯現家境的優渥與身分的尊貴，但此卻是女主人翁的囚室。她緊皺雙眉，感嘆一切美好的景物和情事都已逝去。回頭看邊頭的地方，也許是夢想，也許是樂土，同是瞻望不及，碰觸不到。想寄一封書信聊表思念情深，迢遙曲折的黃河卻無法溯流而上，如同逆水不能倒轉，春時不能再來，寒波滾滾，陷入深層的絕望中。

此是李煜思念入宋不歸的鄭王從善之作，詞至李後主而眼界始大，吾人可將本篇意境開拓為人生路途失敗者的淒惶與憾恨——胸有大智卻壯志未酬，心有願景卻突然落空，明知無法倒轉、無力可回天（寒波不泝流），依然欲寄出書信（做無謂的努力），當然落得新愁添、雙蛾皺，在期待與失望中迴旋，可悲可嘆！其反差所示如下：

期待	回首邊頭，欲寄鱗遊
失望	晝雨新愁、瓊窗春斷雙蛾皺、九曲寒波不泝流

再如〈擣練子令〉：

深院靜，小庭空，斷續寒砧斷續風。無奈夜長人不寐，數聲和月到簾櫳。（頁 119）

「砧」指搗衣石，「練子」為布匹，古代婦女白天忙於炊事家務，傍晚臨溪搗衣，重復的動作，致使腦袋空蕩出神，不覺神馳思念離人，加上秋風寒冷，更能引動別離之情，故由搗衣活動而興起的搗衣詩基本上為「思婦詩」〔註9〕，描述思婦纏綿相思之苦，並常與「月」、「秋」結合，成為表現思婦愁苦深思的意境結構，如：李白〈子夜吳歌〉：「長安一片月，萬戶擣衣聲。秋風吹不盡，總是玉關情。」在唐朝力興開疆闢土的背景上，良人遠征、經年未還是普遍的情況，此詩即寫多戶人家征夫之妻秋夜相思難眠之情。再如杜甫〈搗衣〉：「亦知戍不返，秋至拭清砧。已近苦寒月，況經長別心。寧辭搗熨倦，一寄塞垣深。」敘寫丈夫久戍不返，妻子孤寂落寞撫拭砧石，賣力的搗衣搥衣，抒發鬱悶思緒，並希冀砧聲將思念之情帶至邊關，傳達情意。

至李煜，同藉砧聲傳達思念，「深院靜，小庭空，斷續寒砧斷續風。」在秋夜的月色、冷寂的砧聲與冰涼的河水下，居家之人望月遙想形單影隻的遊人，遊人也共看明月懷起充滿摯愛親情的家庭。此時，庭院深深深幾許？幽寂空蕩，隨著風聲，傳來若有似無、斷斷續續的砧聲，飄進夜長難寐的主人耳裡。「無奈夜長人不寐，數聲和月到簾櫳。」想必主人心中必定牽掛期待著何事，無法入眠，方能在深夜中聽到稀緲砧聲入耳、看見惱人月色、空寂小院、陰冷寒風，全都糾結於掛著竹簾的格子窗上，鬱鬱結結。

但是，環境依舊院靜庭空、無人回歸，致使夜長難寐，憂思滿懷，但憂思的背後因蘊藏著莫大的希冀與期盼，期盼人月共圓滿，才會整晚輾轉，可惜終究落空。其反差所示如下：

期待	無奈夜長人不寐，數聲和月到簾櫳。
失望	深院靜，小庭空

再如〈相見歡〉：

林花謝了春紅，太匆匆！〔註10〕無奈朝來寒雨晚來風。

〔註9〕朱大銀：〈砧與中國古代搗衣詩及思婦詩〉，《淮南師範學院學報》，2001年第4期，頁54。

〔註10〕據蔣勵材：《李後主詞傳總集》，此句為「太忽忽」。今大多數人吟為「太匆匆」，故此處題為如此。

胭脂淚，相留醉，幾時重？自是人生長恨水長東！（頁 131）

李煜將傷春與離別巧妙相融，將入宋後的感受，寫得哀婉動人。忽然之間，滿山的春花凋謝，世界激起巨大震盪，在無預警下，李煜的生命盪起波瀾，美好情物霎時摧毀殆盡，如同寒風驟雨無情侵襲，絲毫不留喘息機會，殘酷迫害著李煜。「謝了」即完結，「太匆匆」使人措手不及，悲嘆昔日繁華不過轉瞬，詞人只能懦弱接受。

「胭脂淚」將花擬人，把春紅著雨比作美人淚流與面顏胭脂相融，是哪日如此哀痛？原來是城破出降那天，李煜痛哭九廟之外，嬪娥相對撒淚，「最是倉皇辭廟日，揮淚對宮娥」〈破陣子〉痛徹心扉的景象浮現，殘忍的蹂躪，產生仇恨與哀思，卻依然割捨不下，濃烈的感慨背後，肇因於深切期待有回歸故土的一天，徒然遺留心醉、銷魂，但是花可有返故枝（人歸故土）的一天嗎？絕望至極，仰天哭喊「人生長恨水長東」，人生的憾恨好比江水滔滔東流般，綿綿不絕，其情悲重，乃血書也。

此般如水長東的人生長恨，本該壓抑沉埋，避免再揭傷疤，宛若林花忽然謝了便罷，可是懷念太深，掩蓋不了，導致「相留醉，幾時重」，痛心哀思依然期待返回，思念國土深切，不言而喻。其反差所示如下：

期待	胭脂淚，相留醉，幾時重？
失望	林花謝了春紅，太匆匆！自是人生長恨水長東！（帝王生活一去不返）

強烈的期待仍換來失望，結果失望依舊時時期待的「希望：期待與失望的雙重矛盾」心態，依照創作內容可區分為兩類：懷念故人與思念故國，屬於李煜中、後期作品。此段期間，國家滅亡已是木已成舟，可是過往太美好，李煜沉浸在濃重的悲傷憾恨當中，一方面藉回憶或夢境以療癒傷痛，一方面逃避現實，流露出時光倒轉、盼故人歸、返回故土的希望，留下「花月正春風」、「故國夢重歸，覺來淚雙垂」、「想得玉樓瑤殿影，空照秦淮！」「片紅休掃儘從伊，留待舞人歸」、

「回首邊頭，欲寄鱗遊」、「胭脂淚，相留醉，幾時重」等血淚的詞句。

表 3-1-1 「希望：期待與失望的雙重矛盾」內容比較表

內　容	詞牌名
思念故國	〈臨江仙〉（櫻桃落盡春歸）、〈望江梅〉（多少恨）、〈子夜歌〉（人生愁恨何能免）、〈浪淘沙〉（往事只堪哀）、〈浪淘沙令〉（簾外雨潺潺）、〈相見歡〉（臨花謝了春紅）
懷念故人	〈喜遷鶯〉（曉月墜）、〈禱練子令〉（深院靜）、〈采桑子〉（庭前春逐紅英盡）（轆轤金井梧桐晚）

李煜在此時遭逢生命中最高密度與強烈的「缺失性體驗」，頻繁的缺失性體驗必然形成「創傷」，弗洛伊德曾說明「創傷經驗」：

> 一種經驗如果在一個很短的時間內使心靈受一種高度的刺激，以不能用正常的方法謀求適應，從而使心靈的有效能力的分配受到永久的擾亂，我們便稱這種經驗是創傷的。〔註 11〕

喪家亡國顯然是高度的刺激，痛苦深深烙印在李煜的心田難以抹滅，而此創傷情感便成為其創作動能，弗洛伊德再認為：

> 文藝創作是成年人的幻想——白日夢，幻想是藝術創作的動力，而幻想的動力又是什麼呢？是不幸，是痛苦。他說：「我們可以斷言：一個幸福的人絕不會幻想，幻想的動力是未得滿足的願望。〔註 12〕

因此，越多的痛苦將激發李煜更大的創作能量，並藉由創作得到象徵性的滿足。此時，愁與淚只是心情的宣洩，無法撫平受創的心靈，唯有在「夢」中才能得到暫時的精神寄託，榮格《夢的心理學通論》說：

> 夢是對無意識真實狀態的一種自我和象徵性的自我描述。夢具有虛幻性、怪誕性、恍惚性、超越性、滿足性、寬慰性、

〔註 11〕弗洛伊德著，王惠君、王恪主編：《精神分析引論》（新疆：新疆科學技術出版社，2003 年 7 月），頁 327。

〔註 12〕弗洛伊德：《創作性作家與白日夢》（五南出版社，2010 年 8 月），頁 143。

> 自知性、不自知性、不由自主性等特點。夢的特點決定了「夢吐真情」，在夢中暢遊，可以隨心所欲，旁若無人，夢是一種思想和情感的依託，也是一個獨語者的傾訴物件。〔註13〕

李煜難以控制意識流動，屢屢通過「夢」回到失去的天堂，強烈期待之情毫無掩飾的表露出來，以獲得滿足性與寬慰性。所以，這裡「夢」的意象使用最頻繁，列表3-1-2以茲說明：

表3-1-2 「希望：期待與失望的雙重矛盾」中「夢」意象使用表

編號	詞牌名	分期	包含「夢」的詞句
1	喜遷鶯（曉月墜）	中	「夢」回芳草思依依
2	采桑子（亭前春逐紅英盡）	中	欲睡朦朧入「夢」來
3	采桑子（轆轤金井梧桐晚）	中	
4	搗練子令（深院靜）	中	
5	臨江仙（櫻桃落盡春歸去）	中	
6	相見歡（林花謝了春紅）	後	
7	望江梅（多少恨，昨夜夢魂中）	後	昨夜「夢」魂中
8	子夜歌（人生愁恨何能免）	後	1. 故國「夢」重歸 2. 還如一「夢」中 （譬喻「人生如夢」）
9	浪淘沙（往事只堪哀）	後	
10	浪淘沙令（簾外雨潺潺）	後	「夢」裡不知身是客

十闋詞中，「夢」字出現了六次，可見夢成了綺麗的幻泡、逃離的窗口，暫時抽離殘酷的現實，偷取片刻的寧馨，夢中世界似幻似真、詞人思緒迷濛昏眩，編織出故國神遊的佳旅、流連在伊人相伴的溫存中，「夢」成了「暫時的希望」。重溫歡樂的夢，是他對「失去的天堂」的苦苦思念與懷想，久思而不得的一種夢幻中的冥想。長期寄人籬下，

〔註13〕榮格：《夢的心理學通論》，轉引自成松柳、耿蕊〈李煜詞夢意象探析〉，《湘潭大學社會科學學報》，2000年第2期，頁39。

飽嘗炎涼的囚虜生活，讓悲痛欲絕的李煜對人生和未來不再抱任何希望，唯有在夢中才能使他無憂無慮地回到山明水秀、鶯飛草長的金陵，在夢中他盡情地陶醉在賞心悅目的秦淮河裏，槳聲波光，把亡國後的一切痛苦和煩惱，全然拋到九霄雲外。

然而，夢境再好，夢鄉再美，滿足李煜魂牽夢縈的「希望」，忽然，睜眼甦醒，李煜被拉回實境，幸福如曇花一現，他還得獨自吞食生活的苦澀。這將掀起心靈更大的震顫，潛藏於心底的情感能源必會釋放出巨大的波濤，換來加倍的「失望」，乃致絕望，因為

> 幸福和痛苦是互為條件的，沒有幸福也就無所謂痛苦，反過來說也一樣，誠如叔本華所說：「過分的歡樂和非常激烈的痛苦常常只能在同一個人身上出現。」當藝術家感受到痛苦時，他心中必然有著對昔日幸福情景的記憶和對未來幸福的渴望，而當他感受著幸福時也總是有著對痛苦的記憶，在長久地經受過缺失後，意外地獲得滿足才叫人感受到歡欣。〔註 14〕

李煜的極樂世界已經灰飛煙滅，取而代之的是至親愛人的亡逝、家國故土的破碎、幽居囚禁的孤寂以及無力可回天的悲歎，一波波排山倒海的痛楚洶湧而至，頓時跌落暗失望的黑谷深淵。現實的處境越來越殘酷，他失去的不只是親人，還有家國和以往的生活，夢的內容包含著他曾有過的一切，乃至一個自在的自己。〔註 15〕所以，李煜透過「夢」稍喘口氣，可是「夢」又會勾起更大的失落，他不斷在「希望：期待與失望的矛盾」中掙扎，喟嘆：「銷魂獨我情何限」〈子夜歌〉、「往事只堪哀，對景難排」〈浪淘沙〉與「流水落花春去也，天上人間」〈浪淘沙令〉，還有「自是人生長恨水長東」〈相見歡〉等字句。

李煜以真摯的態度、鮮紅的血痕寫下人類共有的憂傷，無怪乎王國維《人間詞話》評：

〔註 14〕童慶炳：《現代心理美學》，頁 124。

〔註 15〕暘穀：〈轉燭飄蓬一夢歸：論李煜詞中夢的母題意蘊〉，《內蒙古：內蒙古社會科學報》，1998 年，頁 61。

尼采謂一切文學，餘愛以血書者。後主之詞，真所謂以血書者也。宋道君皇帝燕山亭詞，亦略似之。然道君不過自道身世之感，後主則儼有釋迦基督擔荷人類罪惡之意，其大小固不同矣。〔註 16〕

其書寫原因不是出自理性的觀察，而是來自深情的直覺體認，即是自身所經歷國破家亡的絕境，而現況太慘烈，痛苦幾盡無法承受，可說是毫無希望，故每每逃離現實，期待藉由夢境回到日思夜慕的往昔，或以詞作療育心靈，帶來一絲寬慰，但終究全是枉然，所以，此部分詞作蘊含深刻的人生況味，表現出「希望：期待與失望的矛盾」，使他的精神飛出花間的框架，開展詞境嶄新的一頁。

第二節　幸福：掌握與流失的擺盪

李煜坐擁國土、身擁佳人，受百官萬民跪拜，嬪娥宮人服侍在側，炊金饌玉羅列於前……，豪奢的生活，不是因為李煜英明領導、治國有方，不是因為南唐國力強盛、雄霸一方，而是李煜一味逃避現實，享樂習慣使然。所以，李煜在風花雪月的同時，心中難免有不安定之感，此即是「愧疚體驗——當個體因自己的某種行為違反內心的道德準則而引起愧悔、內疚、自責的心理反應時，這種種心理反應即為愧疚體驗」〔註 17〕，再深入說明：

違反自己的道德準則時，藝術家所違反的必須是自己所信奉的道德準則。而且，所謂違反，又必須是出自自己的主動選擇，而不是受制於一種外部強加的力量。〔註 18〕

李煜身為南唐國主，享有當國最高權力，可自由選擇積極圖強振興國力，進而抵禦宋軍，但是其選擇縱情聲樂，以掩耳盜鈴方式面對國勢

〔註 16〕（清）王國維著，滕咸惠校注：《人間詞話新注》（濟南：齊魯書社，1989 年 7 月），頁 93。以下若同出此書，依此為主，僅列出作者、書名、頁數。

〔註 17〕童慶炳：《現代心理美學》，頁 154。

〔註 18〕童慶炳：《現代心理美學》，頁 157。

衰微與強敵進逼，致使南唐覆滅，違反身為國君的義務及準則，心中當是愧疚悔恨。

再根據現代心理學的觀點：

> 每個人的一生就向一隻放出的風箏……受到放風箏者手中那條線的牽制和操控……童年經驗就好似這根線，它引導和制約著每個人今後一生的思維、情感和言行等的發展軌跡。〔註 19〕

嬰兒從脫離母體、斷臍臨盆的那一刻起，便全身心地接受外在的刺激，且來到世界的初體驗——童年經驗潛移默化地造就著個人，影響著未來的發展與方向。

王國維云：「(李煜)生於深宮之中，長於婦人之手。」〔註 20〕皇宮之中，除了鳳閣龍樓、玉樹瓊枝，那後宮美豔妃嬪，幾千名如花宮女，加上數量可觀的乳母和穩婆，以及半男不女的太監們，組成一個女性氣息十足的世界。李煜的童年浸染在一群年輕貌美的女子當中，人格受到此童年經驗的顯著影響，培養出鮮明的女性特質——生性柔弱寬厚，具有女人一樣的「靈心惠質」，惜美愛美，情感真摯。所以，面對江河日下的國勢，儘管李煜本性良善，祈禱國泰民安、安居樂業，並有著忠臣的勸告進諫，還是無法甩下「生性懦弱」與「享樂習慣」，自主選擇了耽於逸樂與逃避退讓，導致在享受時，存在著不安與愧疚，擔憂何時將風雲變色、滄海成桑田，所以，時有「幸福：掌握與流失的擺盪」之情形，在〈浣溪沙〉(紅日已高三丈透)、〈望江南〉(閒夢遠，南國正清秋)、〈菩薩蠻〉(銅簧韻脆鏘寒竹)、〈長相思〉(雲一緺)、〈玉樓春〉(晚粧初了明肌雪)、〈子夜歌〉(尋春須是先春早)、〈烏夜啼〉(昨夜風兼雨)可見之。

建隆二年(西元 961 年)，李煜登基為王，並將大周后立為國后，過著神仙眷侶般的甜蜜日子。但是位高為帝，終究為凡身肉體，總有

〔註 19〕童慶炳：《現代心理美學》，頁 102。
〔註 20〕(清)王國維著，滕咸惠校注：《人間詞話新注》，頁 92。

所侷限，不可能擁有全世界的快樂、幸運。〈浣溪沙〉云：

> 紅日已高三丈透，金爐次第添香獸，紅錦地衣隨步皺。　佳人舞點金釵溜，酒惡時拈花蕊嗅，別殿遙聞簫鼓奏。（頁 105）

紅艷日頭高掛，映照大地晶亮，次第添點爐香。國主在忙些什麼？明君聖王當是勞煩國事、接見大臣、商討要務，可是沉迷於笙歌宴舞的李煜不是繁雜的早朝國事方休，而是夜以繼日、通宵達旦的極歡縱舞。由月光灑落、星子閃爍的暗夜，玩樂至紅日懸掛、日上三竿的大明之時，依然意猶未盡，絡繹不絕的宮僕依序添著炭火，爐是以金鑄製而成，香獸是以珍罕香料磨壓製成，香煙裊裊、迷香四溢，君王神昏迷茫，手捧溫酒、鼻聞香氣，四周宮女奴僕捧杯端盤、添香進酒、持巾搧扇……往來繁忙，紛遝的腳步弄得絲織地毯生痕起皺。短短數句，將帝王家華貴奢靡的生活表達無遺，刻畫出一位徹夜繼日歡愉無度的帝王。

下闋集中焦點，描寫男女主角（君王后妃）的醉舞狂歡：大周后為音樂專才，引領群倫，李煜納入後，琴瑟和鳴，更加耽溺歌舞，日日製新樂、填新詞、編新舞，幾乎將家國大事拋諸腦後，即使有人上諫，依然如故。宮廷舞者隨拍起舞或急或緩、或輕或重，翩翩舞動婀娜多姿，旋至高潮處，編織精巧的髮髻鬆動，金黃閃爍的髮釵滑脫，更顯嫵媚動人。宴饗極樂的君王此時已經中酒昏醉，其隨性以手指捏下花蕊，放在鼻間聞嗅，希望消解酒氣提振精神。描繪至此，淋漓盡致表現帝王放縱逸樂的情態，接著再記一筆「別殿遙聞簫鼓奏」，帝王正殿居處外的別殿又響起鏗鏘清亮的簫聲與沉雄振奮的鼓聲，似另一波高潮的起始，正熱熱鬧鬧的演奏開來。這一描述，使宴樂情景具有了普遍性，是對沉溺享樂的盡情演示，足可見李煜對舞樂之美真率而不加虛偽的極力追求。

本闋詞是帝王宮廷生活的實錄，上闋寫宮中生活的富麗無度，下闋寫君王宮妃的醉舞狂歡，俞陛雲謂：

> 《捫虱新話》云：「帝王文章，自有一般富貴氣象。」此語

誠然。但時至日高三丈，而爐始添獸炭；宮人趨走，始踏皺地衣，其倦勤晏起可知。恣舞而至金釵溜地，中酒而至嗅花為解，其酣嬉如是而猶未滿足，簫鼓尚聞於別殿。作者自寫其得意，為穆天子之樂未央，適示人以荒宴無度。寧只楊升庵譏其忒富貴耶；但論其詞，固極豪華妍麗之致。〔註21〕

詞面上歡愉極致，永無息日，君王為天下最高位，掌有最大權，享有最極樂，可是，一國之君的任務首應睿智領導、處理機要，怎會鎮日沉浸在宴樂當中，達到荒宴無度的程度。享樂致此，國家怎可不飄搖危殆？國君怎會完全心安理得？另外，凡人無法分身，幸福難以一時嚐遍，孤身不能處處皆至，終究有「別殿」這一他處，需待下一刻、養足精神才能享受，彷彿位處人生頂端，猶有無法全盤掌握之處，疑惑幸福真能穩穩抓牢，抑或只是吉光片羽？此時的李煜，可曾料想未來的狼煙四起、干戈竟至？況且此次宴會走入尾聲，下場宴饗即將開始，縱使一沉寂一開端，有朝一日，終究全然落幕散會，如同掌握手中的幸福終將消逝，「掌握」與「流失」之反差所示如下：

掌握	紅日已高三丈透，金爐次第添香獸，紅錦地衣隨步皺。佳人舞點金釵溜，酒惡時拈花蕊嗅
流失	別殿遙聞簫鼓奏（幸福終將消逝）

再如〈望江南〉：

閒夢遠，南國正清秋。千里江山寒色遠，蘆花深處泊孤舟，笛在月明樓。（頁 133）

金陵王城車水馬龍、喧囂繁華，帝王生活意氣風發、歡愉暢達，香車寶馬接送、後妃美女相伴、絲竹舞樂不休……，帝王舒朗生活如一場美夢。開寶八年（西元 975 年），宋軍攻陷南唐，李煜淪為俘虜，人生就此風雲變色，幸福只能在夢中相見：隨著飄忽的夢魂蒼渺來到正逢秋季的江南，「清」指天色清明，氣候清爽，最能概括秋季景色。

〔註21〕俞陛雲：《唐五代兩宋詞選釋》（上海：上海古籍出版社，2011 年 4 月），頁 325。

「千里江山」點出國土遼闊，無邊無際的南國江山籠罩在秋高氣爽的凋枯暗黃自然景物色澤中。江邊叢生蘆葦，密生白毛的蘆花深處，停駐一隻孤獨小舟，飄盪無依，恰與詞人互相映照，李煜為一葉孤舟，停泊在人生無依的港口，深藏在幽寂的冷色白花叢內。結尾「笛在月明樓」以孤立的小樓、淒切的笛聲、冰寒的月色，透露出詞人淒涼的心境，不僅風霜侵襲，吾人佇立在明月相照的樓臺上，顯得身心單薄，再加上笛聲刺耳，往事不堪回首，夢何以堪？

李煜回憶過往，繁華興盛轉眼煙消雲散，宛如一夢，如《三國演義》卷頭詞：「是非成敗轉頭空，青山依舊在，幾度夕陽紅」，往昔日子是歡愉至樂的，但回憶中的江南秋景，尚流露淒清悵惘的氛圍，表示即使在掌握歡樂的王者生活中，似乎時有幸福無法確切捉摸的隱約擔憂。無奈隱憂成真，大軍壓境，現實如夢般破滅。而幸福短暫虛幻是人人須面對的課題，經常讓人遺憾心傷，故「人生無常」為騷人墨客自古喟嘆的題材。其「掌握」與「流失」之反差所示如下：

掌握	千里江山寒色遠，蘆花深處泊孤舟，笛在月明樓（當時含隱憂）
流失	閒夢遠，南國正清秋

乾德二年（西元 964 年）大周后病重期間，一位甜美可人的少女——小周后入宮，闖入李煜心房，替傷心殷切的後主點亮另一盞明燈，使其心田重綻花朵。〈菩薩蠻〉（銅簧韻脆鏘寒竹）寫李煜與小周后的戀情，珍貴處在以眉目傳情，不覺淫靡，反而蘊含雅緻、千姿百態：

> 銅簧韻脆鏘寒竹，新聲慢奏移纖玉。眼色暗相鉤，秋波橫欲流。　　雨雲深繡戶，來便諧衷素。宴罷又成空，夢迷春睡中。（頁 109）

竹製管樂器中的銅質薄片微微顫動，演奏出清越的樂音，宛如風吹寒竹鏗鏘之聲，纖細白嫩手指緩慢移動演奏著新穎曼妙樂曲。愛慕由美樂引起，佳人吹笙清脆悅耳，新聲緩慢，緩緩撩撥主人公心弦，觸動浪漫情事。「眼色暗相鉤，秋波橫欲流。」男子順勢轉移目光，恰與佳人四目相接，美目如秋水澄清潔淨，能訴語、可招引，那潭盈盈秋水將男子魂魄深深勾攝進去，陷入綺麗春夢中，兩人一邊喝酒，一邊以目傳情示意，互相搭引，情意無限。

宋玉《高唐賦》云：「旦為行雲，暮為行雨。」敘楚王遊高唐，夢神女共枕後，臨去之致詞，所以，後世以「雲雨」稱男女歡合。李煜用楚王夢與巫山神女雲雨事，說明期待將熱鬧的宴饗場景化為佳人閨房門戶以藏嬌，使得二人能歡會於此，互訴衷情，表達情投意合情意。樂音戛然停止，從幻想拉回現實，男子呆愣愣於宴會上，懷念誘人的秋波、細嫩的玉手，失魂在甜美的春夢裡。

此有美麗的形象，歷歷在目的情景，沒有男子的放縱與淫慾，上闋寫巧遇佳人、欣賞美聲、一見鍾情的悸動。但是，下闋描繪好事成空，連李煜如此高高在上的國主，依然無法恣意行為，仍然必須拘於禮法，保持風度翩翩，造成此次的「成空」、「夢迷春睡中」，可見幸福無法盡如人意，難免虛幻、短暫、飄忽無常，使主人公悵惘、失落，其「掌握」與「流失」之反差所示如下：

掌握	銅簧韻脆鏘寒竹，新聲慢奏移纖玉。眼色暗相鉤，秋波橫欲流。雨雲深繡戶，來便諧衷素
流失	宴罷又成空，夢迷春睡中

再如〈長相思〉：

雲一緺，玉一梭，澹澹衫兒薄薄羅，輕顰雙黛螺。　　秋風多，雨相和，簾外芭蕉三兩窠，夜長人奈何？（頁 112）

挨不過病痛的折磨，於乾德二年（西元 964 年），大周后殂，李煜傷心難耐，寫下〈長相思〉傾吐哀思。「緺」本指紫青色絲帶，用以結髮，此指美髮秀髻如雲；玉簪用以插髮，其形如梭，暗示美人容貌天然姣好；衣裳衫色調輕淡，雅致不俗，羅裙質地紗綢薄薄，勾勒輕盈體態、縹緲風姿，洗脫脂粉不落凡塵。妙麗佳人卻緊蹙雙眉，表明心中懷有不願明說的幽怨，不知心恨誰，不知如何度此良夜。

外境颳秋風，佳人心境也颳起陰涼寒風，加上風雨侵打芭蕉，擦擦作響更加擾人思緒，不禁埋怨三、兩棵的芭蕉也太「多」吧！將秋風、秋意、芭蕉與佳人心境巧妙結合，在輕描淡寫中悄然加重幽怨，在日益深刻的怨氣中喟然長嘆：「夜長人奈何」，留給讀者無限迷悵想像，不言之美流洩而出。

本詞樸素、真切，在神奇超逸中讀到濃濃的哀切，唐圭璋評：

> 疊寫出美人的顏色、服飾、輕盈裊娜，正是一個「梨花一枝春帶雨」的美，而後疊拿風雨的環境，襯出人的心情，濃淡相間、深刻無匹。〔註22〕

上闋色彩鮮明、光感熠熠，佳人光彩照人，與其相處時光必然加倍歡暢，美色早已深烙心田；怎料世事無常、生命難料，紅顏薄命，華年早逝，殞落後悲然心傷，佐以風吹雨打環境，更添淒淒哀婉，方知幸福忽焉迷茫，對比「夜長——自然永恆長久不變」，人卻無法掌控幸福世事，更添喟嘆。韻味醇厚，宛轉可憐，其「掌握」與「流失」之反差所示如下：

掌握	雲一緺，玉一梭，澹澹衫兒薄薄羅，輕顰雙黛螺
流失	夜長人奈何

「人生無常」一直是久遠的議題，君王在天理的操縱之下，臣服於禮法的拘束，不可全然任性妄為，更無法控制世事的運轉，有謂：

> 在這種哲學思想（人生無常）影響下更激發出的對人生的執著，表面看來似乎是如此頹廢，但在悲觀、消極的感歎中，深藏著的恰恰是對人生、命運、生活的強烈欲求和留戀，是一種內在人格的覺醒和追求。中國古人對生命無常的感歎源於對生命的重視與眷戀。感覺到生存的美好，便感覺到死亡的恐怖，便對生命的結束懷著畏懼、抵觸的情緒。〔註23〕

〔註22〕唐圭璋：《唐宋詞簡釋》（上海：古籍出版社，1981年），頁213。

〔註23〕桑鳳平、高春璐：〈中日古典文學作品中無常思想的差異〉，《山東大學學報》，2007年第3期，頁140～141。

曾見佳人的玉潔冰清、楚楚動人，在佳人翩然離世後，主人公必定產生許多的眷戀，強烈欲求風姿再現眼前，即是有「掌握」過美好，便擔心畏懼「流失」的可怕。可是，生命無法倒轉，人死不能復生，終只能悲哀悼念。曾經「得」、如今「失」，人類總是在得失間徘徊，歡樂過後、相守之後，曾經得到後依然失去，將更加痛心疾首，感慨幸福的無常。

既然幸福虛幻難料，不如及時行樂，或者盡力營造人生，樂觀眺望未來。李煜在即位後的前幾年間，與大周后過著伉儷深篤的生活，〈玉樓春〉描繪：

> 晚粧初了明肌雪，春殿嬪娥魚貫列。鳳簫吹斷水雲閒，重按霓裳歌遍徹。　　臨春誰更飄香屑，醉拍闌幹情未切。歸時休照燭花紅，待放馬蹄清夜月。（頁 106）

首先，刻畫女主角之美：晚妝初罷，膚色白嫩如雪，薄而透明，不須濃妝、華飾即明艷照人，可見國色天生。次句寫宮女眾多：宮殿中的嬪妃宮娥歌舞隊形整齊、成串排列，如遊魚般連貫遞進。一、二句描繪出一幅「佳麗眾美圖」，美人繁多依序進場，但皆非主角，眾星拱月的耀眼星子無疑是大周后，以他人凸顯其冠絕群倫的美貌，並想見三千寵愛在一身的幸福。接著，描寫歌舞之盛：「鳳簫吹斷水雲閒，重按霓裳歌遍徹。」李煜、周后鶼鰈同精通舞樂，經常共用雅興，而《霓裳羽衣曲》在「安史之亂後，其音遂絕。後主獨得其譜，由大周后變易訛謬，繁手新音，清樂可聽。」〔註 24〕《霓裳羽衣曲》是在開元年間，由河西節度使楊敬忠進獻，經唐玄宗潤律並製歌詞。後經歷安史之亂而有缺損，李煜因緣際會獨得此譜，再經通曉音律的大周后補闕，重見全貌。雲簫形如鳳翼，故稱「鳳簫」，而「水雲間」指水態雲容，詩詞中常水、雲並用，表示簫聲將聽者引入虛幻縹緲的水雲仙境

〔註 24〕（宋）馬令著：《馬氏南唐書　一》卷六，收錄於《四部叢刊續編》（台北：台灣商務印書館，1981 年），頁 3。以下若同出此書，依此為主，僅列出卷數、頁數。

中，注入悠閒、灑脫的情懷。大曲一疊稱一「遍」，此曲十二遍而曲終，「徹」即最末遍。此言簫聲清亮遼遠，經過一輪的細膩演奏後，演奏近終，樂音高亢急促，美女列隊伴隨新曲，變化隊形，一遍復一遍、一拍又一拍翩翩起舞，不僅李煜，全殿沉酣於視覺、聽覺的高度享受中。

下闋集中描寫沉浸逸樂的李煜感受。「臨春誰更飄香屑，醉拍闌幹情未切。」忽然，清風拂來，帶來一股迷人的香氣。李煜是出名的奢靡，宮中有主香宮女，時時將百合香、沉檀香及粉屑相和並均散各處，趁著春風，揚起幽香飛傳各地，以為戲樂。在此不僅有前述的聲、色享受，再添嗅覺感官的舒暢，君王極聲、色、嗅覺之娛，無怪乎「醉」至神迷心馳了。「歸時休照燭花紅，待放馬蹄清夜月。」經過燈紅酒綠的繁華後，夜宴初歇，歌舞皆罷，回歸精神上的爽朗吧！不必燭花映紅，我將與愛妻大周后懷抱著詩情，珍惜著彼此，沐浴在清夜月光下，伴著達達的馬蹄，緩緩相歸吧！

〈玉樓春〉為李煜前期作品，寫奢侈的宮庭生活、君妃的聲色縱樂，一級的美色「明肌雪」、一級的舞樂「霓裳羽衣」、一級的香氛「飄香屑」、一級的情致「清夜月」……，似乎將天下樂事集於今日一享而盡，是「及時行樂」，也謂「急於行樂」。爾後，李煜加倍「好音律，因亦耽嗜，廢政事。監察御史張憲切諫，賜帛三千尺，以旌敢言，然不為輟也。」〔註 25〕雖然有忠臣張憲真切進諫，李煜欣然受之，還賞賜絲帛三千尺以為表彰獎勵，日後卻未見反省節制，反倒益加縱侈，不禁使人疑惑：為何這般急於行樂？想是心中明瞭外有強國威脅，內政又積弱不堪，擔憂今天的幸福稍縱即逝，所以加倍玩樂，終導致國家加速滅亡，其「掌握」與「流失」之反差所示如下：

〔註 25〕（清）吳任臣撰：《十國春秋　二》卷十八，收錄於王雲五主持《四庫全書珍本》（台北：商務印書館，出版年月不詳），頁 2。以下若同出此書，依此為主，僅列出書名、頁數。

掌握（急於掌握）	晚粧初了明肌雪，春殿嬪娥魚貫列。鳳簫吹斷水雲閒，重按霓裳歌遍徹。　臨春誰更飄香屑，醉拍闌幹情未切。歸時休照燭花紅，待放馬蹄清夜月。
流失	擔憂今天的幸福稍縱即逝

再如〈子夜歌〉：

尋春須是先春早，看花莫待花枝老。縹色玉柔擎，醅浮盞面清。　何妨頻笑粲，禁苑春歸晚。同醉與閒平，詩隨羯鼓成。（頁 110）

開寶四年（西元 971 年）後，宋國威逼更甚，南唐國勢漸衰，深憂難遣，故有〈子夜歌〉之作，逃離現實的鬱結。高舉起淡青色酒壺的女手潔白柔嫩，想見美人捧壺嬌媚情景，而美人倒酒：「醅浮」指浮蟻，即未漉的酒渣，酒不是新醅，而是舊酒，浮渣已經沉澱，美人將青瓷中的陳年老酒倒在酒杯裡，泡沫渣滓緩緩沉落杯底，清清亮亮的酒呈現於盞面。藉由側面境頭，將可愛的人、可口的酒表現的細膩逼真，君王的優閒情趣不言而喻。

下闋直寫美人笑顏頻頻：君王遊園，花兒有的含苞待放，有的繁花似錦，恰如美人笑臉盈盈、露齒盛笑，美人與青春時節怒放的花朵相互輝映、搖曳生姿，多明麗的畫面呀！名花美人陪伴賞玩，君王自然不忍歸苑。尾末二句「同醉與閒平，詩隨羯鼓成。」暗合唐明皇羯鼓催春的故事，唐代南卓《羯鼓錄》云：

明皇尤愛羯鼓玉笛，為八音之領袖。時春雨始晴，景色明麗，帝曰：「對此豈可不為判斷？」命取羯鼓，臨軒縱擊，曲名《春光好》。回顧柳杏，皆已微拆。〔註 26〕

唐明皇賞花、吟詩、奏樂以催春，和李煜此詞如出一轍：皇帝、美人成雙出現，在明麗的春光美景下，一同心醉神迷、隨性品評、話說南北，趁此雅興，君王隨著羯鼓鳴聲拍敲，即興吟哦，自創新詞，流連駐春，乘時遊賞。

〔註 26〕（唐）南卓等：《羯鼓錄．樂府雜錄．碧雞漫志》（上海：古典文學出版社，1957 年 4 月），頁 4。

這闋詞寫李煜於春日在宮中飲酒、賞花、賦詩的閒情雅致。開頭二句「尋春須是先春早，看花莫待花枝老。」淺白質樸，向我們宣告：春來了，先做好準備吧！當前百花齊放，快盡興遊賞吧！因為春光稍縱即逝，韶光匆匆，繁花易凋，趕緊及時行樂，趁樂且樂吧！李煜快活到詩隨鼓成，無奈「羯鼓」終究是外族樂器，已嗅得火藥氣味，將掀起狂風暴雨——唐明皇的善擊羯鼓招致「漁陽鼙鼓動地來」，李煜的「詩隨羯鼓成」致使「教坊猶奏別離歌，揮淚對宮娥」，轉眼間，兩位帝王的美夢皆成了泡影，國家破滅在得意忘形、聲色享受之下。揭開來看，原來追趕著逸樂的李煜骨子裡著實隱藏著對人生、家國浮沉的未定與不安，甚至恐懼呀！其「掌握」與「流失」之反差所示如下：

掌握	尋春須是先春早，看花莫待花枝老。縹色玉柔擎，醅浮盞面清。何妨頻笑粲，禁苑春歸晚。
流失	詩隨羯鼓成

開寶年間，南唐的國勢一天比一天危急，李煜深感無力抗宋，只想委屈求全，行事格外恭謹，即便有逆轉時勢的契機，還是畏懼縮手，陸氏《南唐書》：

> 時周人正陽浮橋初成，扼援師道路，仁肇率敢死士千人，乘風舉火焚橋。……又徙南都留守。開寶中，密言於後主曰：「宋淮南諸州，戍守單弱，……師旅罷弊，此在兵家為有可乘之勢。……事成，國家饗其利；不成，族臣家，明陛下不預謀。」後主懼不敢從。〔註27〕

李煜有忠臣志士林仁肇為國赴命，又有人密報宋軍守備孱弱、師旅疲敝，為反敗為勝的良機，無奈李煜膽小卑怯不敢下手，其後讓宋有了興師伐唐的機會，造成「家國愔愔，如日將暮」的慘境，在此等憂鬱下，李煜寫了〈烏夜啼〉：

〔註27〕（宋）陸游著：《陸氏南唐書　一》卷十四，收錄於《四部叢刊續編》（台北：台灣商務印書館，1981年），頁4。以下若同出此書，依此為主，僅列出卷數、頁數。

> 昨夜風兼雨，簾幃颯颯秋聲。燭殘漏斷頻欹枕，起坐不能平。　　世事漫隨流水，算來夢裏浮生，醉鄉路穩宜頻到，此外不堪行！（頁 125）

惶惶歲月不見天日，耳目不得安寧，竹簾帳幕外風強雨驟，颯颯秋聲不絕於耳。昏暗的房內只有殘燈明滅、銅漏滴答，古人以漏壺計時，「漏斷」謂壺水漏盡，即將天明，靜闃的房室獨聞此聲，孤單的人、空寂之聲、淒冷的夜，將李煜由笙歌醉酒的佳境拋向冷漠孤寂的幽居，屢次倚枕傾倒，不能成寐，輾轉起身，愁思更加湧上難平。

此時的生活是憂慮萬千的，李煜悔恨防宋的無能、未納的諫言，以及一味的消極逃避與偷生苟活的僥倖心態。在漫漫長夜中，好經難受呀！

下片乍看之下，忽得解脫「世事漫隨流水，算來夢裏浮生。」在經歷千萬痛苦後，終於領悟世間人事半點不由人，意料之外、失去所有實屬常態，春去秋來、滄海桑田，人生未定、其生如浮，便是一場幻夢吧！事實上，可悲的李煜至此仍鴕鳥心態，不肯積極面對，用這兩句話來掩飾自己的懦弱和麻痺自己的神經。往下更見一斑「醉鄉路穩宜頻到，此外不堪行」，現在只能以酒解愁沉溺醉鄉，佯裝昏傻，其餘別無他法，方能遠禍離愁。表現欲想超脫痛苦，還是淹沒在人世茫茫，眾生苦惱，滿途荊棘，何處有乾淨樂土的嗟嘆，其「掌握」與「流失」之反差所示如下：

掌握	醉鄉路穩宜頻到，此外不堪行
流失	世事漫隨流水，算來夢裏浮生

李煜後主自始至終皆是文人情種，不論太平歲月或烽火飛天，皆是沉醉逸樂麻醉心志，未能有賢君聖王的禦侮圖強，即便上天給了最殘酷的試煉教訓——危急存亡之際，李煜依然學不會奮力持生，在富國時縱情聲酒，國危時逃避醉酒，希望在酒酣時抓得一點解脫，導致一生斷送於牽機毒酒上，豈不為絕大諷刺？

〈玉樓春〉（晚粧初了明肌雪）、〈子夜歌〉（尋春須是先春早）隱含擔憂去日苦多，故須掌握時機，即時行樂之意；〈烏夜啼〉（昨夜風兼雨）看出憂患已臨，李煜仍舊手握杯爵，藉由縱酒以達忘卻煩惱、自欺欺人的境地，最後家國盡失。在惡劣不安的世道之下，李煜身為國主，依然浪蕩不羈，沉迷風流韻事，雖知浮生若夢，卻不徹底醒悟，唯藉陶然一醉，姑且忘憂。身擔兆民之重的國主，如此勉強尋歡，或說自甘頹棄，不僅不成體統，也難如願重返大周后在時那樣快樂欣慰，甚至留下譴責罵名。

「幸福：掌握與流失的擺盪」為前、中期作品，幸福既然取之理虧，存在「愧疚體驗」，當然隱含擔憂無常之感。而且，對於才華洋溢卻懦弱行事的李煜，幸福既然是用卑躬逃避與家國安定換來的，償還的代價將難以估計，終致落入深沉的哀痛當中，故余懷云：「李重光風流才子，誤作人主，至有入宋牽機之恨。」〔註28〕風流才子不知掌握時機奮勇振作，終致全盤流失。可惜李煜太晚體認到此點，或者說，在亡國後仍不願由衷承認自己的懦弱與錯誤，所以，他沒有痛定思痛，更沒有越王勾踐的臥薪嘗膽，不知救國圖存、收復失土，整天只會耽溺於悲傷之中，即使體悟到幸福虛幻、短暫，仍舊抱著姑且及時行樂的心態，可是及時行樂時，又暗含憂心、愧疚，「掌握逸樂」與「憂心流失」兩相擺盪，心境紛雜。

第三節　際遇：適意與違心的未定

李煜有赤子之心、溫暖情懷，他以仁慈待人、以真誠關懷，祈願過著自在自適的日子。可惜人世無情，生於帝王之家，位不配才，即便他對人再友善，富有深厚才學，也非帝王之位的絕對需要，所以，無法換來心意的遂心如願，致使有「際遇：適意與違心的未定」情形，膠著在自在合意與違背心志中，如此情形表現在〈楊柳枝〉（風情漸

〔註28〕余懷：《玉琴齋詞序》，收錄於蔣勵材：《李後主詞傳總集》（台北：國立編譯館中華叢書編審委員會，1962年3月），頁140。

老見春羞)、〈謝新恩〉(秦樓不見吹簫女)及〈漁父〉兩闋中。

李煜是宅心仁厚的，對待下人也一本真心誠意、慈愛多恩，期望人人舒適順意。據聞在一回春日宴遊中，李煜再度遇見曾經垂青的宮人慶奴，但此時的慶奴，不再是當年的青春美貌，而是年華老去、明日黃花。據宋張邦基《墨莊漫錄》卷二：「江南李後主曾於黃羅扇上書賜宮人慶奴。」〔註29〕因此，李煜生起憐憫之情，隨手拿起一把黃羅扇，寫下了〈楊柳枝〉以贈宮人慶奴，證明李煜的純摯與體貼。但也是此性，才會有破國之際「教坊猶奏別離歌，揮淚對宮娥」舉國上下慟哭的哀悼場面；崩殂後，《南唐拾遺記》云：「凶聞至江南，父老多有巷哭者。」〔註30〕和其他亡國之君相比，李煜足有仁德情義，方有眾多平民百姓為其痛哭之景象。

如〈楊柳枝〉：

> 風情漸老見春羞，到處芳魂感舊遊。多見長條似相識，強垂煙穗拂人頭。(頁123)

李煜體察到慶奴感受而發此詞：隨侍宮女風情萬種、青春嬌美，唯有慶奴歷經風霜，兩鬢斑白，舊地重遊，桃花依舊笑春風，對照起慶奴紅顏衰老、風情寥落，當是「見春羞」而自慚形穢。在遊樂中慶奴觸景傷情、鎖眉無笑，昔日的輕盈燕舞難以再現，徒留暗自傷感。

開頭觀察書寫慶奴心情，可看出李煜的細心真切，往下不僅承接前兩句的理解人心，並給予慶奴溫暖的安慰。「多見長條似相識，強垂煙穗拂人頭」雖然年華似水，無情東流，可是，垂柳多是舊面孔、曾相識，如同李煜依然記得慶奴，而且情懷與往日無異。慶奴在茂密如雲煙的白色柳穗花林穿梭，垂擺的柳條依舊向她熱情招呼，施與無限的關懷慰藉，使人合意。佳容難駐，不要憂傷，李煜將給慶奴顧念。

〔註29〕(宋)張邦基：《墨庄漫錄》卷二，收錄於葉嘉瑩主編：《南唐二主詞新釋輯評》(北京：全國新華書店，2003年1月)，頁55。

〔註30〕(明)毛先舒著：《南唐拾遺記》，收錄於《百部叢書集成．學海類編》(台北：藝文印書館，1967年)。

李煜以仁愛之心與同情心看待世界，童慶炳說明：

> 藝術家的同情心又與他們的另一重要的心理特徵密切相關，並以此為件，這一心理特徵就是豐富的、逼真的想像力。想像力促成了藝術家深廣的同情心。盧梭曾正確的指出：「我們對他人同情的痛苦程度，不決定於痛苦的數量，而決定於我們為那個遭受痛苦的人所設想的感覺。」因此，任何人都只有在他的想像力已開始活躍，能使他忘掉自己，他才能成為一個有感情的人。〔註31〕

因為藝術家能敏感覺察他人狀況並設想他人處境感覺，使自己具備同理心——將心比心，時常站在他人立場，想像身處易位的心境與感受，因而呈現出同情心。所以，「同情心」與「想像力」互相關聯，且旺盛的想像力促成深厚的同情心。被評論為「重光天籟也，恐非人力所及」〔註32〕的李煜，與生俱來有豐富的想像力，故懷有比一般人更多的同情心，能敏銳瞭解宮人慶奴的惆悵失落，進而抒發為詞，寫下〈楊柳枝〉，讓人感受不同於威風霸權帝王的適意關懷。可惜在溫暖柔情之外，英勇果斷的特質與高瞻遠矚的眼光更是領導者不可或缺的，但是，李煜乃被動而登上龍椅寶座，人生錯位未使李煜改變態度，仍一本文人情懷治國待人，終將斷送山河。

適意	多見長條似相識，強垂煙穗拂人頭
違心	柔弱多情的李煜錯位為須具備英勇前瞻的國主

再如〈謝新恩〉：

> 秦樓不見吹簫女，空餘上苑風光。粉英金蕊自低昂；東風惱我，纔發一襟香。　　瓊牕夢□留殘日，當年得恨何長？碧闌幹外映垂楊。暫時相見，如夢懶思量。（頁125）

首句引用漢劉向《列仙傳》典故：

〔註31〕童慶炳：《現代心理美學》，頁122。
〔註32〕周之琦：《詞評》，收錄於蔣勵材：《李後主詞傳總集》（台北：國立編譯館中華叢書編審委員會，1962年3月），頁140。

> 蕭史善吹簫，作鳳鳴。秦穆公以女弄玉妻之，作鳳樓，教弄玉吹簫，感鳳來集，弄玉乘鳳、蕭史乘龍，夫婦同仙去。〔註33〕

相傳春秋時代秦穆公女弄玉，因蕭史善吹簫而好之，公遂以適蕭，並築鳳樓。日就隨蕭作鳳鳴，簫聲清亮，有鳳來集，後即隨鳳飛昇而去，從此人去樓空。此乃世人傳頌的美麗愛情傳說，蕭史、弄玉鸞鳳和鳴於秦樓，乘鳳翱翔於天際，如「在天願做比翼鳥」般甜蜜相隨。但本詞是「秦樓不見吹簫女」，隱含獨留男主人公之意，試想可是發生遽變？戀人已逝，只剩情郎形單影隻，空守樓閣。此時春神降臨，專供帝王遊賞打獵的園囿正風光旖旎、鳥語花香，如今因失去了所愛之人，一切黯然失色、興味索然。美花隨風上下飄揚，花瓣開合，東風吹拂，香粉飄散，沾滿整件衣襟。年年日日花自綻放、花自凋零，年復一年、日復一日，無情的循環著，只在偶然機緣下，遺留給生者一抹餘香。李煜失去所愛（大周后），即使春日繁華，香滿衣襟，仍然促使心情格外沉重。

下片「瓊牎夢□留殘日，當年得恨何長？」「瓊牎」鑲綴美玉的精緻窗子與「殘日」凋殘落寞的日子形成對比，如同上片，華美的外境更襯心境之蒼涼，順勢推出下句「恨何長」，此恨正如白居易〈長恨歌〉:「天長地久有時盡，此恨綿綿無絕期」一樣恨無止盡。忽然，再寫所見「碧闌幹外映垂楊」春光明亮，楊柳鮮翠，搖曳生姿，彷彿上天垂憐，再贈溫暖，可惜只是「暫時相見，如夢懶思量」如同飛昇離去的吹簫女般，溫暖只是暫時，摯愛唯能在夢中相會，短暫的歡愉、心喜皆是虛幻，別再白費苦心了。

本詞為李煜哀悼大周后之作。二人結縭，感情甚篤，擁有「只羨鴛鴦不羨仙」的美滿幸福，不料十年後周后病逝，李煜悲痛鉅甚，《十國春秋》云：

〔註33〕（漢）劉向著，張金嶺注：《新譯列仙傳》卷上（台北：三民書局股份有限公司，2004年10月），頁112。

> 後主哀苦傷神，扶杖而起。自製誄，刻之石，與後所愛金屑檀槽琵琶同葬。又作書燔之，自稱鰥夫煜。其辭數千言，皆極酸楚。〔註 34〕

李煜悲哀憔悴，至須扶杖而起，並親撰誄詞、刻於石塊以悼念，一字一句引人熱淚。造物主給予溫情，賞賜優美的景色，但因摯愛逝世，綺麗的春景皆成了傷情的針氈；因過度思念，重溫舊夢的感性願望與喪失愛妻的理性現況更添悲痛，情真意深溢於言表。「適意」與「違心」之反差所示如下：

適意	粉英金蕊自低昂；東風惱我，纔發一襟香。碧闌幹外映垂楊。
違心	秦樓不見吹簫女，空餘上苑風光。瓊牕夢□留殘日，當年得恨何長

李煜年少時期，便有棲隱志向，他在《即位上宋太祖表》說：「被父兄之蔭育，樂日月以優遊。思追巢許之餘塵，遠慕夷齊之高義」〔註 35〕清楚的表達自己對巢父、許由、伯夷與叔齊的傾慕，恰可印證李煜對隱者高士生活的嚮往。某日，李煜見到衛賢《春江釣叟圖》，廣闊逍遙的畫境吸引了他的目光，升起了悠然神往之情，因而題下〈漁父〉兩闋。

千百年來，中國詩文中以「漁父」形塑超脫曠達形象者，層出不窮，而《楚辭》中的〈漁父〉堪稱發軔之作。王逸《楚辭章句》云：「漁父避世隱身，釣魚江濱，欣然自樂。」〔註 36〕《楚辭》中的漁父，其實是避世埋名的隱士，而不是捕魚為生的漁翁。他們畏世遠遁，潔身自保，或躬耕田野，或僻居山林，且隱居之地景色優美，情調亦閑淡，令人神往。《楚辭》此篇，開啟中國詩歌史上的「漁父」意象系列，賦予超脫曠達、恬淡自適的文化內涵，使之定格為隱逸

〔註 34〕《十國春秋　二》卷十八，頁 3。

〔註 35〕（清）董皓：《全唐文》卷一二八（上海：上海古籍出版社，1990 年 12 月），頁 3321。

〔註 36〕（漢）王逸：《楚辭章句補注》（吉林：吉林人民出版社，1999 年 9 月），頁 186。

的象徵。〔註37〕

進一步言之，「漁父」這一意象蘊含的不僅是漁父個人，也包含著相關出現的場景：著蓑衣、駕扁舟於遼闊滄浪上的逍遙，斜風細雨疏竹間的靜謐，皆表達飄飄然的遺世思想，加上漁父那獨持釣竿的身影，都綜合成紅塵之外的曠達與灑脫，而這份超脫、這種隱逸的清幽生活，不僅為人神馳，也為李煜嚮往。〈漁父〉〔註38〕其一：

浪花有意千重雪，桃李無言一隊春。一壺酒，一竿綸，世上如儂有幾人？（頁103）

起首選取兩種場景來表現漁父的生活環境與情緒心境：漁父在一望無際的江上，浪花捲起層層疊疊的白色浪花翻滾如瑩雪，衷心迎接我的到來。江濤捲起雪浪本是「無意」，詞人卻說「有意」，寫出漁父與大自然的親切融洽，朵朵浪花翻騰正可娛樂漁父身心，好不快意！江邊兩岸，一排排的桃花、李花競相怒放，把春天裝點地繽紛燦爛。沿岸所見盡是美景，群花夾道歡迎我的蒞臨。有謂「桃李不言，下自成蹊。」桃、李樹不需自讚或人誇，因其花美豔、其實甘美，眾人爭相奔赴，樹下因而踏出一條道路來；桃花、李花感應到我深深的欣賞愛慕，無需言語，直接以桃李紅白的絢麗回報與我，多麼單純率直的回應呀！接著，寫漁父的裝束和形象：身上掛著一壺酒，手裏撐著一根竿，隨意撐篙、恣意飲酒，再大聲嗷嘯吟哦，多自由，多快活！末句終於呼出：這世上像我這樣的自由人，能有幾個呢？實是作者對漁父的羨慕，就像王維〈渭川田家〉：「即此羨閒逸」。

〈漁父〉其二：

一櫂春風一葉舟，一綸繭縷一輕鉤。花滿渚，酒滿甌，萬頃波中得自由。（頁104）

前一首著重寫漁父心情上的快活，這一首強調漁父生活上的自由。漁

〔註37〕左敏行：〈中國古代詩文中的傳統意象「漁父」〉，《文史知識・青年園地》，2012年8月，頁118。

〔註38〕據蔣勵材：《李後主詞傳總集》，大概為保大十四年（西元956年）到中興元年（西元958年）年間作品。

父駕著一葉輕巧的小舟，劃著一支長槳，迎著春風，出沒在萬頃波濤之中，何等瀟灑自在！他時而舉起一根絲線，放下一隻輕鉤；時而注酒滿盅，舉起酒壺，沉浸在開滿花的水中小沙洲上，心滿意足地品著美酒、賞著美花，在浩瀚無際的江海中得到人間難得的自由自在。

李煜為天生的彬彬公子，具有濃厚的藝術文學氣質，擁有一顆赤子之心與浪漫情懷，他不懂政治圈的詭譎機謀和陰毒手段，希冀自己能過著如漁父般優游自得的生活。無奈錯置帝王家，縱使不他貪圖王位、不眷戀名利，已經躲進文藝書畫當中以避禍，可是，依然逃不過太子李弘冀的猜忌、王宮大臣爭權奪利，只能藉著畫作，欣羨著漁父的自適快樂；藉著詞作，領略山水田園、自然景物純潔任真，毫無機巧，能以最友善的一面真誠相待，如「我見青山多嫵媚，料青山見我亦如是」與「相看兩不厭，只有敬亭山」般的意境。

且在〈漁父〉其二中，連用四個「一」字而不避重複，是詞人有意為之，為的是強調漁父一人的獨立自由，也可看作是李煜身旁無同志樂者。其身處的皇宮如同「萬頃波」一樣危險難測，宦海浮沉，在此至親手足、文武百官搶名逐祿，幾無看淡權勢、不屑名利之人，李煜猶如無情江水中的一粟般渺小無力、任其漂漂蕩蕩。〈漁父〉透露著超然物外的清新氣息，可是，在現實中，李煜不但得不到自由，還嚐遍至親與外患的「宰割」，蓋是諷刺！「適意」與「違心」之反差所示如下：

適意	一壺酒，一竿綸，世上如儂有幾人 一櫂春風一葉舟，一綸繭縷一輕鉤
違心	萬頃波：希冀自己能過著如漁父般優游自得的生活，無奈錯置宦海險惡的帝王家

本節為李煜前、中期作品。李煜位居一國之尊，待人溫情不是重點，而是理智才略，方能理性裁決，不為情感所誤；文采乃非必須，而是雄才大略、深謀遠慮的智慧；個人志向更非考慮之要，而是以國為重的思維。在〈帝王的隱秘〉一書中云：

> 皇宮裏的生活一向為人們所津津樂道，長時間籠罩著一層神秘夢幻般的色彩。實際上，透過宮室的華美與富麗，你將發現，作為人類社會一員的皇子，他在深宮中的生活與普通人一樣充滿了層層限制和精神苦惱，並不像想像的那樣置身於天堂裏，幸福連著幸福。〔註39〕

皇宮貴族的生活人人稱羨，在物質條件上，可以鐘鼓饌玉、鮮車怒馬；在精神生活上，卻必須以國家皇族發展為首要之務，因此，最頂尖的物質享受必須以犧牲個人精神志願來交換。所以，李煜為君王身分，身處深宮苑囿，漱石枕流的快樂逍遙絕無可能。李煜懷不可能的心願，存有純真稚子之心，以不恰當的方式與理念應付所處的環境，難怪會有無限憾恨發生，時常有「際遇：適意與違心的未定」之感慨。

〔註39〕趙良：《帝王的隱秘——七位中國皇帝的心理分析》（北京：中國廣播電視出版社，2001年8月），頁182。

第四章　李煜詞的反差表現手法

大唐時代城市繁榮、經濟發達、貿易頻繁，華夷交往密切，歌舞活動昌盛。至晚唐，在花間鼻祖溫庭筠的開創引領，以及後蜀趙崇祚編《花間集》的影響下，出現了「花間派」，歐陽炯《花間集序》云：「有綺筵公子，繡幌佳人，遞夜夜之花箋，文抽麗錦；舉纖纖玉指，拍按香檀，不無清絕之辭，用助嬌饒之態。」〔註 1〕即點明題材偏於艷靡，善於描寫女性美情美態。待至五代李煜，因經歷多舛、巨變驚心，將一人血淚擴展為全人類的心境題材，故構詞、寫法、鋪陳……別具一格，扣人心弦，經常使用「反差表現手法」。此章將從「物美情劣」、「昨是今非」、「常與變、動與靜及其他」來探討。

第一節　物美情劣

體物精微的騷人墨客，對於外在環境、物件的感受當是格外深刻，因而能觸景傷情、發為吟詠，在此過程，物象已進入文人的構思，沾染上主觀色彩，滲入人格、情緒與經驗，《文心雕龍．物色》：

> 若夫珪璋挺其惠心，英華秀其清氣，物色相召，人誰獲安？是以獻歲發春，悅豫之情暢；滔滔孟夏，鬱陶之心凝。天高

〔註 1〕馬清福著，趙崇祚編：《花間集》，後蜀歐陽炯寫序（遼寧：春風文藝出版社，1995 年），頁 1。

氣清，陰沉之志遠；霰雪無垠，矜肅之慮深。歲有其物，物有其容；情以物遷，辭以情發……是以詩人感物，聯類不窮。流連萬象之際，沉吟視聽之區。寫氣圖貌，既隨物以宛轉；屬採附聲，亦與心而徘徊。〔註2〕

無垠大地一年四季景物萬千、形貌多樣，人情跟隨物象牽引變化，文章因人情波動抒發紀錄。詩人受到客觀物象的感染時，常能聯想到各式各樣類似的事物，依戀徘徊於宇宙萬物之間，對於所見所聞深思默想。描寫精神樣貌，既是隨著景物而變化；辭采音節的安排，也結合自己的思想情感細心琢磨。由此可知，「物」與「情」關係緊密，互相影響，交織出璀璨的篇章。

李煜生平宛若天堂地獄，亡國前宴饗極奢，滅國後囚禁凌辱，如此天壤之別，造就獨特的觀點與感受：聞人所未聞、察人所未察、悟人之未悟，曾經擁有的喜樂，如今一去無復返；當年的亭閣樓台，今日在天一涯；往日的美人情愛，現今落寞孤寂；昔日的春花秋月，當下再添神傷，形成「物美情劣」的景況——因為作者個人獨特生活經驗或情感因素，導致妙麗的外在事物非但無法引起愉悅心境，反而勾起或襯托己身之淒切、悵然，如：〈喜遷鶯〉（曉月墜）、〈禱練子令〉（深院靜）、〈謝新恩〉（櫻花落盡階前月）、〈采桑子〉（庭前春逐紅英盡）（轆轤金井梧桐晚）、〈阮郎歸〉（東風吹水日銜山）皆有採用此手法。

先論〈喜遷鶯〉（曉月墜）。〔註3〕浪漫深情的李煜，情感特別細膩敏銳，〈喜遷鶯〉（曉月墜）描寫暮春時節，思念舞人希冀歸來的情景。首句「曉月墜，宿雲微」點明時刻：黎明之際，頃刻曙光乍現、旭日東昇，新的一日即將啟航，大地充滿了光明與衝勁。但是，

〔註2〕（南朝）劉勰著：《文心雕龍》（台北：台灣古籍出版社，1996年9月），頁438。

〔註3〕因前文已經引用〈喜遷鶯〉（曉月墜），故不在正文中重複徵引。但為方便讀者閱讀，於註腳附上詞作：曉月墜，宿雲微，無語枕頻欹。夢回芳草思依依，天遠雁聲稀。啼鶯散，餘花亂，寂寞畫堂深院。片紅休掃儘從伊，留待舞人歸。

李煜所見卻是月色朦朧即將隱沒，天邊星子稀稀落落，雲朵慢慢散盡，一片冷清與孤寂，難怪詞人「無語枕頻攲」，輾轉反側、欲語還休，只能攲著繡枕，想念舞人。「夢回芳草思依依，天遠雁聲稀」懷著思念迷迷濛濛墮入夢中，夢境中，芳草鬱鬱，遼闊連天，彷彿綿綿無盡的相思裊裊飛天，隨著雁聲追尋舞人的身影，愈追愈遠、愈追愈渺茫……。

破曉為日之開端、芳草本生機盎然，到了李煜眼中，全成了抑鬱懷憂之物，兩相映照，更現濃情，相思之情無法在現實中安撫，只能藉「夢境」稍稍療慰人心。整闋詞中，作者將原本美好的物件「月」、「芳草」、「鶯」、「花」、「畫堂」，透過心情的渲染，成為「月已墜」、「鶯已散」、「花已亂」、「畫堂寂寞」、「芳草依依」，事實上，真正「墜」、「散」、「亂」、「寂寞」、「依依」的，不是外在種種，而是作者的情感與心境，經過內心投射，一切的圓滿、美妙，皆因舞人不在，所擁有的只剩殘缺零亂，使之徹夜難眠，直至「曉月」。故所見所聞，乃一夜未眠之果，整闋詞灑上了一層淒迷的月光，統攝全文，加深哀怨之情。

物美：曉月、芳草、鶯、花、畫堂 —情劣→ 月墜、芳草依依、鶯散、花亂、畫堂寂寞

又如〈擣練子令〉（深院靜）。〔註4〕深夜時刻，正是酣睡夢甜之際，世界籠罩在安穩幸福的氛圍中，只有李煜異於他人，「深院靜，小庭空，斷續寒砧斷續風」感受到的是夜深沉靜，庭院空寂，以及寒砧聲的陰冷淒厲，一聲聲的砧聲，彷彿一根根的細針直刺心頭，導致「夜長人不寐」，只能在漫漫長夜中，「數聲和月到簾櫳」聽著冰冷的寒砧聲和著淒冷的月光無情來到窗前，使人加倍輾轉難眠，思念不能抑止的隨著砧聲、月光飄盪遠方。整闋詞因為「月」的加入，此幅「深夜

〔註4〕因前文已經引用〈擣練子令〉（深院靜），故不在正文中重複徵引。但為方便讀者閱讀，於註腳附上詞作：深院靜，小庭空，斷續寒砧斷續風。無奈夜長人不寐，數聲和月到簾櫳。

思人圖」更加完整、惆悵，蘊藏著無限的思念與哀愁。

物美：深院靜、小庭空（酣睡夢甜之際）—情劣→ 夜長人不寐

再如〈謝新恩〉：

> 櫻花落盡階前月，象床愁倚熏籠。遠是去年今日，恨還同。
> 雙鬟不整雲顦悴，淚沾紅抹胸，何處相思苦？紗窗醉夢中。
> （頁 126）

〈謝新恩〉描繪一位飽受相思之苦的女性獨守空閨，逐漸憔悴。「櫻花落盡階前月，象床愁倚熏籠」冰冷的月光映照著階前落櫻繽紛，思婦斜倚著華麗雕飾的象牙床，唯能藉著熏籠取得一點溫暖，此份孤獨、此種愁恨，日復一日、年復一年，煎熬難耐。「雙鬟不整雲顦顇，淚沾紅抹胸」良人不在，無悅己者，不僅無心妝整打扮，容貌、鬢髮也在相思苦的折磨下日益憔悴，眼淚不禁撲簌簌滴落沾濕紅抹胸。

物美：櫻花、月、象床、紅（花好月圓之際）—情劣→ 櫻花落盡階前月，象床愁倚、淚沾紅抹胸

李煜使用「櫻花」、「月」、「象床」、「紅」的意象，營造花好月圓之感，且此恰是男歡女愛、濃情蜜意之時，但全因思慕之人不在身邊，再美妙的月色、再奢華的享受、再燦爛的顏色已無意義，徒然增添孤寂落寞罷了，只有思婦獨自守著紗窗望月懷人，期望在醉夢恍惚中能見良人貌，故陳廷焯《白雨齋詞話》云：

> 李後主晏叔原皆非詞中正聲，而其詞則無人不愛，以其情勝也，情不深而為詞，雖雅不韻，何足感人？〔註 5〕

這幾闋詞，不論是「曉月墜」、「數聲和月到簾櫳」、「櫻花落盡階前月」，皆因「月」的使用造成愁緒漸深、思念漸濃、意境漸淒冷之效，情深意濃，感人肺腑。

〔註 5〕（清）陳廷焯著，郭紹虞編：《白雨齋詞話》（北京：人民文學出版社，1959 年 10 月），頁 196。

再如〈采桑子〉(庭前春逐紅英盡)。〔註6〕李煜與大周后婚姻生活如膠似漆，大周后生得閉月羞花之貌，具有豐才富藝之能，舞姿更是翩若驚鴻，「式歌且宴」可謂二人相處的代名詞。可惜大周后紅顏薄命，徒留李煜哀悼想念，上片描寫春逝英落，勾起詞人對故人的懷想，傷春也惜人。下片寫昔日的美景、溫存，如今只剩「綠窗冷靜」鮮豔的花朵凋零，窗前枯槁，「芳音斷」芬芳殘落，伊人鶯聲燕語不聞，連飄落的花瓣也隨著香印化成了灰燼，不知不覺在悵惘中矇矓睡去，夢中依稀聽聞伊人跫音步步靠近。

色彩「紅」、「綠」是鮮明的，物件「英」、「舞態」、「綠窗」是美好的，音色是「芳音」，「香印」氣味是香的，可是因妳離開，猶如一併帶走了千嬌百媚、萬紫千紅，現今唯有在「夢」中，才能重現燦爛的春天、甜蜜的妳我。

物美：紅英、舞態、綠窗、芳音 —情劣→ 紅英盡、舞態徘徊、綠窗冷靜、芳音斷、香印成灰

弗洛姆《夢的精神分析》:「夢含有一種如詩般的完整性與真實性。」〔註7〕李煜以「夢」營造如詩如畫、如泣如訴的境遇，不僅直言不諱的將內心世界藉由文字坦誠布公，得到了實境中無法滿足的抒發與撫慰，也可以說夢中的李煜方是最任意馳騁、不受羈絆的，故詞作真摯坦率，更扣人心。

再如另一闋〈采桑子〉(轆轤金井梧桐晚)。「轆轤金井梧桐晚，幾樹驚秋，晝雨新愁，百尺蝦鬚在玉鉤。」雕飾華美的井闌轆轤迴旋擺動，時光悄悄飛奔流逝，霎時又到了晚秋，多少梧桐在秋風吹襲中驚顫葉落呀？晝雨飄灑，與窗外凋零聲應和，添上無數愁緒，我獨自

〔註6〕因前文已經引用〈采桑子〉(庭前春逐紅英盡)，故不在正文中重複徵引。但為方便讀者閱讀，於註腳附上詞作：庭前春逐紅英盡，舞態徘徊；細雨霏微，不放雙眉時暫開。綠窗冷靜芳音斷，香印成灰。可奈情懷，欲睡朦朧入夢來。

〔註7〕(美)弗洛姆著，林平譯:《夢的精神分析》(河北：河北人民出版社，1988年9月)，頁26。

守著空閨，百尺蝦鬚看似壯麗，卻如層層帷幕，囚住我的心，使憂愁盤繞高掛心頭，而晶瑩的玉鉤，也如冰冷的鉤鎖，鉤住我的魂，寂寞愁苦難以排遣。下片「瓊窗春斷雙蛾皺。回首邊頭，欲寄鱗遊，九曲寒波不泝流。」倚著點綴瓊玉的精緻窗子凝望遠方、期盼歸來，轉眼間，美好春光盡皆飛逝，來到淒殘秋天，萬千愁緒頓時湧上心頭，緊皺雙眉，回首迢迢邊塞，欲寄書信表達深切思念，無奈河波曲折綿延、冰冷酷寒，恐怕連鱗游也無法逆流而上，傳遞書信、傳遞我濃濃的情思。

上、下片描繪秋風、秋意引起哀愁，舊愁不去、新愁又至，堆疊冷寂心境，即使居住於豪宅美舍，有「金井」、「蝦鬚」、「玉鉤」、「瓊窗」雕飾，不但未能減損愁思，反而如困在金籠中的雀鳥肝腸寸斷，加上時光長遠幽居淒苦，雖言驚秋，實為「驚心」呀！呈現濃重「入門各自媚，誰肯相為言」的黯然，故李于鱗云：「觀其愁情欲寄處，自是一字一淚。」〔註 8〕

物美：金井、蝦鬚、玉鉤、瓊窗 —情劣→ 新愁、雙蛾皺

再如〈阮郎歸〉〔註 9〕：

> 東風吹水日銜山，春來長是閒。落花狼藉酒闌珊，笙歌醉夢間。　　珮聲悄，晚妝殘，憑誰整翠鬟，流連光景惜朱顏，黃昏獨倚闌。（頁 119）

本詞寫思念朝宋已久仍未歸的胞弟鄭王從善。上片云東風輕輕吹拂著水波，激起圈圈漣漪，紅暈的落日吞銜著青山，映照著繽紛的彩霞。美麗的春天呀！充滿著幽閒與平靜。趁著陽春美日，浸身繁花錦簇，口飲佳釀美酒。無奈韶光易逝，轉眼落英紛紛、酒意闌珊，逢春解憂憂更憂、借酒消愁愁更愁，促人倍加感慨神傷，縱使耳際籠罩著

〔註 8〕唐文德著：《李後主詞創作藝術的研究》（台中：光啟出版社，1975 年 12 月），頁 136。

〔註 9〕蔣勵材：《李後主詞傳總集》（台北：國立編譯館中華叢書編審委員會，1962 年 3 月），稱此詞又名〈呈鄭王十二弟〉，頁 119。以下若同出此書，依此為主，僅列出書名、頁數。

繁管急弦，更是凸顯失落和空寂。「珮聲悄，晚妝殘，憑誰整翠鬟」孤身獨守深院，玉聲默然、無人來訪，鎮日無心整妝，翠鬟亂、晚妝殘。「流連光景惜朱顏，黃昏獨倚闌。」我憐惜春天的流逝、珍惜青春的容顏，終是期待落空，仍然獨自倚欄，寂寞終老，蓋有「秋風庭院蘚侵階，一行珠簾閒不捲，終日誰來？」的落寞與喟嘆。

東風和煦、夕陽斜照、晚霞片片，春景美麗繁茂，好個悠閒愜意的佳日，佳日該有佳人相伴，共同醉身於香花歌舞中，享受如此勝景，可惜伊人已遠，徒剩落寞，春日美好，逝去飛速，不但有惜春傷春之情，作者也如遭天遺棄的孤兒，美善到此只愈發寂寞孤苦，惹人哀憐。

物美：東風吹水日銜山，春來長是閒 —情劣→ 流連光景惜朱顏

綜觀上述詞作，皆屬李煜中期所作，殆係大周后逝世至金陵失陷時期（西元 964～975 年），此段時間李煜歷經周后殞落、母親聖尊后鍾氏殂，同時宋軍屢屢漸逼侵犯、弟弟鄭王從善朝宋遭扣未回，以及無奈上表請去國號，稱江南國主，並下令貶損儀制，不料最後宋師仍薄金陵城下，李煜屈辱城陷出降……，國家由盛轉衰、動亂不平，力圖振作卻欲振乏力、無計可施，家庭也痛失愛妻摯母，精神上蒙上了陰沉隱憂，墮入強烈的焦慮煎熬、掙扎矛盾，所有的風花雪月逐漸平息，只剩陣陣驚起的壯闊波瀾。因此，即使外物如何繽紛多彩、美不勝收，不但未能引起李煜的興味、愉悅，反而皆在刺激提醒李煜美好的逝去與無法復回的感慨，故詞作風格憂傷淒涼，有「物美情劣」情形。

同時，〈采桑子〉、〈阮郎歸〉、〈喜遷鶯〉、〈搗練子〉、〈謝新恩〉都擬托思婦口吻，寫美人獨守，希冀人歸卻日漸遲暮之感，葉嘉瑩言：

> 中國歷代詩詞中，有不少哀怨的思婦之詞，男子喜歡寫女子被男子拋棄，是因為男子有時也有被拋棄的感覺，所謂的「被拋棄」指的是仕途的不如意，為了保持尊嚴，於是把被

拋棄的感覺用女子的口吻道出。〔註10〕

李煜浸享於君王生活，即使缺乏雄才大略的帝王氣度，仍堪稱仁慈待人、愛護百姓，但是，最終依然城破國亡，入宋幽囚，被故土國家所拋棄了。所以，吾人可將詞中的「美人」視為富裕江南國土的代表，美人蹙眉與柔弱表示對於國事的憂心及無可奈何，孤眠與相思之苦透露出長期的浮躁不安，而美人遲暮則暗示國運窮途，希冀人歸更是期待國家主權的回歸與掌握。李煜藉由蘊藉委婉的手法表達幽怨悱惻，所見所聞都觸發煩憂心緒。生活無歡可思量，全因美好已逝去，怎麼也抓不回，而〈謝新恩〉更濃重，沉浸在亡國的哀鳴中。

第二節　昨是今非

李煜生於深宮之中，過著覃思經籍、悠遊逍遙的日子。保大十二年，正值青春年華的李煜，與閉月羞花、秀外慧中的大周后共結連理，過著甜膩歡樂的日子。年年歲歲式歌且舞、燕樂醉酒，沉浸於狂歡享樂天堂。忽然，大軍壓境、炮火連天，摧毀了歌舞昇平的美好，國已破、遭禁錮，身心雙受煎熬，亟欲挽狂瀾、歸歡樂，怎奈一去不返，獨剩空憾，只能留戀在悵惘的回憶當中，故詞作中常有「昨是今非」之感，如：〈破陣子〉（四時年來家國）、〈浪淘沙〉（往事只堪哀）、〈望江梅〉（多少恨！昨夜夢魂中）、〈望江南〉（閒夢遠，南國正芳春）（閒夢遠，南國正清秋）、〈子夜歌〉（人生愁恨何能免）、〈浪淘沙令〉（簾外雨潺潺）以及〈臨江仙〉（櫻桃落盡春歸去）。

〈破陣子〉：

> 四十年來家國，三千里地山河。鳳閣龍樓連霄漢，玉樹瓊枝作烟蘿，幾曾識干戈？　　一旦歸為臣虜，沈腰潘鬢銷磨。最是倉皇辭廟日，教坊猶奏別離歌，揮淚對宮娥！（頁130）

〔註10〕葉嘉瑩：《照花前後鏡：詞之美感特質的形成與演進》（新竹：清華大學出版社，2007年4月），頁25～26。

宋開寶八年（西元 975 年），宋軍大舉入侵，城陷國破、流離逃散的慘絕景況成了李煜永遠抹不去的夢魘，耳邊再度響起舉國慟哭於九廟之外的悲歌，迷濛中彷彿又看到了無顏再見的宗廟祠堂，多麼希冀回到江南三千里沃野，江土河山巍峨壯麗，建國歷史四十多年，在這悠長的時光中，李煜締造了多少甜蜜的回憶，踏遍多少大江南北，如鳳的臺閣與如龍的樓臺高聳入天，似玉的大樹與似瓊的枝幹構成了美麗的烟蘿庭園，生活宛如一幕幕綺麗的美夢，可惜一切已成過往，無法再現。「識」深刻表達無比的驚異，哪裡會知曉戰爭干戈的慘酷呢？當然一直偏安江南，未積極秣馬厲兵，是李煜的感慨，也是自責呀！

下片一轉「一旦歸為臣虜，沈腰潘鬢銷磨，最是倉皇辭廟日，教坊猶奏別離歌，揮淚對宮娥。」大勢已去，如今歸為臣虜，昔日的笙歌艷舞不再，「爛嚼紅茸，笑向檀郎唾」的情趣不復見，取而代之的是浩渺無邊的深愁大恨，將人消磨為如沈約、潘岳般的瘦骨滄桑；最肝腸寸斷的是憶及當年臨別之時，全國痛哭失聲，人人相互垂淚，教坊演奏別離歌，但是所有悲憤與不捨只能化作眼淚滾滾落下。

上半闋鋪寫立國以來的繁榮昌盛，建築雄偉、美景宜人，下半闋急轉直下，描述肉袒出降後的憾恨足以將人折磨到不成人形，今昔對比，更見心碎淒涼，故蕭參云：「其詞悽愴，與項羽拔山之歌，同出一揆，然羽為差勝，悲歌慷慨，猶有喑嗚叱吒之氣，後主渾是養成兒女之態」。〔註 11〕「昨是」與「今非」之對照所示如下：

昨是	四十年、三千里地、鳳閣龍樓、玉樹瓊枝
今非	臣虜、沈腰潘鬢

宮廷生活極豪奢，李煜懸珠代燭、以羅冪壁、用銀當釘、笙歌燕舞……，快樂無比！可嘆皆成往事，不平之氣只如〈浪淘沙〉（往事只堪哀）所描繪一般，直抒胸臆，表達無限悲哀情緒：

〔註 11〕轉引自蔣勵材：《李後主詞傳總集》，頁 150。

往事只堪哀，對景難排！秋風庭院蘚侵階，一行珠簾閒不捲，終日誰來？　　金劍已沉埋，壯氣蒿萊。晚涼天淨月華開，想得玉樓瑤殿影，空照秦淮！（頁 136）

往日的雄心壯志、政治理想，隨著國家的傾覆、無情的欺凌，逐漸衰殘，代表帝王豪情的「金鎖」沉埋黃土，「壯氣」已沒入荒煙蔓草，唯有「晚涼天淨月華開」遙遠的月兒陪伴著李煜，望著望著不自覺神馳千里，飄飛至故國「玉樓瑤殿」中，回憶著無數嬪妃宮娥、宴樂享樂，此不正是「良辰美景」的代名詞嗎？可如今只能「空照秦淮」，淒涼之意油然而生。

降虜生活孤孤零零，心緒悽惶忐忑，際遇晦暗殘忍，李煜卻使用華麗的「金」、「壯」、「玉樓」、「瑤殿」加以映襯，其中蘊藏著更大的悲歎與淚水。難怪沈際飛云：「此在汴京念秣陵事，竟不忍讀。」〔註 12〕「昨是」與「今非」之對照所示如下：

昨是	金劍、壯氣、玉樓、瑤殿
今非	蘚侵階、珠簾不捲、金劍沉埋、壯氣蒿萊、空照秦淮

再如〈望江梅〉（多少恨）〔註 13〕，以及〈望江南〉二首。〔註 14〕

李煜雖然體驗到種種的屈辱凌虐，仍不禁想起從前的點點滴滴：春花明豔、碧草如茵的芳春，寂寥蕭索、笛聲淒切的清秋，或是車水馬龍遊覽上苑、花月嬌麗、春風和煦的逍遙繁華，李煜靠著撿拾細數過去的殘跡聊以自慰，可是迷夢雖美，畢竟回不去了，徒然增加清醒後的無奈與惆悵，但是「南國」卻只有「夢」能神往，「恨」

〔註 12〕（明）沈際飛著：《草唐詩餘》，收錄於蔣勵材：《李後主詞傳總集》，頁 130。

〔註 13〕因前文已經引用〈望江梅〉（多少恨），故不在正文中重複徵引。但為方便讀者閱讀，於註腳附上詞作：多少恨！昨夜夢魂中：還似舊時遊上苑，車如流水馬如龍，花月正春風！

〔註 14〕因前文已經引用〈望江南〉（閒夢遠），故不在正文中重複徵引。但為方便讀者閱讀，於註腳附上詞作：閒夢遠，南國正芳春。船上管弦江面綠，滿城飛絮輥輕塵。忙殺看花人！（其一）閒夢遠，南國正清秋：千里江山寒色暮，蘆花深處泊孤舟，笛在月明樓。（其二）

又因「夢」而起，思緒矛盾掙扎「剪不斷，理還亂」，故吶喊出「多少恨」！

這三闋詞由夢起興，憶起江南故國的春、秋之景。日夜思念的故國，唯有在夢中，才能再度重逢，但是，竟連在夢境裡，歸國之路也如此遙遠，正如〈清平樂〉「路遙歸夢難成」一般，即使觸目乃「千里江山寒色遠，蘆花深處泊孤舟」的淒清景象，但「笛在月明樓」月光照耀下的小樓笛聲，李煜仍深深懷念。以夢中往事對比現實囚困，可見臣虜歲月愁苦難忍。故國蕭瑟秋景尚且難忘，繁華生活固然懷念，「還似舊時遊上苑，車如流水馬如龍，花月正春風」上苑的熱鬧喧囂、車來馬去，似李煜當年豐富歡樂的體驗；臨風擺盪的花月，如當時心境，同是春風滿面、綺麗曼妙的，但夢醒時分呢？以夢境歡愉對比現實哀愁，愁上加愁。不論是蕭條的秋季或是芬芳的春季，「月」在後主心中皆佔有一席之地，是李煜思思念念的故國象徵，可惜如今已成憾恨。

李煜經歷人生鉅變，永遠失去了生命的春天，遺失了歡樂，沒有了希望，有什麼愁恨比得上從帝王淪為囚徒的重創呢？故其所感到的憾恨苦楚加倍於常人，只能借助「閒夢遠」才能「夢重歸」，回到魂牽夢縈的故國，重溫塵封的甜蜜溫馨。〈望江梅〉的「昨是」與「今非」之對照所示如下：

昨是	舊時遊上苑，車如流水馬如龍，花月正春風
今非	（現實）多少恨

〈望江南〉二首的「昨是」與「今非」之對照所示如下：

昨是	南國正芳春：船上管弦江面綠，滿城飛絮輥輕塵。忙殺看花人 南國正清秋：千里江山寒色暮，蘆花深處泊孤舟，笛在月明樓
今非	閒夢遠

再如〈子夜歌〉裡：

人生愁恨何能免？銷魂獨我情何限！故國夢重歸，覺來雙

淚垂！　　高樓誰與上？長記秋晴望。往事已成空，還如一夢中！（頁 135）

李煜表達自己獨嚐銷磨人心的苦難，藉著夢境回到朝思暮想的家國療傷止痛，可是清醒時分即是美夢碎裂的時刻：夢中是追憶的往事，夢醒是現實的殘酷；夢中極其風光繁榮，夢醒無盡銷魂心苦；往昔登高遠眺，宮娥美姬簇擁，如今連登樓也找不到人相伴，憑欄遠望也看不見家鄉，鉅大的衝擊直撲而來、壓垮心肝，令人「雙淚垂」、「愁腸斷」，方醒悟往事如夢，總是成空，籠罩在深長的嘆息之中，一切只是飲鴆止渴，換來的終究是「覺來雙淚垂」，才看清「往事已成空，還如一夢中」，往事如煙，人生若夢，飄飄散散，無蹤無跡。由「故國夢重歸」到「還如一夢中」，這兩個夢由實到虛，上一個夢是真夢，滿懷期待的回到祖國，美好往事乍現眼前，心情快樂無比；下一個夢是似夢，感慨人生無常，虛無如夢，心情悽苦，聲淚俱下，倍覺淒涼，「昨是」與「今非」之對照所示如下：

昨是	故國夢重歸、長記秋晴望
今非	銷魂獨我情何限、覺來雙淚垂、高樓誰與上、還如一夢中

再如〈浪淘沙令〉（簾外雨潺潺）。「簾外雨潺潺，春意闌珊，羅衾不耐五更寒，夢裡不知身是客，一晌貪歡。」被俘後的李煜，日夕以淚洗面，晝夜輾轉難眠，簾外傳來潺潺的下雨聲，「潺潺」可見雨之大，恰如李煜愁雲慘淡的心情，而雨勢過後，必是綠肥紅瘦、亂紅凋零吧！春天的景致將要被這大雨欺凌殆盡了！以至五更天，仍然無法入睡，薄透羅衾怎奈得了天氣的陰寒以及心中的孤寂，只有在昏睡的片刻，才能在恍恍惚惚中回到日思夜念的金陵，享受短暫的歡樂。可是，夢中越愉悅，醒時越落寞，如同過往越風光，今日將更沉痛悲鬱呀！

「獨自莫凭闌，無限江山，別時容易見時難，流水落花春去也，天上人間。」現今為俘虜，獨處之時，千萬莫要憑闌遠望，見到這無限的江河山水，更加引發山河無邊，皆非我土的悲泣感傷。「別時容易見時難」回想當年威逼亡國，多麼的輕意別離，可是，再也回不去了，蘊含深厚的再見欲望。今日，我的家國、我的幸福、我的天堂、我生命中美好的一切，都如同流水中的落花般，逐流遠去，正同〈臨江仙〉「櫻桃落去春歸去」，不論是天上或人間，再遍尋不著。腦中對故國過往的深切懷念與回憶，只能在夢中貪歡，映照今日現實的無可奈何，加深了此闋詞的寒涼淒苦，可謂語意慘然，令人哀憐鼻酸。〈浪淘沙令〉（簾外雨潺潺）「昨是」與「今非」之對照所示如下：

昨是	夢裡不知身是客，一晌貪歡
今非	流水落花春去也，天上人間

李煜一生歷經登基為王、降宋為虜，期間又遭兄弟遭扣、愛子夭折、髮妻離世、生母驟亡之變故，再逢王朝覆滅等椎心泣骨之痛，這一連串的變化打擊已非肉身常人可以負荷，可是，即使山河破碎，李煜依然不斷撫今追昔，表達對過往豪奢享樂的懷念，可是一次次的追憶，卻換來一層又一層更加深切的悲痛，到了不堪擔荷時，便對生存現境產生了否定念頭，逃入「人生無常」的「空無之夢」中。弗洛伊德《夢的釋義》:「所有構築夢內容的材料均按某種方式來源於體驗，它們在夢中再現或被憶起。」〔註15〕李煜以「夢」的此特質慰藉抒情，此處的「夢」是對過去懷想的「殘夢」，不同於前期作品所言男歡女愛的「春夢」以及美如夢境、虛實交錯的「迷夢」，是真實殘酷的夢、回不去的夢，故常伴隨「恨」、「淚」、「空」、「閑」等字眼，增加清醒後的惆悵與恨懣，並擅長將美好的意象，注入個人的情思，扭轉成哀傷淒涼的氛圍，兩相映襯，越發深沉鉅痛。

宋國大軍攻陷入京，烈焰騰騰，轉瞬在金陵上空形成黑霧雲團，

〔註15〕弗洛伊德：《夢的釋義》（遼寧：遼寧人民出版社，1987年3月），頁9。

四周殺聲遍起，處處瀰漫慘殆氣息，宮女倉皇奔走、人民顛沛逃散，心如死灰的李煜後主，不堪目睹烽火烈境，退居書房傾吐悲痛，書寫〈臨江仙〉，作長短句未就而城破，宋大軍已突破宮門，席捲而入，將軍壯士百戰死，鮮血染紅了遍地京都。〈臨江仙〉：

> 櫻桃落盡春歸去，蝶翻金粉雙飛，子規啼月小樓西，玉鉤羅幕，惆悵暮煙垂。　　別巷寂寥人散後，望殘烟草低迷，鑪香閒裊鳳凰兒，空持羅帶，回首恨依依。（頁 149）

粉嫩的櫻桃花片片飄落，須臾，春天離逝，來到了金粉蝴蝶雙飛的夏日。子規不斷在淒寒的月夜中啼叫不如歸去，入耳之聲令人斷腸，玉鉤羅幕、夜色蒼茫，觸目迷濛模糊，惆悵油然而生。夜暮低垂，暗夜深沉，歡聲洋溢的家室漸趨靜寂，闔家歡樂襯己形單影隻，悄然闃靜更使人不能成眠，舉目遠望，盡是荒煙蔓草、斷壁殘垣，回顧室中，象徵富貴的鳳凰形狀金爐香烟依然裊裊飄散，好似美夢不曾散去，無奈轉眼繁華成空，手持羅帶，愈回想愈黯然神傷。

昨日位列至尊，今日淪為下囚，世事的流轉讓人膽顫心驚，春象徵美妙的一切，自然界的春光匆匆，暗示李煜生命的美好已然結束，屬於他的帝王時代已經過去，縱使光陰難歸，回憶難忘，仍然被迫來到夏日——改朝換代，不斷呈現時空心境對比，曾經擁有，今卻成空，使人悲痛椎心，「昨是」與「今非」之對照所示如下：

昨是	位列至尊、生命春天
今非	（今為下囚）別巷寂寥人散後，望殘烟草低迷，鑪香閒裊鳳凰兒，空持羅帶，回首恨依依

以上作品，皆屬李煜後期篇章，此乃日夕以淚洗面、和血吞淚而作，首首椎心泣血，悲不可遏，即使對於過去充滿濃烈的懷想眷戀，如今也是束手無策，只能希冀由追憶點點滴滴中獲得慰藉，故時常逃進「夢」中療傷止痛，可惜夢醒時分，愈發襯托現在的窮途末路，悲苦鉅痛，倍加想念仍無倒回，更顯黯然神傷，悲憤一波接著一波，猶如千軍萬馬壓境而來，具有無處話淒涼的慘澹痛苦。

第三節　常與變、動與靜及其他

李煜人生壯闊波瀾，皇子、帝王時期身坐高位，擁有強權、至愛、榮華，亡國後，一切轉眼灰飛煙滅，所以，李煜對於「擁有」與「消逝」有深刻獨到的體悟，其以自然恆久的「常」對比人事無常的「變」，運用「動」與「靜」，情境與用字的衝突深化，上、下闋的情境轉換表現人生的無奈喟然。

外在刺激會對人類感官、心境產生影響，黃慶萱云：

> 人類對於不同程度的兩種刺激，先後或同時出現時，只要其間的差異達到某種程度，便能加以辨別……，刺激強度差別愈大，人類識別也愈容易。〔註16〕

換言之，刺激的差異性誘使人類心理上產生「對比作用」，差異性愈大，刺激性更強，越容易區分辨別，加深心理上的觸動程度，故李煜詞作總能感人心肺。

一、自然恆久對比人事無常

自然萬物春去秋來、循環反覆，具恆久不變的特性，反觀圓顱方趾的我們，立足世上，何其渺小！以自然之永恆，對比人生短短百年、處境瞬息萬變，興起人事無常之感。

亡國後，李煜押解汴京，囚禁小樓，孤單一人深深慨嘆。寫下〈虞美人〉：

> 風回小院庭蕪綠，柳眼春相續。凭闌半日獨無言，依舊竹聲新月似當年！　　笙歌未散尊罍在，池面冰初解。燭明香暗畫樓深，滿鬢清霜殘雪思難任！（頁137）

轉眼又到了大地回春的新生時刻，春風吹拂著萬物、吹綠了蕪草、吹醒了柳芽，睜開一雙雙靈活的小眼，為春天的到來欣喜雀躍，宇宙籠罩在一片青春、美意的氣息中。「憑闌半日獨無言」急轉直下，憑闌凝望著遠方半日未發一語，是無人傾訴，也是千言萬語盡在不言中，

〔註16〕黃慶萱：《修辭學》〈第十五章：映襯〉（台北：三民書局，1983年10月），頁288。

如同〈相見歡〉「無言獨上西樓」般，思緒復雜難解，多言終究剪不斷、理還亂，不如不說。「依舊竹聲新月似當年」只有風吹竹林的聲響與彎彎的新月依舊是當年的景況，未曾改變。

竹子象徵孤高，與李煜情操相互映照；新月的殘缺，如「月如鉤」般，代表破碎，勾起了詞人更深的惆悵怨嘆，增添了孤寒氣氛。開頭二句生機盎然、優美歡愉，本應是為人喜愛與陶醉的，但是為什麼此卻相反，勾起李煜無限的憂愁無奈？因為還為南唐國主時，當是趁著萬紫千紅的春日，品茗美酒佳餚、欣賞清歌曼舞，可是，今日地處「汴京」、身為「俘虜」，即使依然是那年的「竹聲」、當時的「新月」，擁有的只餘屈辱和怨恨，蓋為景物依舊、人事已非呀！簡言之，只剩「竹聲新月」恆久不變，怎不令人不勝唏噓？如此景況，真是將我折磨的兩鬢斑白如同霜雪，幾乎無法成受呀！「自然恆久」與「人事無常」之反差所示如下：

自然恆久	風回小院庭蕪綠、柳眼春相續、依舊竹聲新月似當年
人事無常	燭明香暗畫樓深、滿鬢清霜殘雪思難任

再如〈虞美人〉：

春花秋月何時了？往事知多少！小樓昨夜又東風，故國不堪回首月明中！　　雕闌玉砌應猶在，只是朱顏改。問君能有幾多愁？恰似一江春水向東流！（頁 138）

「春花秋月」象徵自然界循環往復的良辰美景，正如「風回小院庭蕪綠，柳眼春相續」一樣，作者卻希望其「了」，原來是擔憂觸景傷情，勾起回憶，不如不見，蘊含深厚的矛盾及掙扎。接著順勢而下，「往事知多少」過去的歡樂與甜蜜還記得多少呢？牢記愈多再增悲愁，充滿著濃重的無可奈何。「小樓昨夜又東風，故國不堪回首月明中」憂愁難遣，登臨小樓，依就吹拂的東風，帶來了故土的氣息，可是我卻永遠踏不上故土的沃野，只能望著一輪明月不堪回首，情思淒切，讓人不忍卒聽，「自然恆久」與「人事無常」之反差所示如下：

自然恆久	春花秋月何時了、雕闌玉砌應猶在、小樓昨夜又東風
人事無常	往事知多少、只是朱顏改、故國不堪回首月明中

兩闋詞以「自然不變」對比「人事已非」，以「循環反復」映照「人事幻滅」，以「美好景物」勾起「深切憾恨」，故《花草蒙拾》云：「鍾隱入汴後，春花秋月諸詞，與此中日夕只以眼淚洗面一帖，同是千古情種，較長城公煞是可憐。」〔註17〕一層一層加深淒惶、強化愁緒，撼動人心。

二、動靜對比

在語文中，將兩種不同的，特別是相反的事物或觀念，對立並列，互相比較，以增強語氣，使意義更明顯的方式，稱為「對比」。在詩詞中，文人常採用「對比」方法，使內容更鮮明深刻。如：〈漁父〉兩闋及〈菩薩蠻〉(蓬萊院閉天台女)。

有一天，李煜接觸到了衛賢的《春江釣叟圖》，幾簇桃李、一葉輕舟、落紅點點，白首老翁悠然垂釣，呈現遠離塵囂、超然脫俗的清新感受，恰與己心不謀而合，便在留白處題下兩闋〈漁父詞〉：

> 浪花有意千重雪，桃李無言一隊春。一壺酒，一竿綸，世上如儂有幾人？（頁103）
>
> 一棹春風一葉舟，一綸繭縷一輕鉤。花滿渚，酒滿甌，萬頃波中得自由。(頁103)

波濤滾滾，拍打巖石，捲起千重雪般的白浪；桃花、李花逕自開放，無聲無息綻開萬紫千紅、春色似錦，迎著春風駕著小船，帶著滿甌美酒與一竿繭縷，置身花團錦簇的小沙洲間，暢快的飲酒、悠閒的垂釣，釣著魚兒，也鉤來我的夢想與期盼，盼望能得到真正的自由與快樂。

〈漁父〉詞中有畫，畫中有詞，構成一幅詞畫輝映的春江美景圖，

〔註17〕（清）王士禛：《花草蒙拾》，收錄於唐圭章主編：《詞話叢編　一》（台北：新文豐出版公司，1988年2月），頁671。

並以「浪花有意」對比「桃李無言」，將景物擬人化，化為生動活潑的靈物；浪花有聲、桃李無言，一動一靜，一白一紅，顯現大自然的多樣燦爛，好像美的禮讚；再以「葉」形容「舟」，彷彿小船飄落在無垠無涯的浩瀚江面上，以船之渺小襯江之廣闊，配上春風拂人、小船搖曳，景色雅致，又有美酒佳飲助興，想見是多麼的怡然自得、瀟灑自適了！難怪李煜情願拋棄榮華、看淡名利，縱身隱遁於閑靜美麗的山水，以擺脫「萬頃波」般的險惡事局，得到全面的心靈解放與生存快意。「動態」與「靜態」對比所示如下：

動態	浪花有意、一棹春風一葉舟
靜態	桃李無言、一綸繭縷一輕鉤

還有〈菩薩蠻〉：

蓬萊院閉天台女，畫堂晝寢人無語。抛枕翠雲光，繡衣聞異香。　潛來珠鎖動，驚覺銀屏夢。慢臉笑盈盈，相看無限情。（頁 108）

好景不常，時光流轉，歷經喪子之痛的打擊，大周后無力的癱倒於病榻上，李煜憂心忡忡、夜夜守候，愛妻的病仍日益沉重、形容枯槁；不時又傳來敵軍蠢蠢欲動、威逼侵犯的消息，遭逢內憂外患的夾擊，李煜的心降到冰點，擔憂煩悶繚繞胸懷。某日，一位秀麗的少女闖入了李煜的心房，療癒孤王的心靈，此即是小周后。

一位貌美如仙的女子安然沉睡在畫堂中，環境靜悄悄、闃然無聲息，透過光子的折射，柔亮秀髮抛落在枕蕊上，舒香從繡衣間飄散而來。「潛來珠瑣動，驚覺銀屏夢。」不忍打擾酣睡，卻不小心觸動了珠鎖，驚醒佳人，喚醒美夢。「臉慢笑盈盈，相看無限情。」所幸佳人不怪罪，給我一個嫣然媚笑，我們深情凝睇，情意無限。

全闋宛如特寫鏡頭，四周鴉雀無聲，對焦在傾國傾城的小周后身上，以「夢」凸顯此美只堪夢見之，以「銀屏夢」表現輕盈沉靜，以靜凸出美與情愛，以驚動襯幽靜。上片是夢的世界、靜的氛圍，下片是美的世界、動的氛圍，篇章美如迷夢。「動態」與「靜態」對比所示如下：

動態	潛來珠鎖動、驚覺銀屏夢、慢臉笑盈盈
靜態	畫堂晝寢人無語、拋枕翠雲光、繡衣聞異香

李煜善用動靜對比，強化文字效果，增加形象氣氛的營造與感染力，使得畫面更為鮮明生動，躍然紙上，宛如看見白首老翁悠閒垂釣，聞到美人馨香飄然而至，栩栩如生，沉浸其中。

三、情境與用字的深化作用

李煜為詞中之帝，作詞功力堪稱一流，遣詞造句手法高妙，其中「情境與用字的深化」為特出之點。筆者認為負面字詞有時未必造成負面情緒、情境的產生，有時反倒可提升內容的興味或正向氛圍，增強氣氛渲染效果，稱為「深化作用」。在〈一斛珠〉（曉妝初過）、〈浣谿沙〉（紅日已高三丈透）可見使用。

〈一斛珠〉：

曉妝初過，沈檀輕注些兒箇。向人微露丁香顆，一曲清歌，暫引櫻桃破。　　羅袖裛殘殷色可，杯深旋被香醪涴。繡牀斜憑嬌無那，爛嚼紅茸，笑向檀郎唾。（頁 104）

大周后晨起，神清氣爽，潔淨美麗，對鏡梳妝，妝點口紅，向情郎（李煜）輕啟雙唇，微微吐露丁香似的舌尖，笑容可掬，俏皮可愛。接著敞開繡口，嬌豔欲滴的雙唇如鮮嫩的櫻桃般開合，不僅入耳之聲曼妙，紅唇一開一合更顯圓潤誘人。笙歌醉酒，羅袖因輕拭朱唇而沾染了酒的色澤，弄殘了唇色，但紅唇也因此漬染上酒色，更增紅豔，寢宮籠罩著一片香靡與醉意。美人微醺，嬌弱婀娜的憑靠在繡床上，含情脈脈、情思無限的嚼爛紅茸，笑著把紅茸唾向檀郎。整闋詞將恩愛夫妻的閨房情趣一展無遺，令人愛慕與神往。

「破」是負面字眼，「裛殘殷色」、「香醪涴」是使人不歡之事，可是，皆因二人的歡情蜜意反倒變成調情浪漫的樂事，更襯托出逗弄情深。

負面字詞：破、裛殘殷色、香醪涴 —深化作用→ 正向氛圍：浪漫樂事

再如〈浣谿沙〉(紅日已高三丈透)。「紅日已高三丈透，金鑪次第添香獸，紅錦地衣隨步皺。」旭日東昇，紅光萬丈，好一個透亮晴朗的美日，此時飄來裊裊香煙，是由富麗堂皇的宮殿裡，獸形金爐的口中圈圈吐出的，並不斷復添香料，全室瀰漫著氤氳氛圍，眾人正在盡興起舞，紅色錦緞質地的地毯都給扯皺了。「佳人舞點金釵溜，酒惡時拈花蕊嗅。別殿遙聞簫鼓奏。」美人翩然舞出，輕盈的身軀配上曼妙多姿的舞步，讓人如癡如醉，縱情歌舞之際，秀髮上的金釵不自覺滑落，再以酒助興，待至中酒，美人以纖纖玉手拈著花蕊嗅聞以解酒，花蕊與美人相映紅，更添嬌柔嫵媚。不僅如此，遠處又傳來別殿的簫鼓演奏，處處充斥著笙歌曼舞的情致。

「皺」、與「酒惡」使人不適，「金釵溜」表示髮髻散落，但以拈花蕊解酒，可見奢華與情趣，「別殿遙聞簫鼓奏」可見歡歌艷舞意猶未盡，更加烘托美日、美人、美態、美樂的美好，且紅日、紅錦、金爐、金釵色澤鮮豔，愈顯情緒高昂，予人目不暇接、耳不暇聽的團團美妙之景。又陶穀《清異錄》云：

> 李後主居長秋，周氏居柔儀殿，有主香宮女。其焚香之器，曰：把子蓮、三雲鳳、折腰獅子、小三神山、互字、金鳳口、罌玉、太古容華鼎，凡數十種，皆金玉為之。〔註18〕

李煜生活奢靡，不但有宮女專責焚香，舉凡熏香器具、燃點香料多達數十種，還以黃金翠玉鑄造之，多所講究，可見不僅樂曲高雅、舞姿曼妙，場景尚金碧輝煌。

負面字詞：隨步皺、金釵溜、酒惡 —深化作用→ 正向氛圍：浪漫樂事

在濃情蜜意的催化下，大周后飽受愛情滋潤，美如天仙，嫵媚動

〔註18〕（宋）陶穀：《清異錄》（北京：中國商業出版社，1985年4月），頁120。

人，而美人晨起的嬌柔之態，更為誘人美妙；笙歌燕舞的宴饗中，賓主盡歡，人人極盡享受歡愉，在種種美好情境下，透過「深化作用」，使用負面字眼、事件，不但未損興致，反而如實呈現宴會的不拘小節、歡樂盡興，以及夫妻間的情調與趣味，使場面更加熱烈深情。

四、上下闋對比

李煜作詞白描技巧純熟，總能唯妙唯肖描形狀物，活靈活現鋪陳寫意，完善經營詞篇意境，不只字字珠璣，上、下闋也具有連結性與對比性，使情境、情感更加深刻，如：〈菩薩蠻〉（銅簧韵脆鏘寒竹）與〈長相思〉（雲一緺）。

〈菩薩蠻〉「銅簧韵脆鏘寒竹，新聲慢奏移纖玉。眼色醅相鉤，秋波橫欲流。」在清脆的銅簧絲竹樂音中，小周后移動纖纖玉指，彈奏新曲；同時眉目傳情、眸光相接，交換著愛意。「雨雲深繡戶，來便諧衷素。」二人來到了深閨秀閣，把握機會互訴衷情。「讌罷又成空，魂迷春夢中！」可惜情思無盡，時光有限，宴罷猶如灰姑娘的午夜鐘響，又須離散，只能藉著春睡，重溫鴛鴦美夢。上闋描述歌筵舞樂的歡樂局面，二人在其中互送秋波，加溫情意；下闋書寫終於能夠歡然獨處，可惜時光短暫，徒留空憾。喧囂熱鬧使人意興高昂喜悅，但對李煜、小周后而言，卻阻礙了兩人情思，宮女侍從也成了禮法枷鎖，偷情的歡愉竟如此倉促，唯有在「夢」中，方能肆無忌憚，聊表衷素，沉浸於男歡女愛。

上闋	歌筵舞樂的歡樂局面，李煜、小周后眉目傳情
下闋	情思無盡，時光短暫，徒流空憾

李煜藉由「夢」率真的表達情思愛意，並放任自己沉浸於己身所編織的如夢似幻的現實中，吳瞿安云：「後主菩薩蠻等詞，正當江南隆盛之際，雖寄情聲色，而筆意自成馨逸。」〔註19〕顯現其風流多情、

〔註19〕蔣勵材：《李後主詞傳總集》，頁146。

自然去雕飾的本性，更襯深情。

再如〈長相思〉。「雲一緺，玉一梭，澹澹衫兒薄薄羅，輕顰雙黛螺。」美人以青色絲帶髻上如雲般的秀髮，再妝點上如梭般的玉簪，身穿薄透素雅的輕羅素衫，微蹙著秀麗蛾眉。上片彷彿電影特寫鏡頭，先對焦於烏黑秀髮、如玉簪子，再著眼於飄然衣衫，猶如自天下凡的仙子，溫婉動人，可惜美人緊皺著雙眉，隱含哀愁。「秋風多，雨相和，簾外芭蕉三兩窠，夜長人奈何？」因愁難眠，何況窗外風強雨驟，景色淒涼，愈加輾轉，又再雨打芭蕉，風襲蕉葉，宛如渾然而成的斷腸消魂曲，當然「夜長人奈何」風聲、雨聲碎人心肝，只能在無邊的暗夜中泫然哭泣。上半闋細膩書寫美人之容，卻暗含憂愁；下半闋承接美人愁緒，人美對比情傷，再添寒涼悽愴之感。「上闋」與「下闋」的對比所示如下：

上闋	細膩書寫美人之容，猶如天仙
下闋	美人愁緒，以人美對比情傷，更添寒涼悽愴之感

李煜將靜態文字藉由高超的情境刻畫功力，經營成如動態電影般的效果，上、下闋切割猶如一幕一幕的畫面轉換，先營造具體的場景形象，使人投入其中，再不著痕跡的變換到對比的氛圍中，加倍衝擊人心，敲響心田。

第五章　李煜與李清照反差比較

中國詞學史上，有雌雄雙璧共同閃耀在文學的河漢中，此二者便是詞中之帝「李煜」與詞中之後「李清照」，清代沈謙在《填詞雜說》中提到：「男中李後主，女中李易安，極是當行本色。」〔註1〕即將兩人相提並論，認為二李乃詞學之翹楚。

「國家不幸詩家幸，賦到滄桑句便工」〔註2〕李煜與李清照同面臨動盪飄搖的時局與親人的亂離亡逝，國亡家破促成李煜、李清照哀婉精當的詞篇，且皆呈現動蕩前逍遙歡愉與動盪後淒清愁苦之風格迥異情形，但因身分、性別、個性不同，又有同中存異的題材呈現方式，本章將先探究二人取材成因，再分析作品內容與比較貫串二人生平的重要意象。

第一節　李煜與李清照的興衰人生

浩瀚宇宙中，亙古長流裡，南唐的宮闈中孕育出一顆閃耀明星——李煜。時光荏苒，一位身處「女子無才便是德」的宋代封建社會女性，擺脫時代的枷鎖，歷經人生的淬礪，鍛造出不亞於李煜的文學

〔註1〕（清）沈謙：《填詞雜說》，收錄於唐圭璋：《詞話叢編　一》（北京：中華書局，1981年），頁631。

〔註2〕（清）趙翼：《甌北詩話》卷八（北京：人民文學出版社，1963年2月），頁43。

地位——李清照（1084～1151）。〔註3〕

一、才子才女喜誕生

昇元元年（西元937年）七夕，李煜帶著奇相降臨人間，《南唐書》云：「廣顙豐頰駢齒，一目重瞳子。」〔註4〕如古代帝舜、西楚霸王項羽一般，生有重瞳子，預示著其將擁有傑出的才華，成為一位非凡的人物，經歷不凡的人生。

宋神宗元豐七年（西元1084年），在家家泉水、戶戶垂楊的山東濟南，某個豪門望族誕下了詠絮才女「李清照」。父親李格非學問淵博，精通文學，「熙寧九年進士，以文章受知於蘇軾，與廖正一、李禧、董榮號後四學士」〔註5〕，李格非乃進士及第，文采斐然，深受大文豪蘇軾的器重，為後四學士之一，「嘗言文不可苟作，誠不著焉，則不能工」〔註6〕，為文嚴謹慎思，官至禮部員外郎。個性耿介不阿，李清照〈上樞密韓肖胄詩〉云：「嫠家父祖生齊魯，位下名高誰比數？當時稷下縱談時，猶記人揮汗成雨。」〔註7〕可知李格非雖不是高官顯貴，但是因為學問深厚、品德高尚而名聲響亮，是馳名的學者和文學家。母親王氏為狀元王拱宸的孫女，知書能文，宋史記載「亦善文」，也擅長為文作辭。

降生皇宮，李煜除了鐘鳴鼎食、侈衣華屋與無微不至的伺候外，尚有不可勝數的嬪妃宮女和秉性陰柔的太監公公，組成一個具有濃厚女性氣息的世界，弗洛伊德言：「一個人的行為方式是由他的人格特

〔註3〕于中航編著：《李清照年譜》（臺北：台灣商務印書館，1995年11月），頁7。以下若同出此書，依此為主，僅列出作者、書名、頁數。

〔註4〕（宋）陸游著：《陸氏南唐書　一》卷三，收錄於《四部叢刊續編》（臺北：台灣商務印書館，1981年），頁1。

〔註5〕于中航編著：《李清照年譜》，頁5。

〔註6〕（元）脫脫等著，《宋史．李格非傳》卷四百四十四（北京：中華書局，1977年），頁13121。

〔註7〕王學初校注：《李清照集校注》（臺北：里仁書局，1982年5月），頁111。本論文所引之李清照詞，皆來自此書，後文相同出處者僅在詞後標明頁數。

徵所決定的，而人格又是由童年時期的各種複雜經歷決定的。」〔註8〕金枝玉葉的身分使李煜自小過著養尊處優的生活，浸染於眾多女性中，則培養出靈心細柔、愛美真摯的個性，並形成李煜以仁厚待人、以怯懦處事，以直率真情賦文作詞的風格。

李清照生長於富有濃厚文學氣息的士大夫家，良好的家庭教育與德行陶冶對其發展起了重要作用，自小的耳濡目染，涵養薰陶，不但在物質上過著富足優裕的生活，而且在年少時即蘊育出「才力華贍，逼近前輩，在士大夫已不多得。若本朝婦人，當推文采第一」〔註9〕的功力，因此，文章落紙，人爭傳之，如〈如夢令〉：

> 常記溪亭日暮，沉醉不知歸路。興盡晚回舟，誤入藕花深處。
> 爭渡、爭渡，驚起一灘鷗鷺。（頁7）

在閒適的夏天傍晚，李清照與好友們一同去溪亭遊玩，談天說地、品茶賦詩，不知不覺日頭漸漸西沉，「沉醉」點出快活陶然，導致忽略了歸家時刻。待至玩樂到痛快淋漓才劃著小舟準備回轉，卻搖搖晃晃，不小心錯駛到荷花叢中。「誤」乃「沉醉」造成，可見沉浸其中；「日暮」說明「晚回，可見留連忘返，所以，「誤入藕花深處」，或是無心，也許有意使然，締造出美麗的錯誤。「爭渡，爭渡，驚起一灘鷗鷺」女孩們心急、奮力地欲劃出茂密的荷花叢中，船槳擊水聲響驚起夜宿的沙鷗、白鷺格格飛撲，《填詞雜說》云：「填詞結句或以動盪見奇，或以迷離稱雋。」〔註10〕本詞恰是「動盪見奇」，藉由生動的動作與短促的詞彙展現自然旺盛的生命力與動態美感。詞作看似信手拈來，卻渾然天成，勾勒出一幅盪舟賞玩圖，不僅展現蓬勃生機，也表現李清照倜儻不羈、活潑爽朗的風姿。

〔註8〕弗洛伊德：《精神分析引論新編》（北京：商務印書館，1987年12月），頁50。以下若同出此書，依此為主，僅列出作者、書名、頁數。

〔註9〕（宋）王灼：《碧雞漫誌》卷二，收錄於唐圭璋《詞話叢編　一》（北京：中華書局，1981年），頁82。

〔註10〕（清）沈謙：《填詞雜說》，收錄於唐圭璋《詞話叢編　一》（北京：中華書局，1981年），頁633。以下若同出《詞話叢編》者，依此為主，僅列出書名、頁數。

對於荳蔻年華的青春少女而言，春天無疑是浪漫多彩的，容易勾起「少女情懷總是詩」的心緒，觸動女孩的惻隱之心，另一闋〈如夢令〉云：

> 昨夜雨疏風驟。濃睡不消殘酒。試問捲簾人，卻道海棠依舊。知否、知否？應是綠肥紅瘦。（頁 8）

在一個細雨紛紛的春夜，李清照在家中飲酒品賞，不知不覺昏然入睡。早晨，日光晶亮，將她從沉睡中喚醒，酒意依然殘留，促使身體鬆軟、精神迷糊。可是，清照是惜花愛花的，經過一晚的稀雨強風，見到捲簾侍女，首先問起：「經歷風雨摧折，如今海棠花成何種模樣了？該不會被打壞了吧？」侍女不經心的回答：「花朵如昔，小姐不用擔心。」「卻」乃轉折連接詞，表示出乎意料，心想：「怎麼可能完好依舊！」故引出「知否、知否？應是綠肥紅瘦。」風雨過後，海棠葉固然滋潤肥碩，可是嬌嫩的花朵恐怕衰萎凋零了。

海棠花嬌嫩美艷，素來有「花中神仙」美稱，而芳齡正茂的李清照不正如同雅致溫潤的海棠花嗎？李清照追問花朵境況，也是在追問自己的青春歲月，時光飛逝、紅顏易老，是禁不起光陰磨難的，清照渴望能留住美麗年華，所以，「肥」、「瘦」本是形容人類肌體，此處透過移情作用，將花擬人，使人、花結合，甚為巧妙，王士禎《花草蒙拾》評此句：「人工天巧，可稱絕唱。」〔註 11〕

少年時期的李煜傾心於美的享樂中，裝飾、器物、宴飲、居所精緻華美，且慷慨付出真心誠意，致有能書藝的黃保儀、工琵琶的流珠、擅舞蹈的窅娘紅顏知己相伴，因為李煜懷有一顆充滿美與愛的胸襟，故增添詞作的繁華熱鬧氛圍，如：〈浣谿沙〉（紅日已高三丈透）、〈玉樓春〉（晚妝初了明肌雪）表現心神激盪、紙醉金迷光景。少女時代的李清照飽覽群書，天真爛漫，家庭的根基與開明使她不受禮教羈絆，廣泛接觸外部世俗，開闊眼界胸懷，不僅著眼於春花秋月、夏湖冬梅，顯現朝氣及活力，表現年輕的逍遙自適與靈巧精神，也敏銳感知外界

〔註 11〕（清）王士禎：《花草蒙拾》，收錄於唐圭璋《詞話叢編　一》，頁 683。

事物，有異於凡女的強烈情感與精闢論述，創作出一闋又一闋時人爭相傳頌的作品。

二、合巹仳離湧相思

封建社會，聯姻婚配往往是政治手段，犧牲真情實愛的強制結合。可是，李煜三生有幸美夢成真，在保大十二年（西元 945 年）迎娶通書史、善歌舞的大周后娥皇，成為珠聯璧合的佳偶，渡過一段鸞鳳和鳴的幸福時光。世事難料，乾德二年（西元 964 年），大周后殂，李煜悲痛難耐，親自草擬、命石工在陵園巨碑上鐫刻《昭惠周后誄》，文中署名「鰥夫煜」，除了沉痛哀悼妻子「玉潤珠融，損然破碎」，表達「蒼蒼何辜，殲予伉儷」，「茫茫獨逝，舍我何鄉」〔註 12〕的哀思外，還追述大周后的秀豔姿容、嫻雅舉止和卓越才華，以及二人溫馨甜美的愛情生活和相親相愛的難忘歲月，特別是文中連續使用十四次「嗚呼哀哉」感嘆詞，把悼念亡妻的深沉感情步步推向熾烈，又先後寫下睹物思人、觸景傷情的詞篇，如：〈謝新恩〉（秦樓不見吹簫女）、〈長相思〉（雲一緺）表達綿長的緬懷，死別的哀絕。

《詩經．關雎》：「窈窕淑女，君子好逑。」〔註 13〕李清照在年少時即享有文名，士大夫間流傳甚廣，也引起未來的夫君「趙明誠」的關注與傾慕。他曾在午睡時做了一個夢，夢中有詩言：「言與司合，安上已脫，芝芙草拔。」〔註 14〕不懂所謂，詢問其父：言與司合是「詞」字；安上已脫是「女」字；芝芙草拔是「之夫」，總合為「詞女之夫」，暗示妻子乃擅寫詞作的女子。李清照十八歲嫁與趙明誠，其字德甫，山東諸城人，當朝宰相趙挺之子，時在太學就讀，「自少小喜從當世

〔註 12〕（南唐）李煜：〈昭惠周后誄〉，收錄於蔣勵材：《李後主詞傳總集》（臺北：國立編譯館中華叢書編審委員會，1962 年 3 月），頁 15。

〔註 13〕本段文字選自《詩經．周南》，收錄於鬱賢皓主編：《中國古代文學作品選》卷一（台灣：高等教育出版社，2003 年），頁 16。

〔註 14〕（元）伊世珍：《瑯嬛記》，收錄於褚斌杰、孫崇恩、榮憲賓編：《李清照資料彙編》（北京：中華書局，1984 年），頁 28。以下若同出此書，依此為主，僅列出書名、頁數。

學士大夫訪問前代金石刻詞……。於是益訪求藏蓄，凡二十年而後粗備。」〔註 15〕喜愛收藏金石刻文，是位金石考古學家，他倆不但門當戶對，也是同鄉，婚後美滿幸福，志同道合，情深意篤，夫妻一起切磋詩文，校勘古籍，研究金石學，立下「飯蔬衣練、窮遐方絕域，盡天下古文奇字之志」即便粗食淡飯，夫妻倆將「上窮碧落下黃泉」，蒐羅古今珍貴文字，此番情致高雅，可謂神仙眷侶。

大觀元年（西元 1107 年），趙挺之被蔡京誣陷，牽連趙明誠遭罪入獄。出獄後，明誠與清照退居青州，在此期間，生活縮衣節食、清苦簡陋，二人仍將精力與熱情全注入研究金石書畫，夫婦志趣相投，共同致力於書畫金石刻文的搜集整理，趙明誠曾題：「清麗其詞，端莊其品，歸去來兮，真堪偕隱。」〔註 16〕清麗的詞風，端莊的品格，淡泊名利隨我歸隱田園，真是我的神仙伴侶，證明二人鶼鰈情深，還常唱和詩詞，《金石錄後序》記載：

> 餘性偶強記，每飯罷，坐歸來堂烹茶，指堆積書史，言某事在某書某卷第幾頁第幾行，以中否角勝負，為飲茶先後。中即舉杯大笑，至茶傾覆懷中，反不得飲而起，甘老是鄉矣。故雖處憂患困窮而志不屈。〔註 17〕

紀錄夫妻賭書飲茶的生活情趣：因為記憶力好，每次吃完飯，便在歸來堂泡茶，指著收藏的書籍，答出某件事在某本書某卷第幾頁第幾行，以是否命中來比賽，以決定誰先喝茶。命中的話就舉杯大笑，以致把茶翻倒了潑灑在胸口，不但喝不到茶，還要趕快站起來清理。我們甘願如此過日子，雖然生活在貧困與憂慮之中，收藏古書籍的志向是不會動搖的。

〔註 15〕（宋）趙明誠撰：〈金石錄序〉，收錄於《宋本金石錄　上》（北京：中華書局，1991 年），頁 1。

〔註 16〕趙明誠：〈易安居士三十一歲之照〉，收錄於于中航編著：《李清照年譜》（臺北：台灣商務印書館，1995 年 11 月），頁 73。

〔註 17〕（宋）趙明誠：〈金石錄後序〉，收錄於王學初校注：《李清照集校注》（臺北：里仁書局，1982 年 5 月），頁 178。

宣和三年（西元 1121 年），閑居已久的趙明誠終於被重新啟用，派到萊州任知州，但因萊州地處偏僻，故未攜妻子前往。趙明誠有機會回任仕途，本值欣喜，但因夫妻生活非常幸福，離別自是極大不忍，對於深情重愛的李清照，當是很大的精神折磨，所以，寫下一闋闋纏綿繾綣的思念詞作，如〈一剪梅〉（紅藕香殘玉簟秋）、〈醉花陰〉（薄霧濃雲愁永晝）、〈鳳凰臺上憶吹簫〉（香冷金猊）、〈訴衷情〉（夜來沉醉卸妝遲）、〈蝶戀花〉（暖日晴風初破凍）……，向對方傾訴或自我咀嚼相思之苦，字字句句溢滿愁情。如〈訴衷情〉：

> 夜來沈醉卸妝遲，梅萼插殘枝。酒醒熏破春睡，夢遠不成歸。　　人悄悄，月依依，翠簾垂。更挼殘蕊，更撚餘香，更得些時。（頁 40）

夜暮低垂，李清照伴著滴淚的紅燭，緊蹙雙眉，舉起杜康一杯一杯飲盡，以致首飾未卸，髮際梅枝殘落，醉倒床畔。「沉醉」可見詞人飲酒之多和心緒之惡；「遲」進一步透露心情的抑鬱和懶於卸裝的倦怠神情。昏睡後，良人縹緲歸來，依稀相伴，好夢正甜期待持續沉睡，可是酒勁漸消，梅花濃香熏破春夢，使詞人不能再返日夜思念的甜蜜小窩，重溫往昔的夫妻恩愛，何等惆悵、何等不甘！

輕柔如水的月光為大地灑上一層透明的銀紗，窗上鮮翠的簾幕安穩地垂掛，此時恰是眷侶同床共枕眠的溫存情境，可是詞人所思未回，就連春夢也被梅香薰破，閨閣寂靜索然，加上明月多情，照在無眠的詞人身上，更添淒楚蒼涼。「垂」字增加了夜的沉寂，成功烘托出詞人孤單清冷的內心世界。美夢遭梅擾斷，希望又成泡影，順勢引出最後三句：詞人將怨氣發向梅花，拾起枕邊殘梅，用手指揉轉殘梅花瓣，又繼續搓撚花瓣碎末，這種對梅香的「怨」正是詞人深思不得、欲見不能的怨，鮮明呈現波瀾起伏的情感與百無聊賴的複雜心緒，將人物形象與相思摯愛刻畫的栩栩如生。

〈訴衷情〉（夜來沈醉卸妝遲）緣梅抒情，以頭戴殘梅沉醉入睡起筆，繼由梅香「熏破春睡」使「夢遠不成歸」，引起心情的悵惘。全詞以甜美的夢境與淒苦的現實互為映襯，深刻地表達了理想團圓與現實分隔的無奈。

但值得注意的是李清照這時期的「愁」是建立在美滿生活基礎上的，所以，「愁」起因於幸福甜蜜，表達建植於伉儷情深上的難分難捨與真摯感情。

三、亡國南渡驚變色

開寶八年（西元 975 年），宋軍攻破金陵，李煜出降待罪，其從一國之君變為別朝囚虜，一切頓時風雲變色，所有精神、物質條件散盡，缺失性體驗使他日夕以淚洗面，馬斯洛認為：

> 不論是生理需要、安全需要、愛與歸屬需要，還是尊重的需要以及自我實現需要，只要不能滿足，就會引起個體缺失性的體驗，缺失越多，體驗性就越強烈，對人格也將產生巨大影響。〔註 18〕

李煜失去鳳閣龍樓、玉樹瓊枝，親人嬪娥的陪伴與做人的基本尊嚴和自由，劇烈的變動衝擊著李煜的內心，一夜之間，他從不知民間疾苦的貴冑變為茫然失落的亡國奴，李煜無法接納超脫，也無法忘卻過往的歡樂，故時常神遊於過去的回憶與創作詞章中，寫下〈破陣子〉（四十年來家國）、〈相見歡〉（林花謝了春紅）、〈浪淘沙〉（往事只堪哀）等來寄託苦痛。

雖然感情深濃，但因時態不定，李清照與趙明誠時聚時散。宣和三年（西元 1121 年），趙明誠派任萊州。是年八月，李清照方至萊州與丈夫團聚。宣和七年（西元 1125 年），明誠守淄州。好景不常，靖康二年（西元 1127 年），金兵大舉南侵，汴京失陷，徽欽二宗「北狩」，宗室南渡，史稱「靖康之恥」，清照夫婦隨難民逃到江南，所集文物多有流落。三月，明誠母亡，明誠南下江寧奔喪。八月，明誠知江寧府。建炎三年（西元 1129 年），清照四十六歲，趙明誠奉旨任湖州知縣，

〔註 18〕馬斯洛著，成明編譯：《馬斯洛人本哲學》（北京：九州出版社，2003 年 5 月），頁 3。

須往建康拜見皇帝，又與清照離別，一路疲憊，竟然病倒建康，待清照急忙趕到建康時，已經病入膏肓，不久後撒手人寰。一對神仙眷侶，因為時代動亂，便被殘忍無情的逼迫成天人永隔，對李清照是多麼致命的打擊呀！但是李清照依然悉心保護與筆削整理二人的研究成果《金石錄》，此書不僅有史學、文學、考據學、文獻整理和金石書法的價值，也是他倆婚姻幸福美滿的愛情見證。

丈夫歸西後，李清照頓失依靠，只得投奔明誠的妹婿，時任洪州從衛兵部侍郎。不久，洪州遭金兵攻陷，又赴台州轉投弟弟李迒。從此，李清照的命運如無根蒂的煙塵，逐風飄散在江浙一帶。而如二人辛苦結晶、感情見證的珍貴文物，先後在建炎元年（西元 1127 年），金兵入侵青州、洪州時被戰火焚燒或散佚；剩下的少部分文物，又在居會稽時遭盜，苦心蒐羅的文物古籍便隨著趙明誠的斷氣撒手，幾乎毀損殆盡。大逃亡帶給李清照的不幸不只是物質的巨大損失，更是心靈的折磨，如：〈憶秦娥〉

> 臨高閣。亂山平野煙光薄。煙光薄。棲鴉歸後，暮天聞角。
> 斷香殘酒情懷惡。西風催襯梧桐落。梧桐落。又還秋色，又還寂寞。（頁 48）

南渡之後，李清照遭逢家破人亡、淪落異鄉、文物散失等打擊，又眼見山河破碎、人民亂離的慘況，心中感慨萬分。她登臨高樓，看到遠處參差錯落、蜿蜒起伏的山巒，近處遼闊平坦、廣大無際的原野，都籠罩在灰濛濛的煙霧裡。「亂」概括描繪出山巒曠野的蕭條衰敗，也暗批祖國大好河山遭金兵踐踏而殘破不堪。「煙光薄」暮靄沉沉、落日黯淡，灰暗的色彩籠罩詞篇，也如作者心緒蒙上憂愁、失去生氣，更如國勢加河日下、一蹶不起。此時，棲於林間的烏鴉無力的飛回巢穴，遠處傳來陣陣悲壯的畫角聲嗚咽哀鳴，迴盪在群山曠野中，不禁黯然神傷。本詞一開始，便營造了蒼莽黝冥的世界。

下片言薰香爐裡的香料已經燃盡，仍不添加；酒也快喝完，仍不續杯，任其完盡，可見心情低落不堪，所見皆惡。窗外秋風颯颯，代表肅殺，梧桐樹本已衰頹，秋風依然無情襲擊，催促著梧桐落葉，猶如金兵對宋朝永無止盡的摧折踩躪。「西風催襯梧桐落。梧桐落。」連用兩次梧桐落，增添悲慘氣氛，加深衰頹色彩，襯托出李清照的悲愴心境，山野凋肅、花木飄零、秋風寒涼，是一片蒼涼秋色，也是一番寂寞，更添悲哀。

全詞「心與物融，情與景合」，外境灰茫全來自於「情懷惡」，而「情懷惡」與亂山、煙光、聞角、斷香、殘酒、西風、梧桐、秋色互相呼應，構成一幅淒清的秋色哀情圖，全詞渲染哀鬱之氣，渾然一體。

生命末期的李煜，因為缺失性體驗迸發出巨大的文學能量，寫下悲慨沉鬱的不朽詞作。晚年的李清照，孤獨、悲傷、思鄉、憂國、憶夫、哀己，各種負面情緒糾纏繚繞心田，形成龐大的精神壓力，也蘊育出一闋闋的千古名篇。

四、兼具華麗與幻滅的二李人生

李煜生於南唐時代，位處山光水色、吳儂軟語的江淮地區，自幼成長於皇家大內，心慕逍遙無爭的隱遁生活，「篤信佛法，於宮中建永慕宮，又於苑中建靜僧寺，鍾山亦建精舍」〔註 19〕，長成後貴為萬人之上的帝王之尊，又娶得色藝兼具的周后為妻，似為十全十美的人生劇本；李清照生於大宋王朝，處於煙波水色的濟南地區，自小受書香門第的薰陶，且受修身淑世，以國家為己任的儒家觀念影響，是集柔美與豪氣為一身的名門閨秀，又嫁得瀟灑博學的學士為妻，閨房情趣自不在話下。

李煜、李清照生活環境、時代背景迥異，卻皆受到良好的家庭教育和文學養成，有著善詩文、工詞章的親人與心意相映的人生伴侶，渡過無憂無慮的快樂童年與少年生涯，再加上二者天資聰慧，好讀書、

〔註 19〕（宋）陳彭年著：《江南別錄》，收錄於張海鵬集刊：《墨海金壺　十三》（上海：上海商務印書館，1936 年），頁 20。

善學習，精通音律古籍，無形中為他們在詞史上的成就奠定了紮實的基礎，開啟了創作泉源。

好景不常，渡過了輕鬆愉悅的青澀時期，怎料人生的顛簸正要展開！李煜即位後，一直處在內憂外患的境況之中：對外，受宋主的挾制和壓迫，只會逆來順受、妥協安生；於內，國窮兵弱、積重難返，而且李煜個人心軟無方、迷信佛法，群臣又是守常充位的庸碌之輩，積累之下，國勢更是回天乏術。後來，手足別離、愛子夭折、嬌妻親母撒手西歸。多重打擊下，李煜企圖藉通宵達旦的歌舞聲樂及燒香拜佛的鴕鳥方式來麻痺自己，終導致國破家亡、陷為囚虜的窘境。

再觀李清照，其出閣後，過了短暫弄藝調情的幸福時光。不久，丈夫外出任職，兩人分隔，又曾遭株連而入獄。出獄後，夫妻倆退居青州，鑽研金石，過著清貧樂道的日子。其後，趙明誠先後知萊州、淄州、江寧，二人時聚時分，落腳漂泊不定。靖康二年（西元 1127 年），遭逢靖康之難，雙雙逃難江南。後來，明誠因命去建康拜見皇帝，與清照離別，一路疲憊，病倒建康，竟然溘然長逝。丈夫逝後，李清照頓失精神支柱，四處投奔親人，所集文物接連遺失損毀，如螻蟻般飄泊於江浙一帶，心中的悲苦只能訴諸詞作，稍加慰藉抒發。以下製作表 5-1-1 以茲對照：

表 5-1-1　李煜、李清照生平對照表

人物 項目	李　煜	李清照
時代	南唐	宋朝
地域	江南	濟南
性別	男	女
出身	皇宮大內	書香門第
身分	帝王	名門閨秀
思想	篤信佛法	儒家思想

人生分期	西元	年齡	事　跡	西元	年齡	事　跡
前期	937	1	李煜生	1084	1	李清照生
	954	18	納周娥皇為妃			
	961	24	李煜嗣位，立周氏為國后			
中期	964	28	次子仲宣薨；國后周氏殂	1101	18	李清照嫁與趙明誠
	965	29	母聖尊后鍾氏殂	1107	24	明誠入獄，與清照分離。出獄後，二人屏居青州
	971	35	弟鄭王從善朝宋被留。李煜請去國號，稱江南國主	1121	38	明誠知萊州。八月，清照方從青州到萊州
				1125	42	明誠守淄州
後期	975	39	宋師薄金陵城下，李煜出降	1127	44	明誠奔母喪，獨自南下。八月，明誠知江寧府。十二月，清照方至江寧。
	978	42	李煜被毒卒。小周后不久亦卒	1129	46	1. 明誠被旨知湖州，赴建康，與清照分別。八月十八，明誠卒於建康。 2. 明誠葬畢，清照大病，後流亡洪州、台州、江浙一帶。
				1156	73	李清照卒

綜觀人生，李煜對於逆境的處置乃偏於自欺欺人的做法，當然僅能換來短暫的解脫，過後，詞人敏感、細膩的本性卻令他加倍品出愁苦的滋味而懊惱悵惘萬分。不但如此，李煜的悲劇產生原因不只來自

於本身處事過度懦弱消極、昏庸無能，也肇因於封建政教的制度下，無可改變的人生錯位，致使現實與心願嚴重對立，「作個才人真絕代，可憐薄命作君王」正是其人生寫照。〔註20〕再談李清照，身懷經世濟民的抱負，礙於女性身分，又碰到國殘兵弱的年代，與丈夫時聚時散，終至夫死國滅，使得個人的不幸與國家的敗亡糾纏交融在一起，因而李清照自身的苦難與大時代的慘劇牽連在一起，甚至可說是是整體社會家庭的縮影。

李煜、李清照的人生軌跡皆由順境起步，中途轉逆境，最後以悲劇收場，同是前期相對幸福，後期墜落苦難的滑梯式人生旅程，飽嘗了國運變遷、人遭厄運、失偶亡國……人生苦果的滋味。〔註21〕他們的詞風作品完全是人生歷程的實錄，類似的人生境遇造成二人在不同年齡階段，類似的詞風轉變趨向，但是因性別、出身、地域、個性、觀念……不同，又有不同的取材與表現方式，締造出詞史上的雙奇葩。

第二節　李煜與李清照詞作的表現內容

至大周后殞落前，李煜渡過了追求靜心自適的少年時期與甜如蜜糖的婚姻生活，詞風綺麗華靡；其後，親人逝世、內憂外患不斷，終至亡國，詞風漸趨憂傷憤恨。少女時代的李清照，詞作展露青春年華的天真嬌憨；少婦時代，因為夫妻分別，流露出相思閨怨之情；南渡後，強烈表露憂鬱憤慨。

一、前期：爛漫青春詞作

李煜生於深宮，長於婦人之手，浸淫在富貴奢靡的庭掖中，以純

〔註20〕謝皓燁：〈論李煜和李清照後期中悲劇體驗的差異〉，《泰安師專學報》，2001 年第 1 期，頁 34。以下若同出此篇期刊，依此為主，僅列出作者、篇名。

〔註21〕董武：〈異代同杼　異曲同工〉，《華中師範大學學報》，1994 年第 1 期，頁 114。

真性靈書寫錦衣玉食、華美絕倫的生活，故有「金爐次第添香獸」、「春殿嬪娥魚貫列」、「銅簧韻脆鏘寒竹」等綺麗詞句。可是，皇宮裡雖然富麗華美，卻因為皇子身分，生活上充滿限制和身不由己，不如外界想像中的置身於大樂世界。加上李煜生有奇相，即使隱避皇權、醉心翰海，依然看見奪權勾心的黑暗，體驗過骨肉相殘的慘烈，使他自甘平淡，視功名利祿為身外之物，羨慕逍遙自在的隱遁生活，故有〈漁父〉兩闋清新自然之作。

宋神宗元豐七年（西元 1084 年），一位曠世才女降生於書香門第。不同於深鎖樓閣的大家閨秀，李清照的少女時期活潑開朗、熱情機靈，生活不但充滿趣味，又有細膩敏感的一面，於詞作中可見一斑，如〈浣溪沙〉：

> 淡蕩春光寒食天，玉爐沈水裊殘煙，夢回山枕隱花鈿。
> 海燕未來人鬥草，江梅已過柳生綿，黃昏疏雨濕秋千。（頁 18）

全詩以白描手法描寫了爇香、花鈿、鬥草、秋千等少女時代的事物，藉以抒發作者於寒食節時，愛春惜春而欲留春的心情。

上片寫少女春睡初醒情景。首二句為睡醒後（第三句）的所見所感，「淡蕩春光寒食天」描寫室外環境：寒食節為夏曆三月初，正是春光極盛之時，春風吹拂，天氣和煦，正是「閨中風暖，陌上草熏」（江淹〈別賦〉）暖風醉人的時節。接著筆觸移至室內「玉爐沈水裊殘煙」：玉質熏爐中燃點著沉香，殘煙繚繞，嫋嫋香煙彌漫散開，氤氳氛圍籠罩閨中，透著靜謐、溫馨和淡淡的憂愁，暗寫閨室的幽靜溫馨。第三句「夢回山枕隱花鈿」只從首飾花鈿寫其睡醒姿態，敘己早晨夢醒，卻慵懶未除，斜倚枕上出神望著室外的蕩漾春光，似潛藏著一抹春思。描繪了一幅優雅、茜麗、靜謐的畫面。

下片移至郊野，寫少女的心曲。「海燕未來人鬥草，江海已過柳生綿。」古人以為燕子產於南方，春末夏初渡海飛來，故稱海燕。「鬥草」又名鬥百草，南朝梁．宗懍《荊楚歲時記》載：「五月五日，四民並踏百草，又有鬥百草之戲。」〔註22〕原為端午節之娛樂習俗，是用花草賭決勝負的一種遊戲，尤為婦女兒童喜好。詞人見室外婦女笑臉盈盈，鬥草取樂，海燕卻經春未歸。海燕未歸，隱含細數日子，惜春留春心態，鬥草遊戲，則映襯自己的寂寞。視線一轉又見「江梅已過柳生綿」江梅花期衰歇，楊柳正當飛花、白絮飄揚。種種景致說明春事已經過半，而此時少女獨處春閨、情懷繚亂，實因惜春所致。這兩句對仗工整，既有動態，又有心理活動，極盡工巧之妙。

末句「黃昏疏雨濕秋千」秋千本是少女所愛遊戲，可是黃昏時忽然飄起細雨，將秋千灑濕，流露無可奈何的情緒，道出萬縷愁緒，恰契合上兩句精神。黃昏、一人，又逢疏雨，只有濕漉的秋千相伴，讓人感到寂寞、愁怨。

李清照擁有男性作家無以比擬的豐富情感，以及對大自然與外部世界的敏銳感悟，所以，抒寫細膩含蓄，即使不事修飾，淡淡道來，卻別有一番情致。詞人先描述外物形象和意境，從中再滲出幽深心態，以物寫人、以景寫情，天氣由晴轉陰，心情也由嬌慵轉為淒清，有「無我之境」的妙趣。〔註23〕

再如〈點絳脣〉：

> 蹴罷秋千，起來慵整纖纖手。露濃花瘦，薄汗輕衣透。　見客入來，襪剗金釵溜。和羞走。倚門回首，卻把青梅嗅。（頁83）

此詞活靈活現的描繪少女情懷。「蹴罷秋千，起來慵整纖纖手」春日清晨，花園內，秋千垂掛綠樹，隨風搖擺，悠悠晃動，開啟了少女的玩興。秋千越盪越高，心中隨之雀躍起舞，浪漫心懷也釋放飛揚，不知不覺沉浸其中，忘卻光陰，也悄悄啟動了女孩萌發的青春，直至兩手痠痛無力，懶懶下垂。「露濃花瘦，薄汗輕衣透」中，「花瘦」表

〔註22〕（梁）宗懍：《荊楚歲時記》（山西：山西人民出版社，1987年9月），頁47。

〔註23〕唐圭璋編：《唐宋詞鑒賞辭典》（上海：上海辭書出版社，1988年），頁1187～1188。

示時近暮春，殘花細枝上鑲著晶瑩的露珠；少女身上，涔涔香汗滲透出薄薄的羅衣。此將汗濕輕衣的少女暗比為沾滿露珠的鮮花，以靜寫動，以花喻人，生動勾勒少女盪完秋千後的形態，彷彿親眼見到其臉上的汗珠，聽見微促的喘息，花與人相襯，顯得格外嬌美。「見客入來，襪剗金釵溜，和羞走。」驀然間，客人進入，她猝不及防，抽身便走，在慌亂間，金釵鬆脫滑落。客人是誰？詞中未作正面描寫，但從「和羞走」可以推敲，定是位風度翩翩的少年。「倚門回首，卻把青梅嗅」詞人走到門口，強按不著心頭的激動，假裝嗅著青梅，回眸偷覷客人的風姿。其中「卻把青梅嗅」將詞人難掩好奇，亟欲窺視，卻又害羞嬌怯的心理狀態寫得巧妙逼真。

李清照早期喜歡遊賞山水，流連美景，家中花園自是暢遊之地。上闋簡明扼要點出時間、地點，以及人物的嬌美，下闋以動作刻畫出少女的心情。「秋千」一來一回、高高低低，恰與正當芳齡，懷抱憧憬又尚未穩定的少女形象相合，並使用了「蹴」、「起」、「整」、「透」、「見」、「來」、「剗」、「溜」、「和」、「倚」、「回」、「嗅」等一連串個性化動詞，表露出少女內心的情懷和外在的動作，再藉由嗅青梅，描述她想見又不敢見的微妙心理，可見稚氣未脫的純真可愛，自此一位天真浪漫、豐神韻秀的少女形象躍然紙上。

本詞篇幅短小卻層次分明，曲折多變，把一個少女慌張、含羞、好奇以及愛戀的心理活動，刻畫的栩栩如生。

季特菲耶夫說：

> 貴族的抒情詩並未提出較大的社會問題，但卻展開了人的內心世界、對自然的感覺和愛情的體驗的最細緻的情緒，這一切都使讀者的精神世界更加豐富，更為提高，並且指示了新的審美價值，就是對社會有意義的價值。〔註 24〕

少年時期的李煜作品雖然未揭示國政問題、民生狀態，卻以他細膩的

〔註 24〕 轉引自《中國人民大學學報資料中心複印報刊資料．中國文學》，1990年 11 期，頁 23。

情感率真表露生活實況，其一方面沉浸在華美奢靡的生活中，創作出宴饗歡娛之詞，一方面體會到蕭牆之內的險惡，避禍於五光十色的文藝與自然中，譜出典雅清麗的作品，表現青春任情縱意的情趣。少女時期的李清照詞作清新淺易，即使使用白描手法，也精準生動，表現出略帶頑皮的個性，令人如臨其境、如見其人。

二、中期：懷思盼歸詞作

度過幾年的安逸享樂歲月後，李煜原本穩妥適意的生活起了一圈圈的漣漪：親兒早夭，大周后、母后相繼謝世，手足朝宋遭扣，南唐國勢日益殘弱，宋國時時壓迫進犯，在不斷的內憂外患下，可謂到了風雨飄搖的程度，甚至成了北宋附屬國的窩囊皇帝。李煜心中不復有年輕時的輕鬆灑脫，漸漸籠上陰霾，感時傷事、傷春悲秋，葉嘉瑩提到：

> 他對於宇宙人生的認識不是外延的，而是一種內展的。他的內心有一個銳感的詩心，像是一池春水，你只要向它投下一塊石頭，不需要多，只要打在水的中心，只要有一點觸動了它的內心，它的水波就自然向外擴散展開出去，自然就擴充到一個絕大的意境。因此，他的所有詞都是形式精巧的心理獨白，塑造的每個形象，也都不可避免地要重重地打上自己的烙印。〔註25〕

李煜天生具有敏感精銳的詩心，一有觸動，精巧的心理獨白便如春水般向外擴延，成就絕大的意境，塑造鮮明的形象、營造貼切的氣氛，如：〈清平樂〉（別來春半）中的思親之痛如海水浪潮般敲擊著李煜，心情如雪落紛亂般五味雜陳；〈烏夜啼〉（昨夜風兼雨）表露世事流變、浮生若夢的憂愁感懷。

宋徽宗建中靖國元年（西元1101年），李清照十八歲，出落為亭亭玉立的大姑娘，與太學生趙明誠共結連理。夫妻感情甚篤，日夜相

〔註25〕葉嘉瑩：《唐宋詞十七講》（河北：河北教育出版社，1997年），頁132。以下若同出此書，依此為主，僅列出作者、書名、頁數。

伴扶持，後來夫君重登仕途，二人時而各分一方，對於重情的李清照而言，自是傷心的精神折磨。所以，少婦時期的清照作品主要流露的是思念夫君的愁苦，她以女性獨有的細緻入微將離愁別緒表達得纏綿婉轉、楚楚動人，是「男子作閨音」作品所無法企及的。〈醉花陰〉云：

> 薄霧濃雲愁永晝，瑞腦消金獸。佳節又重陽，玉枕紗廚，半夜涼初透。　東籬把酒黃昏後，有暗香盈袖。莫道不消魂，簾捲西風，人比黃花瘦。（頁 34）

本詞作於婚後不久，趙明誠出守萊州，李清照獨居青州，本已深閨寂寞，思念之情難以排遣，如今又逢重陽，加倍思親，故寫此詞抒發悽愴心緒。

首二句「薄霧濃雲愁永晝，瑞腦消金獸」以迷濛筆調渲染哀鬱氣氛，重陽節白晝時分，室外天氣陰沉，雲霧凝聚，「薄霧濃雲」不僅布滿天宇，更罩滿詞人心頭，「永晝」是對時間的心理錯覺，點出因獨守空閨而度日如年之感，表明思念的綿長與無法消釋。此時詞人枯坐在獸形金爐旁，看著香料一點一點消融，即使「瑞腦」馨香撲鼻，也不能排解愁思，反而見其裊裊上升，宛如己之愁思綿綿不斷，不但表達漫長無聊之感，又烘托環境的淒清慘淡，襯出思婦寂寞難耐，百無聊賴的閒愁。次三句時間轉至夜間，「佳節又重陽」點明時令，也為心緒不好、心事重重的原因。有謂「每逢佳節倍思親」，今日「佳節又重陽」，本應該是夫妻團圓、飲酒賞菊之時，如今只有自己，怎能不更加思念遠方的丈夫呢？「又」字，表達又到佳節，時光飛逝的慨嘆，以致「玉枕紗廚，半夜涼初透」。「玉枕」乃玉所製，是涼的；「紗廚」即碧紗廚，為木架罩以綠色輕紗，可以避蚊，卻不能抵禦夜晚的寒意。「玉枕紗廚」往昔是與丈夫溫存的暖榻，如今已入九月深秋，天已生涼，加上玉枕紗廚的滲膚涼意，夜半時分涼之更甚，自己卻孤眠獨寢，觸景傷情，自然是柔腸寸斷、心裂欲碎了。顯然，這裡「涼」的不只是肌膚所感之涼意，也暗示女主人公的心境——心靈所感之淒涼，這位已被「愁」糾纏「永晝」的女主人，直至「半夜」身心更寒，遭相思之苦日夜折磨而未能入睡呀！

下片敘黃昏時獨自飲酒的淒苦。舊曆九月九日，古人有賞菊飲酒的風俗。宋時，此風不衰，所以，重九這天，詞人「東籬把酒黃昏後，有暗香盈袖」在重陽節傍晚於東籬下菊圃前拿酒獨酌，菊花的幽香盛滿了衣袖。本來重陽佳節把酒賞菊，是極富情趣的，且詞人也欲藉此遣愁，然而丈夫遠遊，無人共同把酒言歡的孤獨加倍湧上心頭，而菊花再美再香，也無法送給遠方的親人，結果反倒「借酒銷愁愁更愁」了，哪還有心情欣賞「暗香浮動」的菊花呢？所以，造成「莫道不消魂，簾捲西風，人比黃花瘦」。「消魂」表相思極甚的精神狀態；「簾捲西風」暗含淒冷之意。詞人匆匆離開東籬，回到閨房，但無情的西風將簾子掀起，寒意入骨，相較與酒相對的菊花，頓感人不如菊。於是，末句「人比黃花瘦」，乃「愁永晝」與「人花相比」的結果：詞人巧妙地將思婦與菊花相比，展現出兩個迭印的鏡頭：一邊是蕭瑟的秋風搖撼著羸弱的瘦菊，一邊是思婦布滿愁雲的憔悴面容，直抒胸臆寫出憔悴的面容和愁苦的神情，情景交融，創設出淒苦絕倫的境界。

全詞開篇點「愁」，結句言「瘦」。「愁」是「瘦」的原因，「瘦」是「愁」的結果，貫穿全詞的愁緒因「瘦」而得到了最集中、最具體的體現，故有柴虎臣《古今詞論》：「語情則紅雨飛愁，黃花比瘦，可謂雅暢。」〔註26〕陳廷焯《白雨齋詞話》：「深情苦調，元人詞曲往往宗之。」〔註27〕之評。

〈一翦梅〉寫：

> 紅藕香殘玉簟秋，輕解羅裳，獨上蘭舟。雲中誰寄錦書來，雁字回時，月滿西樓。　　花自飄零水自流，一種相思，兩

〔註26〕（清）柴虎臣：《古今詞論》，收錄於王學初校注：《李清照集校注》（臺北：里仁書局，1982年5月），頁36。

〔註27〕（清）陳廷焯：《白雨齋詞話》，收錄於唐圭璋：《詞話叢編　四》（北京：中華書局，1981年），頁3746。以下若同出此書，依此為主，僅列出作者、書名、頁數。

處閒愁。此情無計可消除，才下眉頭，卻上心頭。（頁 23）

元伊世珍《瑯嬛記》載：「易安結褵未久，明誠即負笈遠遊。易安殊不忍別，覓錦帕書〈一翦梅〉詞以送之。」〔註 28〕李清照和趙明誠結婚後，甜蜜相隨，一同浸潤於學術殿堂，幸福美滿。不久後，趙明誠出外求學，李清照難分難捨，故以靈巧之筆抒寫思夫情切，反映初婚少婦沉溺情海的純潔心靈。

「紅藕香殘玉簟秋」紅豔的荷花已經衰敗，仍殘留著餘香，竹席即便精美，仍因秋至，感覺冰涼。此句不僅點明時節，也引發作者的離情別緒，對其孤獨起了烘托作用：「紅藕香殘」秋來荷凋，宛如青春易逝，紅顏易老；「玉簟秋」竹席冰涼，蓋因「人去席冷」；進一步言之，花開花落，既是自然現象，也是悲歡離合的人事象徵；枕席生涼，既是肌膚觸覺，也是淒涼獨處的內心感受。全句以客觀景物「紅藕香殘」及主觀感受「玉簟秋」表達秋的到來，點染幽淒氛圍，將客觀、主觀、景、情交互融合，無怪乎清朝陳廷焯讚賞說：「易安佳句，如〈一翦梅〉起七字雲：『紅藕香殘玉簟秋』，精秀特絕，真不食人間煙火者。」〔註 29〕此七字精巧秀麗，特出絕妙，當不過譽。

李清照本因丈夫外出而愁緒滿懷，如今加上荷殘席冷、萬物蕭疏的景象，思夫之意必然更加縈繞胸懷。所以，欲藉遊覽以遣悶「輕解羅裳，獨上蘭舟」輕輕地解開了綢羅裙子，換上便裝，獨自划著小船去遊玩吧！回想二人新婚如膠似漆，今日丈夫遠行，剩我一人登上蘭舟，顯現「獨」之淒楚。因此，「獨上蘭舟」將同「舉杯消愁愁更愁」般，勾起往事，加添孤寂。

接著，李清照期待「雲中誰寄錦書來，雁字回時，月滿西樓。」相傳雁足傳書，當大雁飛回，明月灑滿西樓，誰會托它捎來書信？「誰」暗指趙明誠，「錦書」指情書，「西」表示月已西斜，足見站立之久，思夫之深，構成一種目斷神迷的意境。在月光照滿樓頭的美好夜景裡，

〔註 28〕（元）伊世珍：《瑯嬛記》，收錄於《李清照資料彙編》，頁 28。
〔註 29〕（清）陳廷焯：《白雨齋詞話》，頁 3747。

收到夫君的情書，無疑是高興的。但因思念過深，此只能暫微寬慰，無法消除濃濃相思。

在孤居歲月中，「花自飄零水自流」丈夫如悠悠江水空自流般遠行，我的青春像花那樣空自凋殘，李清照既為自己的紅顏易老而感慨，更為不能和丈夫共用青春而傷懷。「一種相思，兩處閒愁」由己身推想到對方，深知相思與閑愁不是單方面的，而是雙方面的，以見兩心相印，同因離別而苦惱。且因相思甚深，「此情無計可消除，才下眉頭，卻上心頭。」即使千方百計抑制自己、排遣愁苦，往往事與願違，皺著的眉頭方才舒展，思緒又湧上心頭，表明時刻都在相思著，使人若見其眉頭剛舒展又緊蹙的樣子，從而領會到內心的綿綿痛苦。「才下」、「卻上」連接巧妙，把相思情感在須臾間的變化起伏，表現得極為生動真切，與李煜〈烏夜啼〉:「剪不斷，理還亂，是離愁，別是一般滋味在心頭」意境相似，有異曲同工之妙。

〈一翦梅〉極富詩情畫意，詞人越是把別情抒寫得淋漓盡致，越能看出背後的夫妻恩愛甜蜜，所以，明李廷機《草堂詩餘評林》卷二：「此詞頗盡離別之情。語意飄逸，令人省目。」〔註 30〕本詞將離情鋪寫得憔悴支離，令人耳目一亮。

遭逢妻亡國弱的李煜陷入剪不斷、理還亂的愁緒中，以詞作展現心理活動，不但懷念故人，也憂傷生命國運，訴說著一闋闋的愁情詞。少婦時期的李清照基於夫妻情愛真摯，故分別時流露出濃濃的不捨與相思落寞，容易觸景傷情、以花喻人，作品含蓄深沉富含獨特女性魅力。

三、後期：國破流離詞作

開寶八年（西元 975 年），三十九歲的李煜斷送家國，城陷出降。自此，他的世界由享樂天堂翻轉為哀痛苦海，由於自己的無能與山河

〔註 30〕（明）李廷機：《草堂詩餘評林》卷二，收錄於王學初校注：《李清照集校注》（臺北：里仁書局，1982 年），頁 26。

變異的痛苦愧疚，深重的缺失感成為創作的動力，藉詞句宣洩滿盈的情緒，或逃入夢中麻痺心神，以謀求心理平衡及生存的勇氣。如：絕命詞〈虞美人〉（春花秋月何時了）悲鳴著外境依舊花開花落、月明月暗，過往卻像江水般滾滾東流，流連歡樂的一國之主如今成了異國囚徒，哀愁將無窮無盡、無可比擬，故

> 這兩句（問君能有幾多愁？恰似一江春水像東流）把我們古今所有的人類，不但是中國人，是古今所有的人類共同的一種悲哀，都包括在裏邊了，就是宇宙的永恆無盡與人生的短暫無常。這是所有的人類的共同的悲哀。〔註 31〕

因為人生的大起大落，李煜體悟到在永恆無盡的宇宙面前，人類有多麼無力渺小，這是所有人類在世無可避面的悲哀無奈，「最美麗的詩歌是最絕望的詩歌，有些不朽的篇章是絕望的眼淚」〔註 32〕，李煜以極困的境遇、哀慟的血淚道出不可言盡的破落絕望之淒美。

建康二年（西元 1127 年），爆發靖康之難。南渡之後，物喪書毀、飄散流離、國破夫亡的不幸降臨在李清照柔弱的肩上，這一切的精神磨難，千愁萬緒，盡入詞中，其辭情之悲苦可想而知。〈蝶戀花〉（上巳召親族）便可見人、國之凋零：

> 永夜厭厭歡意少。空夢長安，認取長安道。為報今年春色好，花光月影宜相照。　　隨意杯盤雖草草，酒美梅酸，恰稱人懷抱。醉莫插花花莫笑，可憐春似人將老。（頁 60）

宋欽宗靖康二年（西元 1127 年）四月，北宋滅亡。五月，欽宗之弟趙構即位，改元建炎，史稱南宋。政局不定，李清照南渡後到處飄零轉徙，容顏相貌日益枯槁，故國之思逐漸熾烈，常常表達深切的思國情懷與哀嘆。

此詞作於上巳節，本為親友相聚水邊，共同修禊的節日。《韓詩章句》：「鄭國之俗。三月上巳，之溱洧兩水，執蘭招魂續魄，祓除不

〔註 31〕葉嘉瑩：《唐宋詞十七講》，頁 179。

〔註 32〕轉引自沈鯤：《李煜及其詞創作的心理分析》（東北師範大學碩士學位論文），2006 年 5 月，頁 15。

祥。」〔註33〕在農曆三月上旬巳日，有「修褉」之習俗，即召宴親友到水邊戲遊，臨水插花，以驅邪招祥。「永夜厭厭歡意少，空夢長安，認取長安道。」上巳為古老的節日，每逢佳節倍思親，李清照將親族召來敘舊，以寬慰思國情緒。無奈今夜詞人心緒淒楚，輾轉難眠，深感長夜漫漫，折騰地精神衰微疲弱。好不容易闔上眼，夢見了日思夜慕的故都汴京，坊街上熙熙攘攘、駢肩雜踏，是記憶中的街道呀！多麼令人振奮欣喜！可惜這只是「空夢」，是個未能在現實中實現的宿願，頓時失望、惆悵、辛酸汩汩湧上心頭。

「為報今年春色好，花光月影宜相照。」造物如果要匯報今年春色美好，將以月光搖曳，灑落花間，婀娜的鮮花披著融融的夜光，互相輝映來呈現，可惜的是上巳夜晚沒有明月，只有月牙，嬌花美月無法相映生輝，如同春色美妙，鳶飛魚躍，各得其所，但是處在動亂中的人們流離失所、不安困頓，激起景物依舊、山河改顏的嘆惋。中原尚未收復，有家鄉歸不得，隱含對鄉關的深沉懷念和對南宋消極統治的憤懣之情。

因為有上片所述的不美滿，順勢開啟下片的惜情便宴「隨意杯盤雖草草，酒美梅酸，恰稱人懷抱。」在家國顛沛中，經濟是拮据的，酒菜難免不足，只能備妥醇香的美酒配上酸甜的梅子，即使吃喝簡便，仍可一傾胸中積鬱，聯繫鞏固親情與慰藉空寂的精神。

「醉莫插花花莫笑，可憐春似人將老。」回想南渡前，李清照常趁美日插花飲酒，如〈清平樂〉云：「年年雪裡，常插梅花醉。」充滿閒情雅興。反觀今日，暮春之初，景色雖美，可惜餘留之春光轉眼即逝，百花也隨之凋零，勾起傷春情懷，因而喝酒宴飲至酩酊，依然沒有插花情趣，好似跟花開了個食言的玩笑，希望花兒不要譏笑我，因為山河的改異使我心情驟變，憔悴折損，我宛如將暮的春天，被衰敗的國勢摧折到失去鮮澤光彩，深深喟嘆因為個人不幸遭遇與國家動盪

〔註33〕轉引自侯建、呂智敏：《李清照詩詞評注》（山西：山西人民出版社，1985年8月），頁122。

的哀苦深愁。

〈蝶戀花〉（上巳召親族）表達南渡之後，流落異鄉的李清照因遭遇改變導致情感與樣貌上極大的變化，並抒發對故國深深的眷戀，其中以時日消逝，青春折損，興致衰頹對比不變的思鄉之情，更顯濃熾與執著。

又見〈聲聲慢〉：

> 尋尋覓覓，冷冷清清，悽悽慘慘戚戚。乍暖還寒時候，最難將息。三杯兩盞淡酒，怎敵他、晚來風急。雁過也，正傷心，卻是舊時相識。　　滿地黃花堆積，憔悴損，如今有誰堪摘。守著窗兒，獨自怎生得黑。梧桐更兼細雨，到黃昏、點點滴滴。這次第，怎一個、愁字了得！（頁 64）

靖康元年（西元 1126 年）汴京淪陷，建炎元年（西元 1127 年），徽欽二宗被擄，北宋滅亡。建炎三年（1129 年），趙明誠病逝江寧。短短數年，李清照歷經亡國、喪夫、顛沛之苦，本詞表現李清照在動亂年代孤苦無依的愁懷，顯出悲傷淒切、六神無主的精神狀態。

「尋尋覓覓」寫詞人的精神狀態：失去多年收藏、失去此生摯愛、失去依靠國家，無形、有形資產皆損失慘重，所以，詞人若有所失，東張西望，倉皇找尋，彷彿跌落海洋急尋浮木，其欲尋覓的不僅是物質，更是精神的溫暖、依託、慰藉，以寄託自己的空虛寂寞。可是天不從人願，結果是全無所獲，頓時孤寂清冷氣氛襲來，換來一片悵惘迷離，進入「悽悽慘慘戚戚」的世界。可悲的是，這不只是李清照的心聲，也具有社會普遍性，望眼妻離子散、家破人亡、哀鴻遍野，此便是北宋末年的慘境。僅此三句，「悽悽」言其悲涼，「慘慘」言其憂鬱，「戚戚」則言其憂懼，立下愁慘淒厲的基調，加上十四個疊字，機杼自出，流轉如珠，張端義《貴耳集》評論：「此乃公孫大娘舞劍手，本朝非無能詞之士，未曾有一下十四疊字者。」〔註 34〕

「乍暖還寒時候，最難將息。三杯兩盞淡酒，怎敵他，晚來風急。」

〔註 34〕（宋）張端義：《貴耳集》，收錄於《李清照資料彙編》，頁 14。

秋天忽冷忽熱，身體最難適應，即使喝上兩三杯淡酒，也抵不晚上淒緊的秋風。「最難將息」與上文「尋尋覓覓」呼應，表達詩人情緒欠佳、身體虛弱，又遇上秋風蕭瑟，酒也無法使身子溫暖些許，因而愁苦加倍難熬，心境更顯淒冷。

「雁過也，正傷心，卻是舊時相識。」正當詞人滿懷愁緒，無法排遣，驀然看到大雁飛過，打破沉寂思緒，引起浮想聯翩：自古託雁傳書，如今大雁從北方故鄉飛來，且是舊時相識，總該捎來家鄉的消息，使這顆為思鄉思人而愁苦的心得到一點安慰。可是，大雁竟自掠空而過，沒有留下半聲言語，希望又成失望，心傷欲碎，使人「傷心」；同時，這兩字也帶出見物思人，物是人非的悲傷。當年，丈夫知萊州，暫別離家，她見到大雁曾想到：「好把音書憑過雁，東萊不似蓬萊遠」（〈蝶戀花〉）。今日，又是「雁過也」，但丈夫已頓入幽冥，只能目送征鴻，黯然神傷。本詞上片由疊字起頭，寫秋寒、寫薄酒、寫過雁，頓挫哀絕，思人懷鄉，字裡行間滲出「愁」情。

「滿地黃花堆積，憔悴損，如今有誰堪摘？」下片由秋日高空轉入自家庭院，曾經繁茂盛開的菊花已經枯萎、凋落，堆積滿地，它那憔悴的模樣，誰還有興致把它摘來戴在頭上？清照以菊自喻，悲訴背井離鄉、孑然飄泊之苦。

「守著窗，獨自怎生得黑。」守著窗戶，獨自一個人如何熬到天黑？描畫出一位孤獨空虛、滿面愁容的思婦形象：她沒有歡樂，沒有溫暖，雁過傷心、菊落傷情，寒冷的秋風侵襲肌體，難忍的寂寞吞噬心靈，骨寒心碎，苦愁萬狀。因此，「時間」成了糾纏繚繞的鬼魅，越是覺得難熬，越是慢得出奇，因而推展出「獨自怎生得黑」表示度日如年的憂愁，道盡黑夜漫漫卻無法躲逃的悲傷。

「梧桐更兼細雨，到黃昏，點點滴滴。」李清照將梧桐、細雨融合為一，筆直情切，書寫黃昏時分，秋雨濛濛，滴落梧桐和哀孤的心境。時值深秋，梧桐葉枯，風中瑟索，已是淒聲煩耳，現又有秋雨淅瀝，更加惱人。「更兼」二字，有加重語氣的作用，點出不堪聽聞之意。「到」字則言時間之長，綿綿不止，直至黃昏；「點點滴滴」細寫雨滴梧桐之聲，梧桐樹上飄落一片片乾枯的黃葉，細雨一點一滴打在梧桐葉上，單調沉悶，無盡無休，彷彿全都滴落詞人心田，如同苦淚滴淌心頭，且是愈滴愈深、愈深愈愁，終於到了不堪忍受的地步。

到了詞尾，千種憂愁、萬般苦楚，全從筆端噴發出絕望的聲響「這次第，怎一個愁字了得！」傾訴人生的悲苦淒涼，呼號家破國亡的慘痛，這一切不是單單「愁」字能概括得了的。特別的是，此處化繁為簡，詞人思緒紛茫複雜，僅用「愁」字當然無法言明道盡，但是其卻不另外說明「愁」字之外還有什麼心情，完全凝結於愁字即戛然而止，有「欲說還休」之勢，餘韻無窮。

本詞以近口語的樸素清新語言譜入聲曲，體現倚聲家不假雕飾的本色運用，但抒情表意依然絲絲入扣，故明楊慎《詞品》卷二讚：「其詞名《漱玉集》，尋之未得。《聲聲慢》一詞，最為婉妙。」〔註35〕李清照堪稱宋人填詞之翹楚，相較男子絲毫不遜色，而〈聲聲慢〉一詞更為代表作，令人琅琅上口、感其思緒。

滅國之後，讓李煜體認到無力可回天的現實冷酷，滿溢的不平與脹腦的憤懣只有躲避到夢境與詞作中才能稍稍獲得喘息，作品深度如施蟄存先生所說：

> 此等詞句，皆前無古人，後無來者。論其文詞，則自然純樸；論其感情，則回腸九轉。非亡國之君不能有此感情；無此感情，亦不能以自然淳樸之言辭動人。然亡國之君，未必皆能有此感情；有此感情又未必能以如此淳樸自然之言辭表達之，此後主之所以卓絕千古也。〔註36〕

李煜將鉅變的遭遇，以單純的性靈投注在淳樸自然的語言中，真切表白亡國之君的苦痛，故形成回腸九轉的情感效果。如果說國破之前，李煜有淡泊名利的胸襟，亡國後表現的變是超越自我、擴及全體

〔註35〕（明）楊慎：《詞品》，收錄於《李清照資料彙編》，頁34。

〔註36〕施蟄存：〈南唐二主詞敘論〉，《中國人民大學報刊》，1980年第29期，頁44。

人類的悲傷體悟，將詞作寬度由個人主體拓展到人生宇宙的境界。而李清照將遭遇的深悲巨痛融入詞作，其詞成了感時傷世的時代哀歌，寄託著對金兵野蠻入侵的血淚控訴，對南宋王朝君臣投降偏安的憤慨，深沉地反映出千千萬萬百姓無家可歸的切身感受。於是，少女時期的天真爛漫不再，基於情真意篤的少婦相思之作已成往昔，只剩南渡後痛訴國破家亡、生離死別的作品，愁越來越濃，越來越苦，情緒越來越重。

四、由神暢至痛絕的二李詞作

由誕生至立小周后前，李煜身為皇子國主的至尊地位，生活悠遊、徜徉書海，常遊山玩水，嚮往「漁父」般逍遙寧靜的心理狀態，又有千嬌百媚、風華絕代的皇后宮女陪侍在側，婚姻美滿，日夜醉舞笙歌，詞中表現宮中的極盡奢靡與男女間的艷情韻事；未料李煜的靈魂伴侶大周后在久病拖磨和驟失愛子的衝擊下，天妒紅顏，遽然謝世；對外，宋國又時時進逼威嚇，懦弱膽怯的李煜及平庸凡碌的臣子無力挽救，詞中逐漸蒙上陰霾，表達懷人盼歸、無奈煩鬱的思緒；至烽煙四起、城破國滅、哀嚎遍野之際，李煜再也不能躲藏於紙醉金迷、空無佛法中，宋軍的猛攻強奪乍然將李煜拉下雲端，墜入任人宰割的俘虜幽囚生活，詞中痛斷心腸的哭喊出對國民的不捨、對家國往事的眷戀和椎心刺骨的喪國之痛。

治理國事上，李煜天性平和仁慈、不喜人爭，本不願角逐皇位，可惜造化弄人，無端使其榮登寶座，一位多情浪漫的詞人風骨因為無可奈何的人生錯位坐上閃爍龍椅時，必是一場悲劇的開始。登上王位的李煜難改縱情本性，沉迷於宴遊情事當中，然而細品其作，卻能發現在他盡情描寫宮廷繁華生活的背後，隱藏著其他的什麼東西？正如以下所說：

> 是一種不安，一種需索，是不知所以的纏綿，是最快樂時的淒涼，是完滿之際的缺憾，是自己也不明白所以的惴惴，是

> 想挽住整個春天留下所有桃花的貪心，是大徹大悟與大眷戀之間的擺蕩。〔註 37〕

在混戰不休的局面下，南唐面臨著宋國的巨大威脅，即使李煜逃避於笙歌醉酒間，可是，仍無法忽視民間的落難與他國的蠶食鯨吞，在「愧疚體驗」中，不知不覺升起幸福與不安、需索與喪失、快樂與淒涼、完美與缺憾、歡愉與惴惴……的矛盾，故在華美的詞章中透露出思深意苦、悲咽惝恍的迷離與哀愁，簡言之，在李煜情歡意愜的作品背後，充斥著無奈與憂思，在圓滿表像下不經意的映出不圓滿，在享樂情境中露出一抹憂慮。

至亡國後，李煜字字句句無不是對昔日的眷戀與失去後的痛苦吶喊，因為生命本體的感受與佛教思想的影響，李煜確切體會到「生命無常」，一再嘆息生命的本質及自然的流逝，身為囚徒，便只能陷在無限追憶往事與承受椎心泣血的苦楚中。所以，對照宇宙自然，李煜深深感到個體生命在客體永恆這種絕對的優勢面前的無力與渺小，這份體悟具有超時代的普遍意義，「儼然有釋迦、基督擔荷人類罪惡之意。」故讀者只要對生命有著足夠的留心和體驗，就會被李煜詞作深刻感動，進而在內心產生強烈的共鳴。

李清照出生在官宦世家，從小受到良好的文學薰陶，加上天資聰慧，年輕時便顯示出很高的文學造詣，尤其善作詞，楊慎在《詞品》中說：「宋人填詞，李易安亦稱冠絕，使在衣冠，當與秦七、黃九爭雄，不獨雄於閨閣也。」〔註 38〕不論男女，李清照堪稱作宋詞的第一把交椅。

少女時期，生活無憂無慮、美滿優閒，作品熱情活潑，明快天真。婚後多寫離別相思，表現女性閨閣的感情。宋室南渡之後，丈夫病死，又逢國家破亡，人生完全跌入穀底，這讓原本幸福的她痛苦至極，感

〔註 37〕張曉寧：〈試談李煜前期詞中的悲劇意識〉，《株洲師範高等專科學校學報》，2003 年第 2 期，頁 31。

〔註 38〕（明）楊慎：《詞品》，收錄於《李清照資料彙編》，頁 33。

慨萬千，也詞風轉向了淒苦，多抒發顛沛流離之苦，孤獨無依之悲，表達的是喪夫之痛和亡國之恨，纏綿悲痛，而入於深沉的傷感，展現更強的藝術感染力。且這不單是李清照一人的體驗，而是處於動亂末年的人們所共同經歷的，因此，劉大杰《中國文學發展史》:「她抒的情，寫的恨，表面上看來是個人的，實際上是有一定的時代色彩和社會基礎的。」〔註 39〕李清照的題材來源源於對社會生活的感受，是由國家局勢與家庭個人所影響交織的，並擴大成人民的普遍悲痛。

綜合言之：

> 李煜在表現愁苦時，不再囿於世俗倫常的視角敘說個人的悲歡離合，而是把其抽象概括為人類置身在永恆宇宙的對立面時必然的悲劇命運，無疑應歸於王國維所的「惟詩人能感之而能寫之」的詩人之境界……清照詞中傳達出的悲劇性體驗實乃是「常人皆能感之，而惟詩人能寫之」的常人之境界。〔註 40〕

李煜書寫愁悶時，不侷限於己悲己苦的不幸遭遇，而向上提昇到人類面對永恆宇宙時，必定會感受到的莫可奈何與無力抵擋之感，表現了一種最普遍的人生感慨，這份對人生、生命必然性的沉思具有濃烈的哲學意味，此種由個人觀點上升到對生命本體進行反思的高度，唯有心思特出細膩，加上大起大落經歷的詩人方能感之，進而以絕妙精當、感人肺腑的語言寫之。李清照置身於日常生活的視角，表現強烈的生命情緒，如傷春之離逝、悲秋之蕭條、嘆花之零落、憐人民之亂離、哀家國之破碎……，不但通過對自然天氣、景物無常的描寫投射出社會的動盪變亂、清平不再，又藉由描寫個人的焦慮不安來反映戰亂時代個體生存的現實狀態，以及呈現出普遍的社會現象，表現詞人從傷感自身遭遇擴大到關注國家社會的運途，深切的感受到世態飄搖動亂對人民生存所構成的巨大威脅和壓力，此為對廣大個體現在或未來生

〔註 39〕劉大杰：《中國文學發展史》（台北：華正書局，2011 年 9 月），頁 503。

〔註 40〕謝皓燁：〈論李煜和李清照後期中悲劇體驗的差異〉，頁 32。

存狀態的注視，故如此景況人人能感受，唯有李清照能我手寫我心，確切陳述表達生活的悲劇性體驗。整理表格 5-2-1 比較二李詞作內容：

表 5-2-1　李煜、李清照詞作內容比較表

項目＼人物	李　煜	李清照
前期詞作	表面：嚮往逍遙生活，或宮廷闈樂、男女情事 深層：惴惴不安的憂慮	自然風光、少女生活歡愉
中期詞作	懷人盼歸、擔憂國勢	相思懷夫
後期詞作	眷戀故國往事、喪國之痛	國破家亡之痛、朝廷偏安的憤懣
視角	由生命本體的感受出發	著眼於日常生活
格局	上升至本體面對永恆宇宙的悲劇命運	具戰亂時代的社會普遍意義

魯迅曾說：「悲劇將人生有價值的東西毀滅給人看。」透過毀滅美好事物並揭露醜惡的一面即是悲劇，而美好便在毀滅中更顯示其難得與價值。悲劇呈現的是個體失去令人感受到正向情緒的事物，進而遭受苦難折磨時，帶給人的特殊審美感受，即在痛苦哀愁之中產生審美愉悅之感，並使心靈受到強大震撼；進一步說明，朱光潛云：「給人痛感的情緒，只要能在身體的變化活動或某種藝術形式中得到自然的表現，也能產生快感。」〔註 41〕痛感經由身體精神的感受變化，抑或藉由另外的藝術形式表現出來，可帶給人們喜悅之感。所以，李煜、李清照在遭遇大不幸後，皆把生命的熱情轉移到文學創作中，用詞述說自己的悲劇人生，抒發自己的悲劇體驗，這種生命能量的轉移，帶給詞人傾吐過後的暫時心理平衡與寧靜，甚至暢快，有著消解詞人心中凝重負面情緒的重要作用，進而激起旁人共鳴，在感知他人的悲劇體驗中感受到另一份美妙悸動，故而二李的後期詞作更顯現出不凡與價值。

〔註 41〕朱光潛：《悲劇心理學》（合肥：安徽教育出版社，1996 年），頁 138。

第三節　貫穿李煜與李清照詞作的盛衰興亡意象

身為皇帝的李煜沉湎於奢華無度的飲宴歌舞與男歡女愛，渡過宛如「春夢」的歲月；中期，至親愛人謝世、胞弟遭扣，不得不期盼「歸夢」的實現；後期，國家敗滅，時刻作著故國之思的「空夢」。李清照飲酒詞句貫穿其一生詞作，渡過擁有比當代少女更多自由的「甜酒」時期；到以幸福為基底，佐以相思的「酸酒」時期；最後淪至飽嚐顛簸飄零的「苦酒」時期，釀成一闋闋越陳越香的詞篇。

一、李煜、李清照貫穿人生的意象取材成因

人類的一切行為，無論是客觀、主觀、有意識或無意識的行為，都可以作為認知其心理狀態的線索，弗洛伊德提到：

> 人是無法掩飾自己的，人所有的一切，包括所謂的「純客觀」描述、對他人的評價、潛意識行為，都是他的心理自白。從一個人的文字作品和慣常的行為中，就可以推斷出他的生活習性和經歷的隱秘的事變。〔註 42〕

人無法徹底偽裝外在行為，故外在行為可視為個體心理自白的表現，而由文字作品中，更可推斷出習性與經歷。因此，李煜選擇了「夢」意象來表述其一生，李清照選擇了「酒」意象來貫串其一生。類似的人生起伏，為何會有不同的抉擇？我們可由「天生性格」、「思想淵源」、「肇端經歷」和「擔負責任」四方面來探究。

在天生性格方面，李煜性情溫和，甚至趨近怯懦，早期養尊處優的宮廷生活更是助長了這一缺陷，導致宋軍強取豪奪時，他進貢苟安；圍攻金陵時，無力挽狂瀾；歸宋後，更不能暢所欲言。國難當前，李煜採取的是一種沉溺歌舞以忽略、逃避動亂以自欺的方式，此番不實際、沒有勇氣面對苦難的虛無態度，「夢」是最符合他的個性氣質、處事方法以及抒發情感的，故李煜選擇借助虛幻的夢境來擺脫、消解滿腔愁緒。反觀李清照，雖然身為女兒身，性格卻豁達開朗、豪爽富膽

〔註 42〕弗洛伊德：《精神分析引論》，頁 61。

識，她愛恨分明、勇往直前，敢於衝破常規陋習，具有不屈不撓的精神，這份特質支撐著她在困難面前不輕意低頭、退縮，其間雖有不可言狀之悲苦，但仍提得起放得下。因此，她藉「酒」抒情，在「酒國」中構思了更深邃含蓄的詞境，一邊抒壓，一邊體驗酒的「雅情」，把生活的一切愁苦凝成醉酒的結晶，體現人生價值。

在思想淵源方面，李煜出生於信佛的帝王之家，祖父南唐烈祖、父親中主都崇信佛教，精通佛理。到了李煜，隨著國運的衰危，更是埋首佛理以求心安，更加尊崇佛教。在現實生活中，驚濤起伏的人生帶給李煜濃烈的「人生如夢」之感，如經文中所言：「一切有為法，如夢幻泡影，如露亦如電，應作如是觀。」天下本無事，一切本如夢，庸人自擾之，唯有把這狂亂的心、心中的執著，真正的看破跟徹底的放下，方能解脫，因而李煜將滿腔愁緒化解在「人生如夢」裡。李清照無論是待字還是出閣後，都處在濃厚儒家氛圍的家庭之中，父親李格非、公公趙挺之、丈夫趙明誠都是仕途上的人，履行著儒家人飢己飢、推己及人、兼善天下的文化理想。這些觀念潛移默化著李清照，雖然李清照無法親身參與政治，卻屢屢在詩文中表達自己關心民瘼的胸襟與明確的政治態度，她曾言：「生當作人傑，死亦為鬼雄」（頁 103）來讚美破釜沉舟、寧死不苟活的項羽，以及「南渡衣冠少王導，北來消息欠劉琨」（頁 137）等詩句來肯定雄才大略、力主反攻的政治家王導、劉琨，表明自己反對偏安、主張北伐的觀點。因為受儒家積極入世、憂國憂民的思想影響，李清照在詞中常透露出對家國社會的關心、對民生疾苦的不捨，並藉「酒」表露胸懷。

在肇端經歷方面，兩位詞人形成憂慮的原因不同，促使他們選擇了不同的消解因素。李煜的悲劇一部分歸究於昏庸無能，最初還是來自封建倫理政教責任帶來的人生錯位。封建禮教任人唯親的世襲皇權繼承制度使李煜無法選擇自己想要的人生位置，這種錯位使其登上了不適任、不配才的王位，導致原本便不具治國之才的他由一國之君淪為階下囚，最後不僅城破國滅，就連做人的尊嚴與自由也遭剝奪殆盡，他心中充滿了亡國的悔恨、無法倒轉的無奈，以及無計可施的無助……，種種生存的痛苦使他置身於「生命無常」的視角，將苦和恨看成是生命不可或缺的組成部分。因此，他選擇用虛渺的「夢」來消解內心的愁情。大痛大悲之後，李煜參悟到生命本體的常態，他越發覺得「浮生若夢」，也更加體會「人生是苦海」的真諦，體悟到無論是平民百姓還是帝王貴冑，人人無法逃脫憂愁與痛苦，而往昔如春夢的往事使他備覺當前的遭遇如惡夢般不幸，這惡夢般的遭遇又促使他去追憶如春夢的往事，這種過去和現在扭轉成的苦悶，李煜藉佛學理論來開解自己，試著逃避到夢中，憑藉夢來表達自己的辛酸感受，感嘆「往事已成空，還如一夢中」（〈烏夜啼〉）呀！再談李清照，南渡之前，她品茗佳釀以增添風雅、飲酌杜康以化解鄉思，南渡後更因為生活的辛苦、亂世流離的淒苦、單身無依的孤苦、緬懷亡夫的酸苦、國破家亡的痛苦、念國思家的悲苦，以及對於渺茫難定、無從把握的未來的憂慮和恐懼，所以，她選擇以「酒」來暫時迷茫思緒、麻痺心神，求得一時解脫，以祭奠自己的不幸。

在擔負責任方面，兩人對不幸應負的責任不同。雖然南唐的覆滅並不全是李煜個人的過錯，但是在很大程度上確實是因為李煜在政治上的懦弱無能所造成，此番歸咎甚大，李煜一方面無力全盤承受國破家亡的汙名與罪孽，一方面怨嘆悲憐自己命運的不順，轉而將苦難當成人生必不可少的一部分來解釋，既然苦難無可避免，就逃到「夢」中吧！李清照的不幸大部分非肇因於自己，而來自外界的不公平與不安定。夫妻分別所致的相思之苦，乃因傳統社會男女地位不平等所產生的怨尤，南渡後的悲苦乃因北宋當政者的昏庸無能而造成，所以，李清照無須反思自己的人生，她更著眼於社會國家的狀況與平民百姓生活的情形。但是，李清照畢竟是女性，雖然開明的家庭造就了她的才華，在封建社會中，女子的受教和參政還是遭剝奪的，男權社會的磐石使她心有餘而力不足，甚至連立足之地也無，期望過高與現實無法滿足的對立形成苦悶，所以，李清照的苦難和悲哀根源於不平等的社會與劇變的時代，她的悲愁只是當代無數典型悲劇中的一個，因而她自然的置身於「日常生活」的角度，歸結於動亂的社會，為了要消解相思之情或令人窒息的悲苦，無奈之境，有著開朗灑脫性情的李清照豪爽地舉起了酒杯，用「酒」幻化代言心中的苦楚。作表 5-3-1 以示統整結果：

表 5-3-1　李煜、李清照貫穿人生意象取材成因說明表

人物 原因	李　煜	李清照
天生性格	溫和怯懦	豪爽富膽識
思想淵源	崇信佛教	儒家薰陶
肇端經歷	無法選擇的人生錯位	增添風雅、消解悲苦
擔負責任	自身的政治懦弱	傳統的不公平與社會的不安定

李煜做了一個又一個的「夢」，最終不但前半生的美夢已成過往，後半生也未能在夢裡為現實中無法實現的願望找到一個安頓之所，緊承夢醒而來的是更沉痛的悲哀而「覺來雙淚垂」；李清照以「酒」為媒介，不但加添情趣，也勇於吐露心聲，以暫時擺脫封建禮教的壓迫和生活的坎坷焦苦。然而，夢也好、酒也罷，它們對主體悲苦的消解並非一勞永逸，而是十分有限的，甚至更顯淒愴。不論如何，可以肯定的是情感的宣洩使二李的「夢」及「酒」具有更豐厚的文化底蘊，也正因為「夢」及「酒」的渲染使二李詞中的情感有了更精細的刻畫。總之，李煜詞中開出了如夢般的花朵，越美越顯其虛幻、淒涼；李清照詞中雖飄著酒香，卻愈酌越感其苦澀，種種皆是人生的滋味。

二、由「春夢」、「歸夢」到「空夢」的李煜意象

在李煜的三十八闋詞作中，不論是前期風花雪月的詞篇，或是中期懷人盼回的之作，至後期的亡國血淚作品，「夢」字共出現十六次之多，可說是李煜的情感軌跡，成松柳〈李煜詞夢意象探析〉云：

> 隨著（李煜）他本人的命運際遇和思想感情的大起大落，其詞中意象更加變幻無窮，光怪陸離。然而細讀其詞，我們不難發現，無論李煜的社會地位和人生命運怎樣的起伏跌宕，他總喜歡運用「夢」這個意象來表達他的情感。〔註 43〕

在波瀾起伏的生命變化中，一貫的是李煜喜用「夢」來表達己身思緒。在心理學上，「夢」是有反映生活、揭示心靈想法的作用：

> 夢境是客觀世界現實生活內容的非有序化、形象與變形的反映，夢意象的描寫，是揭示人的內心世界、濃縮外界資訊的獨到的藝術手段。〔註 44〕

夢境是真實世界的反映，可濃縮表現人的抽象內心。李煜夢中的情境或為生活上的反映，或為心靈強烈的企盼與夢想，所以，李煜有時以夢表達猶如仙境的美好人生，有時藉夢境療癒，可惜夢中種種與現實形成強烈的對比，更加強化生活中的悲劇。弗洛伊德說：

> 夢是一種充滿含涵義的精神活動，它的動力始終是欲望渴望獲得滿足，甚至包含著痛苦內容的夢也會被分析出來是欲望的滿足。〔註 45〕

無論快樂或痛苦，夢都象徵著欲望的期待滿足。而李煜的一生，恰如一場高潮迭起、浮華盡滅的夢，所以，依據作品分期，其人生可以區分為彷彿「春夢」的前期——狂歡愛戀，猶如「歸夢」的中期——哀悼盼歸，宛如「空夢」的後期——思念故國，與班瀾在《結構詩學》中分析：「李煜詞中的夢意象，有不同質的夢境：沉溺於人欲中的春夢，趨向懷戀故國的殘夢。」〔註 46〕李煜由帝王時期極盡享樂的階段，轉至滅國後思慕家國的心緒，二者恰可互為解釋。表 5-3-2 列出

〔註 43〕成松柳：〈李煜詞夢意象探析〉，《湘潭人學社會科學學報》，2000 年第 2 期，頁 38。

〔註 44〕王立：《心靈的圖景——文學意象的主題史研究》（上海：學林出版社，1999 年 2 月），頁 300。

〔註 45〕弗洛伊德：《夢的解析》（台北：左岸文化，2010 年 6 月），頁 37。

〔註 46〕班瀾：《結構詩學》（呼和浩特市：內蒙古大學出版社，1999 年），頁 168～169。

有關「夢」的詞句以茲說明：

表 5-3-2　李煜詞作「夢」意象使用表

夢	分期	詞　牌	詞　句	意　義
1	前	〈菩薩蠻〉 （蓬萊院閉天臺女）	驚覺銀屏「夢」	男歡女愛
2	前	〈菩薩蠻〉 （銅簧韻脆鏘寒竹）	魂迷春「夢」中	男歡女愛
3	中	〈喜遷鶯〉 （曉月墜）	「夢」回芳草思依依	相思
4	中	〈采桑子〉 （亭前春逐紅英盡）	欲睡朦朧入「夢」來	相思
5	中	〈阮郎歸〉 （東風吹水日銜山）	笙歌醉「夢」間	逃避之所
6	中	〈烏夜啼〉 （昨夜風兼雨）	算來「夢」裏浮生	人生無常
7	中	〈謝新恩〉 （秦樓不見吹簫女）	瓊牕「夢」笛留殘日 如「夢」懶思量	哀傷悼念 哀傷悼念
8	中	〈謝新恩〉 （櫻花落盡階前月）	紗窗醉「夢」中	相思
9	後	〈清平樂〉 （別來春半）	路遙歸「夢」難成	思念故國
10	後	〈望江南〉 （閒夢遠，南國正芳春）	閒「夢」遠，南國正芳春	思念故國
11	後	〈望江南〉 （閒夢遠，南國正清秋）	閒「夢」遠，南國正清秋	思念故國
12	後	〈望江梅〉 （多少恨，昨夜夢魂中）	昨夜「夢」魂中	思念故國
13	後	〈子夜歌〉 （人生愁恨何能免）	故國「夢」重歸 還如一「夢」中	思念故國 人生無常
14	後	〈浪淘沙令〉 （簾外雨潺潺）	「夢」裡不知身是客	思念故國

少年時期，李煜過著愜意優遊，耽溺歡愛的生活，與小周后暗夜幽會，「驚覺銀屏夢」，一位貌美如仙的女子安然沉睡在畫堂中，不忍打擾酣睡，卻不小心觸動了珠鎖，驚醒了佳人，喚醒美夢，以「夢」凸顯此美只堪夢見之，以「銀屏夢」表現輕盈沉靜，以靜凸出美與情愛，篇章美如迷夢。

李煜與小周后戀情曝光前，在一場晚宴上，小周后移動纖纖玉指，彈奏新曲；兩人眉目傳情、眸光相接，交換著愛意。「雨雲深繡戶，來便諧衷素。讌罷又成空，魂迷春夢中！」（菩薩蠻）二人來到了深閨秀閣，把握機會互訴衷情，可惜情思無盡，時光有限，宴罷猶如灰姑娘的午夜鐘響，又須離散，只能藉著春睡，重溫鴛鴦美夢。二人在「夢」中，肆無忌憚，聊表衷素，沉浸於男歡女愛，更襯深情。

李煜藉由「夢」率真的表達情思愛意，並放任自己沉浸於己身所編織的如夢似幻的現實中，顯現其風流多情、自然去雕飾的本性，吳瞿安云：

> 後主菩薩蠻等詞，正當江南隆盛之際，雖寄情聲色，而筆意自成馨逸。〔註47〕

前期詞境迷離惝怳、華美甜蜜，李煜藉著夢，表達宛如「人間仙境」般的至樂享受。時至中期，親人至愛接連離世，內憂外患接踵而來，詞人心中時時刻刻擔憂害怕，籠罩陰霾，「夢」的意義自然不似前期無憂無慮，反而增添許多憂愁、感慨。

李煜與大周后婚姻生活如膠似漆，無奈大周后芳年早逝，「夢」回芳草思依依，天遠雁聲稀。懷著思念迷迷濛濛墮入夢中，夢境中，芳草鬱鬱，遼闊連天，彷彿綿綿無盡的相思裊裊飛天，隨著雁聲追尋舞人的身影，卻愈追愈遠、愈追愈渺茫……相思之情無法在現實中安撫，只能藉「夢境」稍稍療慰人心了。

「綠窗冷靜芳音斷，香印成灰。可奈情懷欲睡，朦朧入夢來。」（采桑子）昔日的美景、溫存，如今徒留「綠窗冷靜」鮮豔的花朵凋

〔註47〕吳梅：《詞學通論》（上海：商務印書館，1947年2月），頁58。

零，淒淒靜靜，「芳音斷」芬芳殘落，伊人鶯聲燕語早已不聞，連飄落的花瓣也隨著香印化成灰燼，在悵惘中矇矓睡去，在夢中依稀聽聞伊人跫音步步靠近。唯有在「夢」中才能重現燦爛的春天、甜蜜的妳我。

待到後期，李煜生活遽變，猶如「天上人間」，以囚俘身分苟延殘喘，一方面對家國懷有愧疚，一方面迫切深刻緬懷往日的美好與故土山河，只能逃往「夢」重溫故土的溫馨、昔日的歡愉，暫時擺脫紛紛擾擾。

「雁來音信無憑，路遙歸夢難成。離恨恰如春草，更行更遠還生。」（清平樂）又到春天，雁字回時，卻沒有捎來任何故國的信息，且雁尚可北回，而我就連在夢中，歸國的路途也迢迢萬裏，只有離恨層層堆疊，好像無盡的春草毫無窮盡，再也不會有「待踏馬蹄清夜月」的閒情，一夕之間，一切的美好成了遙不可及的夢。

〈望江南〉二首「閒夢遠，南國正芳春。船上管弦江面綠，滿城飛絮輥輕塵。忙殺看花人！」和「閒夢遠，南國正清秋。千里江山寒色遠，蘆花深處泊孤舟。笛在月明樓。」李煜雖然體驗到種種的屈辱淩虐，仍不禁想起從前的點點滴滴：春花明豔、碧草如茵的芳春，寂寥蕭索、笛聲淒切的清秋，或是車水馬龍遊覽上苑、花月嬌麗春風和煦的逍遙繁華，李煜靠著撿拾細數過去的殘跡聊以自慰，可是春夢雖美畢竟再也回不去了，徒然增加清醒後的無奈與惆悵。

在後期作品中，李煜對「夢」不停歇的追逐，不僅表現他的頹放與對現實的逃避，也表現對於重回故國這個願望的堅持與不放棄。所以，在某種程度上，由夢中可看出他追求的執著，以及對生命無常的對抗，且這份反抗與不甘心極大的增強了李煜悲劇體驗的感染力，而這些忽成忽破的夢也促成李煜對生命的幻滅感。

所以，「夢」無疑是李煜心靈思路與生活軌跡的代表，象徵著他如溜滑梯式的平生遭遇，隨著人生，夢的意境由歡樂轉悲傷，乃至沉痛，在不知不覺中，成為作者情感表白的窗口與最真實的吐露。因為夢，喜樂愈樂，連沉睡都是甜的；因為夢，哀愁愈深，只好逃到夢境中咀嚼短暫虛幻的喜悅，所以，不論何時，「夢」皆是李煜情感表露的媒介與受傷撫慰的搖籃。而且，前期的春夢恰巧跟中期的歸夢、後期的空夢形成強烈對比，前期越甜蜜幸福，越襯托中期的孤寂與後期的痛苦，痛苦來自於過去美麗的記憶，美麗的記憶支撐著李煜渡過孤苦的囚禁生活。

總而言之，「夢」表明李煜不可倒回的人生，表明南唐國勢的一去不返，表明其欲解脫卻無法超然的苦惱，貫串李煜一生，是銷魂縱樂的迷藥，也是飲鴆解渴的毒藥，李煜通過把現實的苦難看成夢來降低主體的悲劇意識，最終與前期的春夢一樣，快樂終是短暫虛無的飛散空中。

三、由「甜酒」、「酸酒」到「苦酒」的清照意象

在中國文人的生活中，「酒」是分享催化點點滴滴的最佳良伴：高興時，以酒助興；難過時，以酒消愁；豪放時，以酒展現無羈之態，再再增添情感的強烈度與深層底蘊。

從李調元讚美李清照：「蓋不徒俯視巾幗，直欲壓倒鬚眉」〔註48〕的評語與其成長背景便可推想：清照身為女性，但性格豁達開朗、積極有膽，又生在開放明理的家庭，渡過如同「甜酒」的荳蔻年華；且其率真爽朗，勇於衝破傳統枷鎖，故其瀟脫的舉起酒杯，在抒發與丈夫的別緒中，藉「酸酒」來消解心中的相思離愁；靖康之難後，因其遭遇時代鉅變、國破家亡的撕心裂肺之苦，且自小受到儒家修身、齊家、治國、平天下的入世觀念影響，家國不幸，豈可叛逃？應苦民所苦，力圖中興。所以，其將憂國憂民思想與刻苦銘心的悲痛投注於醇厚的「苦酒」中。「酒」成了李清照排憂解悶的良方，在其五十闋詞中，確切提及「酒」的句子，便有十二句，若是與飲酒相關詞句，則更多數，足證「酒」在其人生中的重要性。將李清照提及「酒」的詞

〔註48〕（清）李調元：《雨村詞話》，收錄於唐圭璋：《詞話叢編》（北京：中華書局，1981年），頁1377。

句整理成表 5-3-3：

表 5-3-3　李清照詞作「酒」意象使用表

酒	詞　牌	詞　句	意　義
1	〈如夢令〉 （昨夜雨疏風驟）	昨夜雨疏風驟，濃睡不消殘「酒」	傷春
2	〈鳳凰臺上憶吹簫〉 （香冷金猊）	新來瘦，非幹病「酒」，不是悲秋	離愁
3	〈好事近〉 （風定落花探）	「酒」闌歌罷玉尊空，青釭暗明滅	相思
4	〈念奴嬌〉 （蕭條庭院）	險韻詩成，扶頭「酒」醒，別是閏滋味	相思
5	〈鷓鴣天〉 （寒日蕭蕭上鎖窗）	「酒」闌更喜團茶苦，夢斷偏宜瑞腦香	相思
6	〈醉花陰〉 （薄霧濃雲愁永晝）	東籬把酒黃昏後，有暗香盈袖	相思
7	〈蝶戀花〉 （暖日晴風初破洞）	「酒」意詩情誰與共？淚融殘粉花鈿重	相思
8	〈聲聲慢〉 （尋尋覓覓）	三杯兩盞淡「酒」，怎敵他晚來風急	身世之感
9	〈永遇樂〉 （落日熔金）	來相召，香車寶馬，謝他「酒」朋詩侶	身世之感
10	〈殢人嬌後亭梅花開有感〉 （玉瘦香濃）	坐上客來，尊前「酒」滿	身世之感
11	〈訴衷情〉 （夜來沈醉卸粧遲）	「酒」醒熏破春睡，夢遠不成歸	思鄉
12	〈滿庭芳〉 （芳香池塘）	不怕風狂雨驟，恰才稱，煮「酒」殘花。如今也，不成懷抱，得似舊時那？	思鄉

趙明誠與李清照夫妻賭書飲茶、鑽研金石，夫唱婦隨，一有分別，自是離情依依，相思滿溢，在美滿生活基礎上，李清照藉由「酸酒」，傾訴相思之苦，表達伉儷情深的真情摯意。

在〈浣溪沙〉中：

莫許盃深琥珀濃，未成沉醉意先融，疏鐘已應晚來風。　瑞腦香消魂夢斷，辟寒金小髻鬟鬆，醒時空對燭花紅。（頁 14）

「莫許盃深琥珀濃，未成沉醉意先融」即使是深深的酒杯，也不要斟滿顏色深沉如琥珀色的濃酒，因為如此將未飲先醉、未喝先暈。尤其是心情悲苦之際，本已頭昏意沉，加上酒意，將使人目眩神迷，更不勝酒力，再由下闋「瑞腦香消魂夢斷……醒時空對燭花紅」在瑞腦氤氳中，李清照與心上人在夢中相見，氤氳盡散，忽然夢醒，心上人仍遠在他方，閨閣依舊清冷，只剩清照孑然一身，空對象徵圓滿幸福的紅艷燭花，透露出內心世界情緒不佳，以酒消愁，表現獨守空閨的寂寞。

〈念奴嬌〉中：

蕭條庭院，又斜風細雨、重門須閉。寵柳嬌花寒食近，種種惱人天氣。險韻詩成，扶頭酒醒，別是閑滋味。征鴻過盡、萬千心事難寄。　樓上幾日春寒，簾垂四面，玉闌幹慵倚。被冷香消新夢覺，不許愁人不起。清露晨流，新桐初引，多少游春意。日高煙斂，更看今日晴未。（頁 49）

「險韻詩成，扶頭酒醒，別是閑滋味」四周環境蕭索寂寥，風雨吹襲，打落人心，孤坐閨房，更加鬱悶，李清照嘗試吐露胸臆於詞作中，以拗口艱險的險韻詩呼應心中鬱結以排憂解悶，暫時轉移注意力，詩畢，愁又湧上心頭，改以纏頭上腦的烈酒排遣愁緒，人醉忘憂，醉醒又愁，看出清照激烈複雜的心理活動，可謂「別是一般滋味在心頭」，「閒」的底蘊乃孤寂所致。此篇未明言愁情之因，但下片「玉闌幹慵倚」暗示應為懷念心上人而愁苦，故李攀龍云：「上是心事，難以言傳；下是新夢，可以意會。」〔註 49〕可推知為一首閨情別調，表達相思之情的難耐濃重。

還有〈鳳凰臺上憶吹簫〉：

〔註 49〕（明）李攀龍：《草堂詩餘雋》，收錄於《李清照集校註》，頁 50。

> 香冷金猊，被翻紅浪，起來慵自梳頭。任寶匳塵滿，日上簾鉤。生怕離懷別苦，多少事、欲說還休。新來瘦，非幹病酒，不是悲秋。　　休休！這回去也，千萬遍陽關，也則難留。念武陵人遠，煙鎖秦樓。惟有樓前流水，應念我、終日凝眸。凝眸處，從今又添，一段新愁。（頁 20）

這闋詞概作於詞人婚後不久，趙明誠離家遠遊之際，寫出她對丈夫的深情思念。

錦被胡亂的攤在床上，詞人無心妝點自身，熏爐香消煙冷，無心重焚，妝匣塵滿，無心拂拭，全反映女主人低落的心緒，在舒徐的音節中寄寓著低沉掩抑的情緒。到了日上三竿，猶然未覺光陰催人。「生怕離懷別苦」道明緣由，人生在世，最怕離懷別苦，萬種愁情、滿腔哀怨埋藏心底，難怪會「新來瘦，非幹病酒，不是悲秋」，連用二個否定排除消瘦原因，使人消瘦的原因非飲酒過渡而身體不適，也非外境蕭瑟而勾起哀鳴，而是「為伊消得人憔悴」因為傷離惜別而磨人心神。全詞離情深婉，沁人肺腑。

南渡之後，夫亡國破、流離飄散，物質、精神折磨接踵而至，千愁萬緒盡入詞中，但此不幸非個人之罕遇，此乃在劇變時代裡，無數悲劇人物中的一個。所以，李清照在親身體驗與眼見時代動盪時，「以女性特具的敏感和細膩去切身感受並深層的表達出戰亂給人們留下的難以磨滅的精神創傷」〔註 50〕，「酒」成了李清照關心社會、為民發聲，以及暫時忘卻苦痛、家國衰頹的忘憂之水，作品也堪為時代悲歌。

如〈鷓鴣天〉：

> 寒日蕭蕭上鎖窗，梧桐應恨夜來霜。酒闌更喜團茶苦，夢斷偏宜瑞腦香。　　秋已盡，日猶長。仲宣懷遠更淒涼。不如隨分尊前醉，莫負東籬菊蕊黃。（頁 30）

清晨太陽緩緩升起，一點點爬上連環形的窗子，詞人卻稱是「寒日」，

〔註 50〕孫望：《宋代文學史》（北京：人民文學出版社，2006 年 6 月），頁 412。

讓人感受世間沒有熱度，詞人對世界失去希望。不僅憂國憂民的詞人，連「梧桐」也禁不起秋霜肅殺，心懷「恨」意。詞人將自身情感投射到梧桐上，梧桐的災難來自於霜，可是，詞人的災難呢？李清照在〈春殘〉云：「春殘何事苦思鄉，病裡梳頭恨最長」明言道出：病來自於「思鄉」，而本闋詞的恨同來自此因：金人侵略中原、踐踏家鄉、滅亡北宋，使清照與眾人飄泊流離、遠離至親，但是南宋朝廷仍一味的苟且偷安、屈膝求和，當造成人民深重的災難，怎不令人仇恨刻骨？「酒闌更喜團茶苦」仇恨至此，自當藉酒消愁，可是，飲酒過量將致使身體不適，不喝，又無法暫時排遣仇恨，在喝、不喝間拉拔，須用苦味團茶解一解，以「嘴苦」分擔「心苦」，轉移心緒、提振精神，再聞一聞撲鼻瑞腦，方使心情平靜，表達詞人糾纏苦悶的濃重憾恨。

「不如隨分尊前醉，莫負東籬菊蕊黃。」金人攻佔河山、蹂躪家國，區區封建社會婦女，怎可扭轉劣勢、改變當權？既然莫可奈何、無力招架，不如放開胸懷，品賞眼前秋菊、佳釀，一方面尋求自我解脫，一方面也表現對戰局的絕望悲淒。

面對不平，李清照總先義憤填膺，再愁緒滿懷，後尋求超脫，表現不同於一般的婦人之仁，更具積極勇氣，增添詞境的豐富與力道。

像〈永遇樂〉：

> 落日鎔金，暮雲合璧，人在何處。染柳煙濃，吹梅笛怨，春意知幾許。元宵佳節，融和天氣，次第豈無風雨。來相召，香車寶馬，謝他酒朋詩侶。　　中州盛日，閨門多暇，記得偏重三五。鋪翠冠兒、撚金雪柳、簇帶爭濟楚。如今憔悴，風鬟霜鬢，怕見夜間出去。不如向，簾兒底下，聽人笑語。（頁 53）

張端義在《貴耳集》云清照創作之因：「（易安）南渡已來，常懷京洛舊事。晚年賦元宵〈永遇樂〉詞。」〔註 51〕此為李清照晚年避難臨安時的作品，寫她在某次元宵節的感受。四十四歲時，金兵入侵，宋室

〔註 51〕（明）張端義：《貴耳集》，收錄於《李清照資料彙編》，頁 14。

南渡，她同趙明誠一起倉皇南逃至臨安（今杭州），不久明誠因病逝世，她開始隻身流亡，既遭到國破家亡之痛，又身受顛沛流離之苦，使得作品滲透了深沉的故國之思。

四處充滿春意，光輝燦爛，景色宜人，原可盡情享受，但「獨在異鄉為異客」，與丈夫又天人永隔，「物是人非」、「人在何處」之感油然而生。雖是「元宵佳節」、「融和天氣」，可是這些年來國事的變化，身世的多舛，消磨她對生活的熱情，產生「春意知幾許」無意遊賞的心境。所以在「融和天氣」之後，立即指出「次第豈無風雨」，即使和風煦煦、暖日融融，轉眼是否會有狂風暴雨？在淡淡的春意中摻進了濃濃的隱憂。再歸結到本篇的主題：身逢佳節，天氣雖好，因戰戰兢兢、惶惶不安，因此，雖然有「酒朋詩侶」用富麗華美的「香車寶馬」來邀請觀燈賞月，仍委婉辭謝，甘守寂寞。表面上是怕碰上「風雨」，實際是國難當前，早已失去了賞燈玩月的心情。

李清照是個關心國家大事、力主抗金的愛國志士。當時的南宋王朝卻妥協投降，偏安東南一隅，只顧尋歡作樂。面對這樣的現實，憂國傷時的女詞人，自是憤怒怨懣。詞人憂心忡忡表面上的平靜與偏安將招來更大的禍國災難，在平淡的詞句後面，既用當年汴京繁華反襯今昔盛衰景況，又用遊人笑語對比人我苦樂之別，表明作者基於對家國的熱愛所引發的深沉國家安危憂慮。

這闋詞對比南渡前後過元宵節兩種情景，抒寫離亂之後，愁苦寂寞的情懷，透過回憶和聯想聯繫快樂與擔憂。上片從眼前景物抒寫心境，下片從今昔對比中抒發國破家亡的感慨與對現實的失望不滿，表達「故國不堪回首」的悲苦心情。由今而昔、由昔而今，婉言表達貶斥之意。

在〈菩薩蠻〉（風柔日薄春猶早）中，雖未直接提到「酒」字，卻有相關字句：「故鄉何處是，忘了除非醉」，同表明即使春風柔和、陽春日暖，可是，南渡之後、流亡江浙，思鄉之情與日俱增，心中無時無刻記掛著家園，只有在醉倒無意識時才能拋開鄉愁。但依舊懷抱著老驥伏櫪的希望：「老矣誰能志千里，但願將相過淮水」身體衰老仍盼收復九州，回到淮河以北的故鄉，皆透露著思鄉與故國之思。

南渡後，李清照文句中的思想性提高了，不僅表達自己的愁情，也表現出密切關懷國家命運的高度愛國精神，具有很強的現實性。

由「甜酒」、「酸酒」到「苦酒」，隨著人生際遇的變化，李清照的詞作廣度從自身個體擴展到整個社會時代，酒味也由滑順入喉、酸舌皺眉到苦澀難入口，以極富感性的女性思惟投射出自己的焦慮不安、飄離無依與家國戰亂的無限創傷，藉著酒抒情寫意、增添快意，也帶著酒嚐盡苦楚、酒醒更傷人懷抱，讓人感受到亂世的殘酷與悲痛，宛若筆端有口，訴說不盡，淒惻幽怨，如泣如訴。

第六章　結　論

李煜一生宛如火樹銀花，綻放時燦爛耀眼，轉瞬間，灰飛煙滅，徒留唏嘘。李煜本想當個逍遙自在的棲隱之士，人生的錯位迫使他登上君王的寶座，最終淪落為國破家亡的幽囚，恰似一場由繁華絕倫起始，破敗潦倒收尾的悲劇，有由「華麗到幻滅」的趨勢，也因此詞至李煜方脫華豔息氣，擴大詞的意境，句句出自血淚、闋闋肇於生平，走向鎔鑄經歷、抒發懷抱、反映社會時代的體式，不但為「詞」爭取到了一席之地，而且提升李煜詞作的藝術境界。

筆者以李煜生平際遇與作品風格的不同，將其詞作分為三期，第一期：歡娛情愛之作，篇篇彷彿奢靡愛戀的偶像劇，殆係大周后亡逝前所作；第二期：憂傷懷人之作，詞作為其抒發相思盼歸之情的載體，乃大周后逝世至金陵失陷時所作；後期多為哀苦思國內容，為李煜被俘歸宋後所作，詞章以悲痛啼血而成，糾人心腸。參閱歸結多方版本，共得李煜詞三十八闋，前期九闋，中期十六闋，後期十三闋。

李煜藉文學道盡國家盛衰和個人血淚，從中脫胎出一闋闋扣人心弦、可歌可泣的長短句，故生平點滴為其創作背景來源，由順境到逆境可分為「坐擁江山，沉浸文藝」與「斷送山河，破碎愛情」兩大部分。在「坐擁江山，沉浸文藝」方面，李煜在二十五歲時登基，享受榮華富貴，「高貴的出身地位」使其更添奇想，文辭典麗，籠罩雍容華貴氛圍。李煜父親李璟、長兄、二兄、弟弟們皆具文學素養；當代臣子韓熙載、馮延巳、延魯、江文蔚、潘佑、徐鉉等高手，因文學位居美官，上下沉浸於文學薰陶中，南唐文風流行昌盛，「深厚的家學淵源」加上充斥異書經典的帝王之家，對李煜產生潛移默化的影響，使得歌舞筵席之詞獲得了發展機會，更塑造了李煜多采多姿的藝術才情。在地理位置上，南唐位於長江流域，少受干戈動亂之苦，吸引士人移居江南避禍，帶動文學藝術的發展，李煜祖父李昪趁此積極推動文化教育事業，南唐境內洋溢著濃厚的文化氣息。上行則下效，先主、中主至後主皆好文史，促使南唐將相大臣、沙場武官或鄉野農人亦喜讀書，南唐成為「蓬勃的文壇環境」，瀰漫著豐厚的文藝氛圍，促進李煜在文學上的發展。結褵後，李煜常與精通書史歌舞的大周后琴瑟和鳴，二人鎮日吟詩誦詞、歌舞通宵、逸樂享受，寫下不少香艷多情的詞篇。受到親人與環境在文學上的耳濡目染，奠定了李煜深篤的文學基礎，加上燕爾昵情，使李煜作品在華美外，更添柔情。

在「斷送山河，破碎愛情」方面，因李煜性格溫文寡斷，北宋屢屢威逼進攻，在北宋開寶八年（975 年）十一月，李煜三十九歲，金陵城陷，其成了階下囚。另外，愛子驟逝令大周后哀淒難堪，撒手人寰；亡國後，接續大周后撫慰李煜的小周后也常被太宗宣召進宮，遭受淫暴獸行，對於「墜落的人生」和「分飛的鸞鳳」境遇，李煜只能在暗地中落淚長嘆，藉著一篇篇詞章傾瀉心中的哀痛與悲傷，國勢的衰敗與宋國的凌辱，帶給李煜身體、心靈極大的損傷與折磨，卻也因此淬礪出顛峰之作。

李煜一生高潮迭起，由雲端跌落幽冥，歷經至親接連逝去，內政紛亂未明、強敵逼壓進犯，到兵敗國滅成了階下囚。因為經歷的劇烈變動，李煜詞作中透露著非詞篇表面上的單一意涵、純粹情感，存在著「反差表現內容」，可區分為「希望：期待與失望的雙重矛盾」、「幸福：掌握與流失的擺盪」以及「際遇：適意與違心的未定」三個主題來探討。

在「希望：期待與失望的雙重矛盾」中，李煜原先生活於雕梁畫棟、嬪娥包圍裡，但在宋太祖開寶八年（西元 975 年），宋軍的砲聲隆隆驚破了美夢，李煜遭逢「缺失性體驗」，將不平透過詞作傾吐而出，為珍藏心中的片段留下實跡，希望能藉由詞作回到過往，將過去的快樂時光，鮮明的留存在心中，並慰藉今日悲痛的自己。可惜實況卻是一次次的打擊，期待回到往昔的意念越大，現實的失望越大；曾經擁有的美好越多，失去後的痛苦將加倍強烈，故屢屢呈現「希望：期待與失望的雙重矛盾」狀態，在〈臨江仙〉（櫻桃落盡春歸去）、〈望江梅〉（多少恨）、〈子夜歌〉（人生愁恨何能免）、〈浪淘沙〉（往事只堪哀）、〈浪淘沙令〉（簾外雨潺潺）、〈喜遷鶯〉（曉月墜）、〈采桑子〉（庭前春逐紅英盡）（轆轤金井梧桐晚）、〈禱練子令〉（深院靜）、〈相見歡〉（臨花謝了春紅）可見之，並可將以上十闋詞的內容歸納為兩類：懷念故人與思念故國，屬於李煜中、後期作品。十闋詞中，「夢」字出現了六次，夢成了綺麗的幻泡、逃離的窗口、「暫時的希望」。然而，夢境再好，睜眼甦醒，李煜被拉回實境，潛藏於心底的情感必會釋放出巨大的波濤，換來加倍的失望，乃致絕望。他不斷在「希望：期待與失望的矛盾」中掙扎，詞作蘊含深刻的人生況味。

在「幸福：掌握與流失的擺盪」中，李煜坐擁國土、身擁佳人、炊金饌玉羅列於前……，豪奢快意的生活，不是因為李煜治國有方、國力強盛、而是其一味逃避現實，自主選擇以縱情聲樂的方式面對國勢衰微與強敵進逼而換來，所以，在風花雪月的同時，心中難免有不安定之感，此即是「愧疚體驗」。加上李煜的童年浸染在年輕貌美的女子當中，童年經驗潛移默化地造就著個人，影響著未來的發展與方向，培養出李煜柔弱寬厚特質。「生性懦弱」與「享樂習慣」不但造成其選擇以逸樂退讓面對國難，也在享受時，存在著不安與愧疚，擔憂何時將風雲變色，所以，時有「幸福：掌握與流失的擺盪」之情形，在〈浣溪沙〉（紅日已高三丈透）、〈望江南〉（閒夢遠，南國正清秋）、〈菩薩蠻〉（銅簧韻脆鏘寒竹）、〈長相思〉（雲一緺）、〈玉樓春〉（晚粧初了明肌雪）、〈子夜歌〉（尋春須是先春早）、〈烏夜啼〉（昨夜風兼雨）可見之。以上為前、中期作品，幸福既然取之理虧，存在「愧疚體驗」，當然隱含擔憂無常之感，償還的代價將難以估計。可惜李煜即使在亡國前體悟到幸福虛幻、短暫，仍舊抱持及時行樂的心態，可是及時行樂時，又暗含憂心、愧疚，再者，亡國後仍不知救國圖存、收復失土，變為耽溺於悲傷之中，在「掌握逸樂」與「憂心流失」間兩相擺盪，心境紛雜。

在「際遇：適意與違心的未定」中，李煜以仁慈待人，祈願過著自在自適的日子。無奈生於帝王之家，無法操控自我前程定位，成為位不配才的領導者，致使有「際遇：適意與違心的未定」情形，膠著在自在合意與違背心志中，如此情形表現在〈楊柳枝〉（風情漸老見春羞）、〈謝新恩〉（秦樓不見吹簫女）及〈漁父〉兩闋中。以上為李煜前、中期作品，其位居一國之尊，待人溫情、舞文弄墨、個人志向不是重點，而是須具備理智才略、深謀遠慮、以國為重的思維。且皇宮貴族的物質條件人人稱羨，卻必須以犧牲個人精神志願來交換。所以，李煜為君王身分，身處深宮苑囿，漱石枕流的快樂逍遙絕無可能，李煜懷不可能的心願，存有純真仁愛之心，以不恰當的方式與理念應付所處的環境，難怪會有「際遇：適意與違心的未定」之憾恨發生。

李煜運途多舛、巨變驚心，故構詞、寫法、鋪陳……別具一格，經常使用「反差表現手法」，可從「物美情劣」、「昨是今非」、「常與變、動與靜及其他」來分析。

先論「物美情劣」。李煜生平宛若天堂地獄，亡國前宴饗極奢，滅國後囚禁凌辱，如此天壤之別，形成「物美情劣」的景況——因為作者個人獨特生活經驗或情感因素，導致妙麗的外在事物非但無法引起愉悅心境，反而勾起或襯托己身之淒切、悵然。此部分屬李煜中期詞作，此段時間李煜歷經周后殞落、母親聖尊后鍾氏殂，同時宋軍屢屢漸逼侵犯、弟弟鄭王從善朝宋遭扣未回，以及無奈上表請去國號，稱江南國主，並下令貶損儀制，不料最後宋師仍薄金陵城下，李煜屈辱城陷出降……，國家由盛轉衰、動亂不平，家庭也痛失愛妻摯母，精神上蒙上了陰沉隱憂，墮入強烈的焦慮煎熬、掙扎矛盾，所有的風花雪月逐漸平息，只剩陣陣驚起的壯闊波瀾。因此，即使外物如何繽紛多彩、美不勝收，不但未能引起李煜的興味、愉悅，反而皆在刺激提醒李煜美好的逝去與無法復回的感慨，故詞作風格憂傷淒涼，經常使用「物美情劣」手法。例如：〈喜遷鶯〉（曉月墜）作者將美好的物件「月」、「芳草」、「鶯」、「花」、「畫堂」，透過心情的渲染，成為「月已墜」、「鶯已散」、「花已亂」、「畫堂寂寞」、「芳草依依」。

同時，採用物美情劣手法的〈采桑子〉（庭前春逐紅英盡）（轆轤金井梧桐晚）、〈阮郎歸〉（東風吹水日銜山）、〈喜遷鶯〉（曉月墜）、〈搗練子〉（深院靜）、〈謝新恩〉（櫻花落盡階前月）皆擬托思婦口吻，寫美人獨守，希冀人歸卻日漸遲暮之感。吾人可將「美人」視為富裕江南國土的代表，美人蹙眉與柔弱表示對於國事的憂心及無可奈何，孤眠與相思之苦透露出長期的浮躁不安，而美人遲暮則暗示國運窮途，希冀人歸更是期待國家主權的回歸與掌握。李煜藉由蘊藉委婉的手法表達幽怨悱惻，所見所聞都觸發煩憂心緒。生活無歡可思量，全因美好已逝去，怎麼也抓不回，即使外境美好，全因情緒傷感而觸目皆愁。

再論「昨是今非」，屬李煜後期篇章。李煜生於深宮之中，年年歲歲式歌且舞、燕樂醉酒，沉浸於狂歡享樂天堂。忽然，炮火連天，摧毀了歌舞昇平。不過，李煜不斷撫今追昔，表達對過往豪奢享樂的懷念，可是一次次的追憶，卻換來今日更加深切的悲痛，到了不堪擔荷時，便對生存現境產生了否定念頭，逃入「人生無常」的「空無之夢」中，以「夢」慰藉抒情，但此處的「夢」是對過去懷想的「殘夢」，故常引起、使用「恨」、「淚」、「空」、「閑」等情緒與字眼，往昔與現況兩相映襯，越發深沉鉅痛。

後論「常與變、動與靜及其他」。李煜人生壯闊波瀾，對於「擁有」與「消逝」有深刻獨到的體悟。在〈虞美人〉（風回小院庭蕪綠）

（春花秋月何時了）以自然恆久的「常」——竹聲新月、春花秋月，對比人事無常的「變」——滿鬢清霜殘雪、只是朱顏改，以「循環反復」映照「人事幻滅」，以「美好景物」勾起「深切憾恨」，強化愁緒。

在〈漁父〉兩闋中，以「浪花有意」對比「桃李無言」；〈菩薩蠻〉（蓬萊院閉天台女）以「銀屏夢」表現輕盈沉靜，以驚動襯幽靜。李煜以動靜對比強化文字效果，增加氣氛的感染力，使得畫面形象躍然紙上。

在〈一斛珠〉〈曉妝初過〉裡，出現「破」、「裛殘殷色」、「香醪涴」等負面字眼、不歡之事，可是，因李煜與大周后的歡情蜜意反倒變成調情浪漫的樂事，更襯托出逗弄情深。〈浣谿沙〉（紅日已高三丈透）出現「皺」與「酒惡」使人不適，但以拈花蕊解酒，更見奢華與情趣，並烘托美日、美人、美態、美樂的美好。藉由「情境與用字的深化作用」愈顯情緒高昂，予人目不暇接、耳不暇聽的團團美妙之景。

運用「上下闋對比」，使詞作擁有電影般的戲劇性。如：〈菩薩蠻〉（銅簧韵脆鏘寒竹）上闋在歌筵舞樂的歡樂局面，李煜、小周后互送秋波；下闋書寫終於能夠歡然獨處，可惜時光短暫，徒留空憾。〈長相思〉（雲一緺）上半闋細膩書寫美人之容，下半闋以人美對比情傷，再添寒涼悽愴之感。

與「詞中之帝」李煜並稱，同面臨飄搖時局與親人亡逝的「詞中之后」李清照，二者皆經歷以順境起步，中途轉逆境，最後以悲劇收場的滑梯式人生旅程，詞風一樣呈現動蕩前逍遙歡愉，動盪後淒清愁苦之「由華麗到幻滅」的趨向，但因身分、性別、處理方式不同，又有同中存異的題材呈現方式。

由誕生到大周后崩殂前，李煜處於皇子國主的至尊地位，又有風華絕代的皇后宮女陪侍在側，詞中表現宮中的極盡奢靡與男女間的豔情韻事；未料愛子與大周后遽然謝世，宋國又時時進逼威嚇，詞中逐漸蒙上陰霾，表達懷人盼歸、無奈煩鬱的思緒；至城破國滅之際，李煜乍然跌落雲端，墜入任人宰割的俘虜幽囚生活，詞中哭喊出對國民的不捨、對家國往事的眷戀和椎心刺骨的喪國之痛。

李清照在少女時期，作品熱情活潑。婚後多寫離別相思之情，表現女性閨閣的感情。宋室南渡之後，丈夫病死，又逢國家破亡，多抒發顛沛流離之苦、孤獨無依之悲，表達的是喪夫之痛和亡國之恨。李清照身懷經世濟民的抱負，礙於女性身分，又碰到國殘兵弱、家亡夫死的亂世，使得個人的不幸與國家的敗亡糾纏交融在一起，題材源於對社會生活的感受，因而自身的苦難與大時代的慘劇牽連在一起，並擴大成人民的普遍悲痛。

李煜在政治上的位不配才，肇始於無可改變的人生錯位，即使其逃避於笙歌醉酒間，因為愧疚體驗，總是在不知不覺中升起幸福與不安、需索與喪失、快樂與淒涼、完美與缺憾、歡愉與惴惴……的矛盾，故在圓滿表象下不經意的映出不圓滿，在享樂情境中露出一抹憂慮。亡國後，因為生命本體的感受與佛教思想的影響，李煜確切體會到「生命無常」，嘆息生命的本質及自然的流逝，且陷在追憶往事與椎心泣血的苦楚中。所以，對照宇宙自然，李煜感到個體生命在客體永恆面前的無力與渺小，這份體悟具有超時代的普遍意義。

李煜書寫愁悶時，不侷限於己悲己苦，擴大到人類面對永恆宇宙時的莫可奈何，由個人觀點上升到對生命本體進行反思的高度，表現了一種最普遍的人生感慨，具哲學意味。李清照置身於日常生活的視角，表現強烈的生命情緒，不但通過對自然天氣、景物無常的描寫投射出社會的動盪變亂、清平不再，又藉由描寫個人的焦慮不安來反映戰亂時代個體生存的現實狀態，以及呈現出普遍的社會現象。

李煜以「夢」意象貫穿一生榮辱，李清照以「酒」意象貫穿人生興衰，原因可由「天生性格」、「思想淵源」、「肇端經歷」和「擔負責任」四方面來探討。

在天生性格方面，李煜性情溫和，甚至趨近怯懦，養尊處優的宮廷生活更是助長了這一缺陷，此番不實際、沒有勇氣面對苦難的虛無態度，「夢」是最符合其個性氣質的處事方法。反觀李清照，雖為女兒身，性格卻豁達富膽識，敢於衝破常規陋習，具有不屈不撓的精神，這份特質支撐著她在困難面前不輕意低頭，她藉「酒」抒情，在「酒國」中構思了更深邃含蓄的詞境。

在思想淵源方面，李煜出生於信佛的帝王之家，隨著國運的衰危，更是埋首佛理以求心安。而在現實生活中，驚濤起伏的人生帶給李煜濃烈的「人生如夢」之感，故逃到夢中以尋求解脫。李清照處在濃厚儒家氛圍的家庭之中，履行儒家人飢己飢、推己及人、兼善天下的文化理想，李清照在詞中常透露出對家國社會的關心、對民生疾苦的不捨，並藉「酒」表露胸懷。

在肇端經歷方面，李煜的悲劇一方面來自本身的怯懦消極，但最初原因還是來自封建社會帶來的人生錯位，他心中充滿悔恨與無奈，種種生存的痛苦使他置身於「生命無常」的視角，參悟到生命本體的常態，越發覺得「浮生若夢」，故用虛渺的「夢」來消解內心的愁情。再談李清照，南渡之前，她品茗佳釀以增添風雅、化解相思；南渡後，因為亂世流離的淒苦以及無從把握的憂慮，她選擇以「酒」來暫時迷茫思緒、麻痺心神。

在擔負責任方面，南唐的覆滅在很大程度上是因為李煜在政治上的懦弱無能所造成，此番歸咎甚大，李煜一方面無力全盤承受，一方面怨嘆命運不順，轉而將苦難當成人生必不可少的部分來解釋，既然苦難無可避免，就逃到「夢」中吧！李清照的不幸大部分非肇因於自己，而是來自外界的不公平與不安定、傳統社會男女地位不平等，與北宋當政者的昏庸無能，她置身「日常生活」的角度，歸結於動亂的社會，有著開朗灑脫性情的李清照豪爽地舉起了酒杯，用「酒」幻化代言心中的痛苦。

李煜的一生，恰如一場高潮迭起、浮華盡滅的夢：身為皇帝的李煜沉湎於奢華無度的飲宴歌舞與男歡女愛，渡過宛如「春夢」的歲月；中期，至親愛人謝世、胞弟遭扣，不得不期盼「歸夢」的實現；後期，國家敗滅，時刻作著故國之思的「空夢」。李煜對「夢」不停歇的追逐，不僅表現他的頹放與對現實的逃避，也表現對於重回故國這個願望的堅持與不放棄。所以，由夢中可看出他追求的執著，以及對生命無常的對抗，且這份反抗與不甘心增強了李煜悲劇體驗的感染力，忽成忽破的夢也促成李煜對生命的幻滅感。

李清照身為女性，首先，渡過自由自在如同「甜酒」的荳蔻年華；出閣後，轉為以幸福為基底，佐以相思的「酸酒」時期；最後淪至飽嚐顛簸飄零的「苦酒」時期，其將憂國憂民思想與刻苦銘心的悲痛投注於醇厚的「苦酒」中，「酒」成了李清照排憂解悶的良方，釀成一闋闋越陳越香的詞篇。

「國家不幸詩家幸，話到滄桑語始工。」放眼歷史，愈是在亂世，愈能萃煉出有深度的作品，李煜踩著華麗到幻滅的軌跡渡過一生，以個人之不幸鍛造出令人擊節稱讚的佳作，在詞壇綻放亙古的火光。

參考書目

依朝代、出版時間排列

一、李煜、李清照詞集及研究專著

1. 蔣勵材：《李後主詞傳總集》（臺北：國立編譯館中華叢書編審委員會），1962 年 3 月。
2. 章崇義：《李後主詩詞年譜》（香港：龍門出版社），1969 年。
3. 唐文德：《李後主詞創作藝術的研究》（台中：光啟出版社），1975 年 12 月。
4. 范純甫：《帝王詞人李後主》（臺北：莊嚴出版社），1977 年 3 月二版。
5. 劉維崇：《李後主評傳》（臺北：黎明文化事業股份有限公司），1978 年。
6. 天一出版社：《李煜傳記資料》（臺北：天一出版社），1982 年。
7. 王學初校注：《李清照集校注》（臺北：裏仁書局），1982 年 5 月。
8. 褚斌傑、孫崇恩、榮憲賓編：《李清照資料彙編》（北京：中華書局），1984 年。
9. 侯建、呂智敏：《李清照詩詞評注》（山西：山西人民出版社），1985 年 8 月。
10. 濟南市社會科學研究所：《李清照研究論文選》（上海：上海古籍

出版社），1986 年。

11. 溫紹：《李清照名篇賞析》（北京：北京十月文藝出版社），1987 年。
12. 李漢超：《李清照詞賞析》（北京：中國婦女出版社），1988 年。
13. 徐培鈞：《李清照》（臺北：萬卷樓出版社），1992 年。
14. 詹幼馨：《南唐二主詞研究》（武漢：武漢出版社），1992 年。
15. 劉瑜：《莫道不銷魂：李清照作品賞析》（臺北：開今文化出版社），1993 年。
16. 謝世涯：《南唐李後主研究》（上海：學林出版社），1994 年 4 月。
17. 徐楓：《李後主》（臺北：知書房），1994 年。
18. 漢威出版社：《李清照詞選》（臺北：漢威出版社），1994 年。
19. 于中航編著：《李清照年譜》（臺北：台灣商務印書館），1995 年 11 月。
20. 杜少春：《多情淒美的情歌：李後主詞名篇賞析》（臺北：學鼎出版社），1999 年。
21. 余苣芳：《李清照的人生哲學：婉約人生》（臺北：揚智文化出版社），1999 年。
22. 陳錦榮編注：《李煜李清照詞注》（臺北：遠流出版事業股份有限公司），2000 年 6 月。
23. 孫學剛：《漱玉清芬：李清照》（臺北：萬卷樓出版社），2000 年。
24. 楊敏如編著，葉嘉瑩主編：《南唐二主詞新釋輯評》（北京：中國書店），2003 年 1 月。
25. 康震：《康震評說李清照》（北京：中華書局），2007 年。
26. 何廣棪：《李清照研究》（臺北：花木蘭文化出版社），2009 年。

二、古籍著作

1.（漢）王逸：《楚辭章句補注》（吉林：吉林人民出版社），1999 年 9 月。

2.（漢）劉向著，張金嶺注：《新譯列仙傳》卷上（臺北：三民書局股份有限公司），2004 年 10 月。

3.（南朝）劉勰：《文心雕龍》（台北：台灣古籍出版社），1996 年 9 月。

4.（唐）南卓等著：《羯鼓錄．樂府雜錄．碧雞漫志》（上海：古典文學出版社），1957 年 4 月。

5.（梁）宗懍：《荊楚歲時記》（山西：山西人民出版社），1987 年 9 月。

6.（後蜀）趙崇祚編：《花間集》，後蜀歐陽炯寫序（遼寧：春風文藝出版社），1995 年。

7.（宋）郭若虛：《圖畫見聞誌》，收錄於《四部叢刊續編》（上海：商務印書館），1932 年。

8.（宋）陳彭年：《江南別錄》，收於張海鵬集刊：《墨海金壺十三》（上海：上海商務印書館），1936 年。

9.（宋）史虛白著：《釣磯立談》，收錄於《百部叢書集成．知不足齋叢書》（臺北：藝文印書館），1966 年。

10.（宋）龍衮著：《江南錄》，收錄於章崇義著：《李後主詩詞年譜》（臺北：文海出版社），1974 年 1 月。

11.（宋）陸游著：《陸氏南唐書　一》，收錄於《四部叢刊續編》（臺北：台灣商務印書館），1981 年。

12.（宋）馬令著：《馬氏南唐書　一》，收錄於《四部叢刊續編》（臺北：台灣商務印書館），1981 年。

13.（宋）王灼：《碧雞漫誌》，收錄於唐圭璋《詞話叢編》（北京：中華書局），1981 年。

14.（宋）陶穀：《清異錄》（北京：中國商業出版社），1985 年 4 月。

15.（宋）趙明誠撰：《宋本金石錄　上》（北京：中華書局），1991 年。

16.（宋）龍衮著：《江南野史》，收錄於《中國野史集成》（成都：巴蜀書社），1993 年 11 月。

17.（宋）歐陽修撰：《新五代史 三》（北京：中華書局），2002 年 12 月。
18.（宋）張邦基《墨莊漫錄》，收錄於葉嘉瑩主編：《南唐二主詞新釋輯評》（北京：全國新華書店），2003 年 1 月。
19.（宋）陸游：〈花間集跋〉，《渭南文集》卷三十，收於《欽定四庫全書叢要》（吉林：吉林出版集團有限公司），2005 年 5 月。
20.（元）脫脫等著：《宋史》（北京：中華書局），1977 年。
21.（元）伊世珍：《瑯嬛記》，收錄於褚斌傑、孫崇恩、榮憲賓編：《李清照資料彙編》（北京：中華書局），1984 年。
22.（明）沈際飛：《草唐詩餘》，收錄於蔣勵材：《李後主詞傳總集》（臺北：國立編譯館中華叢書編審委員會），1962 年 3 月。
23.（明）毛先舒著：《南唐拾遺記》，收錄於《百部叢書集成·學海類編》（台北：藝文印書館），1967 年。
24.（明）楊慎：《詞品》收錄於《李清照資料彙編》（北京：中華書局，1984 年）。
25.（清）馮煦著：《蒿庵詞話》，收於《中國古典文學理論批評專著選輯》（北京：人民文學出版社），1959 年。
26.（清）陳廷焯著，郭紹虞編：《白雨齋詞話》（北京：人民文學出版社），1959 年 10 月。
27.（清）趙翼：《甌北詩話》（北京：人民文學出版社），1963 年 2 月。
28.（清）沈謙：《填詞雜說》，收錄於唐圭璋：《詞話叢編》（北京：中華書局），1981 年。
29.（清）李調元：《雨村詞話》，收錄於唐圭璋：《詞話叢編》（北京：中華書局），1981 年。
30.（清）王士禎：《花草蒙拾》，收錄於唐圭章：《詞話叢編》（北京：中華書局），1981 年。
31.（清）沈雄著：《古今詞話 上》，收於唐圭璋主編《詞話叢編》

(北京：中華書局)，1981 年。

32. (清) 王國維著，滕咸惠校注：《人間詞話新注》(濟南：齊魯書社)，1989 年 7 月。

33. (清) 董皓：《全唐文》(上海：上海古籍出版社)，1990 年 12 月。

34. (清) 吳任臣撰：《十國春秋 二》，收錄於王雲五主持：《四庫全書珍本》(臺北：商務印書館)，出版年月不詳。

三、今人論著

1. 吳梅：《詞學通論》(上海：商務印書館)，1947 年 2 月。
2. 唐圭璋：《唐宋詞簡釋》(上海：古籍出版社)，1981 年。
3. 黃慶萱：《修辭學》〈第十五章：映襯〉(臺北：三民書局)，1983 年 10 月。
4. 中華書局編：《宣和畫譜》卷十七，收錄於《叢書集成初編》(北京：中華書局)，1985 年。
5. 黃文吉：《宋南渡詞人》(臺北：台灣學生書局)，1985 年 5 月。
6. 錢穀融、魯樞元著：《文學心理學教程》(上海：華東師大出版社)，1987 年。
7. 佛洛德：《夢的釋義》(遼寧：遼寧人民出版社)，1987 年 3 月。
8. 佛洛德：《精神分析引論新編》(上海：商務印書館)，1987 年 12 月。
9. 唐圭璋編：《唐宋詞鑒賞辭典》(上海：上海辭書出版社)，1988 年。
10. (美) 弗洛姆著，林平譯：《夢的精神分析》(河北：河北人民出版社)，1988 年 9 月。
11. 袁行霈：《中國詩歌藝術研究》(臺北：五南出版社)，1989 年。
12. 童慶炳：《現代心理美學》(北京：中國社會科學出版社)，1993 年 2 月。

13. 孫立：《詞的審美特性》（臺北：文津出版社），1995 年 2 月。
14. 任爽：《南唐史》（長春：東北師範大學出版社），1995 年 9 月。
15. 李若鶯：《唐宋詞鑑賞通論》（高雄：高雄復文出版社），1996 年。
16. 朱光潛：《悲劇心理學》（合肥：安徽教育出版社），1996 年。
17. 葉嘉瑩：《唐宋詞十七講》（河北：河北教育出版社），1997 年。
18. 林明德：《跨出詩的邊疆：唐宋詞選》（臺北：時報文化出版社），1998 年。
19. 王立：《心靈的圖景——文學意象的主題史研究》（上海：學林出版社），1999 年 2 月。
20. 班瀾《結構詩學》（呼和浩特市：內蒙古大學出版社），1999 年。
21. 黃進德著：《唐五代詞選集》（上海：上海古籍出版社），2001 年。
22. 趙良：《帝王的隱秘——七位中國皇帝的心理分析》（北京：中國廣播電視出版社），2001 年 8 月。
23. 夏承燾：《唐宋詞欣賞》（香港：中華書局），2002 年 3 月。
24. 鬱賢皓主編：《中國古代文學作品選》（台灣：高等教育出版社），2003 年。
25. 鄒勁風著：《南唐國史》（南京：南京大學出版社），2003 年 3 月。
26. 馬斯洛著，成明編譯：《馬斯洛人本哲學》（北京：九州出版社），2003 年 5 月。
27. 佛洛德著，王惠君、王恪主編：《精神分析引論》（新疆：新疆科學技術出版社），2003 年 7 月。
28. 孫望：《宋代文學史》（北京：人民文學出版社），2006 年 6 月。
29. 葉嘉瑩：《照花前後鏡：詞之美感特質的形成與演進》（新竹：清華大學出版社），2007 年 4 月。
30. 佛洛德：《夢的解析》（臺北：左岸文化），2010 年 6 月。
31. 佛洛德：《創作性作家與白日夢》（臺北：五南出版社），2010 年 8 月。

32. 俞陛雲：《唐五代兩宋詞選釋》（上海：上海古籍出版社），2011年4月。
33. 劉大傑：《中國文學發展史》（臺北：華正書局），2011年9月。
34. 王雲五主編：《舊五代史 五》，收錄於《四庫全書珍本別輯》（臺北：商務印書館），出版年月不詳。

四、學位論文

1. 陳芊梅：《李後主研究》（國立台灣大學碩士論文），1971年。
2. 謝佳涯：《南唐後主李煜研究》（國立台灣大學碩士論文），1972年。
3. 莊淑如：《李煜詞的鑑賞與研究》（國立彰化師範大學碩士論文），2003年。
4. 李金芳：《李後主文學研究》（國立高雄師範大學碩士論文），2005年。
5. 沈鯤：《李煜及其詞創作的心理分析》（東北師範大學碩士論文），2006年5月。
6. 胡雅雯：《李煜詞篇章意象探析》（國立台灣師範大學碩士論文），2007年。
7. 劉春玉：《李後主詞研究》（玄奘大學碩士論文），2007年。
8. 王廣琪：《動亂中的詞人——李煜李清照比較研究》（國立彰化師範大學碩士論文），2008年。

五、論文期刊

1. 羅悦玲：〈讀李後主晚期的詞〉，《中國語文》，1973年第2期。
2. 曹淑娟：〈金劍已沉埋——李後主的人間行〉，《鵝湖月刊》，1978年2月。
3. 施蟄存：〈南唐二主詞敘論〉，《中國人民大學報刊》，1980年第29期。

4. 陳紀蘭：〈由「一江春水」到李後主的「愁」〉，《中國語文》，1983年第6期。
5. 楊石隱：〈李後主的生平及其作品〉，《漢家雜誌》，1986年7月。
6. 董武：〈異代同杼 異曲同工〉，《華中師範大學學報》，1994年第1期。
7. 王力堅：〈亡國之君的淒惶——試析李煜詞虞美人〉，《中國語文》，1996年470期。
8. 金五德：〈唐五代詞中女性的不同情態〉，《長沙電力學院社會科學學報》，1997年第1期。
9. 何敏華：〈李煜詞風的探究〉，《中國語文》，1997年9月。
10. 暘穀：〈轉燭飄蓬一夢歸：論李煜詞中夢的母題意蘊〉，《內蒙古社會科學學報》，1998年。
11. 陳滿銘：〈李煜清平樂詞賞析〉，《國文天地》，1998年第1期。
12. 沈謙：〈李煜後期的詞〉，《中國語文》，1998年493期。
13. 余我：〈李後主的破陣子析語〉，《中國語文》，1998年第496期。
14. 曹治邦：〈李煜、李清照藝術魅力比較〉，《青高開學報》，1999年第4期。
15. 牟鷺瑋：〈李煜、李清照後期詞情感比較之初探〉，2000年第1期。
16. 成松柳、耿蕊：〈李煜詞夢意象探析〉，《湘潭大學社會科學學報》，2000年第2期。
17. 謝皓燁：〈論李煜和李清照後期中悲劇體驗的差異〉，《泰安師專學報》，2001年第3期。
18. 朱大銀：〈砧與中國古代搗衣詩及思婦詩〉，《淮南師範學院學報》，2001年第4期。
19. 朱麗華：〈明月照水——試論李煜後期詞的藝術魅力之因〉，《長春大學學報》，2002年第3期。
20. 李李：〈李後主菩薩蠻詞賞析〉，《國文天地》，2002年第12期。

21. 張曉寧：〈試談李煜前期詞中的悲劇意識〉，《株洲師範高等專科學校學報》，2003 年第 2 期。
22. 李放、武懷軍：〈李煜及李清照後期詞的構思方式及其創作淵源〉，《武漢大學學報》，2004 年第 5 期。
23. 彭金蓮：〈李煜詞中夢境解析〉，《濮陽職業技術學院學報》，2005 年第 2 期。
24. 趙戎：〈一條纏綿藤，兩朵淒婉花〉，《經濟與社會發展學報》，2006 年 5 月第 5 期。
25. 戴瑞娟：〈李煜詞中的夢意象簡析〉，《文學教育》，2007 年 2 月。
26. 桑鳳平、高春璐：〈中日古典文學作品中無常思想的差異〉，《山東大學學報》，2007 年第 3 期。
27. 霍明宇：〈李煜詞生命意識研究〉，《濰坊學院學報》2007 年 3 期。
28. 廖育菁：〈李煜詞中色彩之變化與情感之表現〉，《人文社會學報》，2007 年第 3 期。
29. 徐志華：〈佛教意識對李煜詩詞的影響〉，《內蒙古電大學刊》，2007 年第 5 期。
30. 余淼：〈李煜詞花意象探微〉，《中國古典文學研究現代語文》，2008 年 4 月。
31. 霍仙梅：〈小詞身情之美，異曲同工之妙——李煜、李清照詞風探究〉，《忻州師範學院學報》，2008 年第 4 期。
32. 范松義：〈李後主詞中月意象的解讀〉，《南陽師範學院學報》，2008 年第 5 期。
33. 侯貴運：〈素月生輝——李煜筆下的月〉，《山東商業職業技術學院學報》，2008 年第 4 期。
34. 徐思：〈李煜、李清照詞之比較〉，《文學語言學研究考試周刊》，2008 年第 16 期。
35. 黃雲峰：〈攬月入詞，托月述懷——悅讀李煜詞中月之意象〉，《文學語言學研究考試週刊》，2008 年第 45 期。

36. 李星：〈南唐宮廷文化對李煜前期詞創作的影響〉，《求索》，2010 年 5 月。
37. 張雲：〈試論李煜詞中的佛教意識〉，《文化縱橫》，2010 年 9 月刊。
38. 王岩、劉藝虹：〈南唐詞人李煜詞的藝術特色——李煜詞的情感與意象〉，《白城師範學院學報》，2011 年第 1 期。
39. 邢紅平：〈童心的構築：賦得真美在人間——試論李煜詞的真與美〉，《開封教育學院學報》，2011 年第 2 期。
40. 王力：〈悲劇人生鑄偉詞〉，《語文教學通訊》，2011 年第 3 期。
41. 李平：〈淺析李煜詞的藝術魅力〉，《文藝探究》，2011 年 4 月刊。
42. 張琰：〈論李煜詞的藝術特徵〉，《南通紡織職業技術學院學報》，2011 年第 4 期。
43. 呂桂萍：〈從中國傳統審美心理看李煜詞的特色〉，《甘肅高師學報》，2011 年第 6 期。
44. 徐文婷：〈論李煜詞中的夢意象〉，《文教資料》，2012 年 1 月號中旬刊。
45. 師文瑞：〈論李煜詞中的意象選擇與情感表達〉，《新疆職業大學學報》，2012 年第 2 期。
46. 許傳東：〈李煜詞中的女性意象探析〉，《北方文學》，2012 年 7 月刊。
47. 李志遠：〈認知詩學視閾的李煜後期詞作解讀〉，《重慶科技學院學報》，2012 年第 7 期。

附錄　入寒窮悲苦之境
——孟郊〈秋懷〉詩十五首探析

摘要

孟郊（西元 751～814 年）詩風寒瘦峻峭，作品經常吟詠「寒窮悲苦」,〈秋懷〉詩十五首正為代表，值得深入探究。依據內容表述特色，蓋可分為三類：由景入情——敘寫老弱貧病之情景，言有盡而意無窮；直抒己懷——抒發憂愁體悟之感，直接呈現孟郊蒼老、體弱、病重、家貧、心煩、感悟……，興起讀者強烈憐憫之心；議論批判——堅守執古慎言之道，為孟郊少數跳脫以自身為題材，轉而力矯時弊、關懷現實風氣的作品。在句式上,〈秋懷〉詩十五首屬五言古詩，以「上二下三」為正格；句法上，除了用字精巧、精鍊不復外，尚針對某一主題迴旋反覆；聲韻上，皆押平聲韻，且在〈秋懷〉其二中，採用少有人用的第十四韻部「寒」韻；修辭上，善用誇飾、譬喻、轉化；用語造詞方面，不但多用疊字，也喜用冷僻硬語，造成所謂的「險語」。審美觀以醜為美，形成構思精巧、情緒深沉、內容淒涼與造語艱澀的獨特美感。

關鍵詞：孟郊、寒窮悲苦、秋懷、以醜為美

一、前言

中國文學史上，孟郊（西元 751～814 年）可謂是一朵奇葩，不以傳統中和美為美，而是以醜為美、崇尚怪奇、吟詠貧病，察人所不願察、聞人所不忍聞、言人所不敢言，映照世風澆薄的現代社會，作品更具現實性與省思意義，值得細細審視。

整理台灣當地研究孟郊的相關學位論文，走向以闡述其詩歌與相較於韓愈、賈島為主：劉竹青《孟郊、賈島詩比較研究》〔註 1〕從二人同性情狷介，卻窮愁窘迫困於科場，有志難伸的背景著手，分析比較兩人詩作，致力於排除共相，彰顯殊相，目的在探討孟、賈個別的獨特創作風貌。張慧珍《孟郊詩歌研究》〔註 2〕就孟郊詩歌的形成背景、內涵分析、體式特徵、風格探究與歷代評價，辨析孟郊除了「寒苦」詩風外，亦表現了其它方面的詩才，希望從多面性來呈現孟郊詩作的豐富內涵。王麗雅《孟郊、韓愈奇險詩風比較研究》〔註 3〕比較分析位居韓孟詩派創始地位的孟郊、韓愈的詩歌作品，探討二人好奇尚險的詩歌表現與奇險詩風的實際面貌；另一方面，也擬從對孟郊、韓愈的詩歌比較上，瞭解韓孟詩派其他成員個別差異性。期刊方面，鍾曉峰〈論孟郊的詩人意識與自我表述〉〔註 4〕論析孟郊詩人形象，辨明詩人意識的自覺表現與自我表述，其中最明顯的特質是孟郊與當代世界格格不入的復古詩人形象。施寬文〈孟郊在韓孟詩派的地位〉〔註 5〕說明宋代以降的詩評家，與唐代如韓愈諸人對孟郊詩的兩極化

〔註 1〕劉竹青，《孟郊、賈島詩比較研究》（台北：台灣師範大學中文研究所碩士論文，1995 年）。

〔註 2〕張慧珍，《孟郊詩歌研究》（台中：靜宜大學中文研究所碩士論文，1988 年）。

〔註 3〕王麗雅，《孟郊、韓愈奇險詩風比較研究》（台北：輔仁大學中文研究所碩士論文，1984 年）。

〔註 4〕鍾曉峰，〈論孟郊的詩人意識與自我表述〉，《淡江中文學報》（2009 年 6 月），頁 189～215。

〔註 5〕施寬文，〈孟郊在韓孟詩派的地位〉，《南台科技大學學報》（2002 年 3 月），頁 155～165。

批評，可由「人格風格」與「語言風格」二端予以釐清，並對韓愈何以推崇孟郊詩提出說明。與本文題材最接近者為李建崑〈論孟郊秋懷詩十五首〉〔註6〕，該篇析釋秋懷十五首的內容、創作技巧與風格表現，對此組詩詳加解釋。

綜觀上述論文期刊，皆為大方向、大範圍討論孟郊作品，鮮少聚焦探悉某些詩篇，加上「苦寒貧病」為人類懸而未決之課題，且孟郊一生境遇坎坷，家境貧寒窮困，導致情緒悲愁滿懷、苦悶不堪，故「寒窮悲苦」題材為其作品最特出的一類，並有「酸寒孟夫子」〔註7〕之說。而此類作品中，又以〈秋懷〉詩十五首的描摹最為完整與深刻，值得特選探討，即使先輩已經選入探析，但筆者更進一步對孟郊〈秋懷〉詩十五首探究並分類，除了解釋詩作本身意涵、手法外，再賞析其美感，盼能對其況、其情有所掌握，並深入開展。

二、〈秋懷〉詩十五首之內容表述特色

文學作品不僅反映外在客觀世界，又受到作者內在主觀的思想、觀念、心情所影響，故作品乃由客觀外在環境條件與內在主觀思想意識構築而成。所以，惟透過對作者生活背景與個性特質分析探究，方能正確深入的掌握詩歌意涵。

孟郊身處中唐時代，此時安史之亂雖已平定，但藩鎮割據與各方鬥爭仍延續不斷、政局飄搖，大環境顛沛流離、血流漂杵，孟郊的一生也窮愁悲苦、淒涼落寞、有志難申：家境清寒，幼年喪父、青年喪妻，早年便真切地體驗到了生離死別的痛苦。長期無固定工作，到處奔走謀職，直至貞元十六年（西元八〇〇年），孟郊50歲，方得一溧陽縣尉之職，卻又被迫分半俸於人。元和三年（西元八〇八年），孟郊58歲，喪一子。元和四年（西元八〇九年），慈母與世長辭。元和五

〔註6〕李建崑，〈論孟郊秋懷詩十五首〉，《興大中文學報》（1996年1月），頁115～129。

〔註7〕唐．劉叉，〈答孟東野〉，清．聖祖御定，《全唐詩》（台北：文史哲出版社，1978年2月），頁4445。

年（西元八一〇年），又一子夭折。隔年，竟再痛失一子。接連遭逢巨大打擊，可謂晴天霹靂，椎心泣血，悲痛難以排遣，藉著連寫十首〈杏殤〉，藉花之凋零早殞表達無限悽楚，且〈秋懷〉詩十五首的寫作時間，推論也在這數年之間。〔註8〕總之，孟郊境遇坎坷崎嶇、經濟窘迫拮据，身體經常處於病痛之中，而〈秋懷〉詩十五首收錄於《孟郊詩集校注》卷四〈詠懷下〉〔註9〕，藉著秋色的渲染，表達貧病交迫、身瘦心煩的情境，更加深了貧寒感與悲劇性，使人讀之不忍。筆者將此十五首分為「由景入情——敘寫老弱貧病之情景」、「直抒己懷——抒發憂愁體悟之感」、「議論批判——堅守執古慎言之道」三類，進行解釋分析：

（一）由景入情——敘寫老弱貧病之情景

外物景色時常觸發心思敏銳的詩人感動深刻、體會幽微，《文心雕龍・物色》云：

> 是以詩人感物，聯類不窮。流連萬象之際，沉吟視聽之區。寫氣圖貌，既隨物以宛轉；屬采附聲，亦與心而徘徊。〔註10〕

詩人受到景物的感召和觸動時，常聯想到各式各樣相似的事物。他們在鬼斧神工的大自然中流連欣賞，在視聽範圍內體察吟詠。描摹景物的神貌，能隨著景物的情態而曲折迴轉；聽聞外物的聲響，能隨著自己的心情而彎曲迴旋。所以，觀照窮苦鬱悶的孟郊，更易睹物興懷，引發感慨。

> 秋月顏色冰，老客志氣單。冷露滴夢破，峭風梳骨寒。席上印病文，腸中轉愁盤。疑懷無所憑，虛聽多無端。梧桐枯崢嶸，聲響如哀彈。（其二，頁116）

〔註8〕關於孟郊事蹟與年代，參考邱燮友、李建崑校注，《孟郊詩集校注》（台北：新文豐出版社，1997年10月），頁353～362。以下同出此書者，將僅註明頁數，或在原文後直接標明頁數。

〔註9〕邱燮友、李建崑校注，《孟郊詩集校注》，頁116～125。

〔註10〕南朝・劉勰，《文心雕龍・物色》（貴州：貴州人民出版社，2008年9月），頁453。

一尺月透戶，仡栗如劍飛。老骨坐亦驚，病力所尚微。蟲苦貪剪色，鳥危巢焚輝。孀娥理故絲，孤哭抽餘思。浮年不可追，衰步多夕歸。（其三，頁 117）

兩首詩皆由月起興，月色如冰、月移迅速，感覺虛寒孤寂、歲月飛逝，轉眼已成白髮蒼蒼、體弱病纏的「老骨」，但是「冷露」、「峭風」仍無情的驚破夜夢、侵襲瘦骨，致使孟郊病上加病、長期臥床，導致席上有臥病之痕，心緒愁上加愁，宛如迴旋循環的轉盤，轉不盡愁更亂，蟲鳥尚且貪戀月色而哀鳴，何況人慨嘆時光如梭、壯年已逝？思緒精神無憑無端、恍惚迷亂，猶如寡婦獨自理絲，悲從中來，此時又聽聞風吹梧桐、桐葉紛落之聲，更加感嘆浮生消逝，不再復返。

冷露滴夢、峭風梳骨，讓人不禁顫慄心寒。「病文」與「愁盤」設喻精巧，妥貼生動，又以「孀娥」自比，至此當潸然淚下，最後再述梧桐哀彈，不僅入耳之聲蕭瑟，也想見詩人瘦如梧桐枯槁之狀，聲色俱現；且峥嶸的梧桐已乾枯，也似壯志滿懷的詩人現今垂垂老矣，無用武之地，悲歎孟郊窮困失意的一生。

秋至老更貧，破屋無門扉。一片月落牀，四壁風入衣。疏夢不復遠，弱心良易歸。商葩將去綠，繚繞爭餘輝。野步踏事少，病謀向物違。幽幽草根蟲，生意與我微。（其四，頁 117）

竹風相戛語，幽閨暗中聞。鬼神滿衰聽，恍惚難自分。商葉隨乾雨，秋衣臥單雲。病骨可剸物，酸呻亦成文。瘦攢如此枯，壯落隨西曛。裊裊一線命，徒言繫絪緼。（其五，頁 118）

秋天到了，象徵歲暮來臨，人又蒼老了一歲，時節也更加清冷，可是破屋無門扉掩蔽、四壁毀損破裂、月光直落床上、寒風徑灌衣袖，竹風蕭蕭颯颯，難辨是神鬼哀嚎或是秋聲歷歷？落葉乾枯，聲如雨下；秋衣單薄，可臥單雲，夢淺意頹，只能安於現狀，但真是心甘情願嗎？實是充滿了無力改變的無奈感。秋花尚且把握季末，爭奪餘暉，我也該是吧？但是踏青後，看清了事實：我同秋蟲一般，生意幽微，消瘦的病骨可截物，酸呻可成文，命若游絲呀！

〈秋懷〉其四直述境況，清楚呈現家徒四壁、捉襟見肘的貧困狀態，風吹入作者的衣襟，也吹起讀者無限的同情。「商葩」四句，筆者感覺到不同於孟郊苦寒詩中一味表現的委靡態度，隱含孟郊企圖振興的慾望，可惜隨後馬上沉寂，孟郊一生可謂是生命拉拔戰，其中的矛盾與無可奈何該有多深？〈秋懷〉其五以竹風營造詭譎氣氛，「乾雨」、「單雲」之喻新穎，病骨剸物、酸呻成文怵目驚心、不忍卒聽。

> 歲暮景氣乾，秋風兵甲聲。織織勞無衣，喓喓徒自鳴。商聲聳中夜，蹇支廢前行。青髮如秋園，一翦不復生。少年如餓花，瞥見不復明。君子山嶽定，小人絲毫爭。多爭多無壽，天道戒其盈。（其八，頁 120）

> 冷露多瘁索，枯風曉吹噓。秋深月清苦。蟲老聲麤疎。赬珠枝纍纍，芳金蔓舒舒。草木亦趣時，寒榮似春餘。自悲零落生，與我心何如。（其九，頁 120）

兩首皆由秋景、秋聲著手，景氣乾、冷露憂瘁、月色清苦、蟲老聲麤、枯風吹噓、風如兵甲之聲，促織勞碌繁忙卻無功，徒然哀鳴，彷彿作者一生奔走謀職，仍一無所獲，只能寄託〈秋懷〉抒發愁緒，促織豈不是孟郊自況？慘綠年華一去不再回，青春歲月宛如飢餓暈眩的幻象，不再顯現，好似〈秋懷〉其三中的「浮年不可追」，浮生若夢、虛幻一場。既然如此，蓋自勉不須汲汲營營，當敞開胸懷，因為天道本戒盈滿。本詩以末四句為劃分，前文氣氛凝重、蕭索低靡，後文尋求解脫，聊慰己心。

〈秋懷〉其九前四句點染淒寒氣息，中間四句筆鋒一轉，描繪秋實纍纍、秋花舒舒，乘時綻放，繁茂如春之景。可是，作者見外物繁盛，不但未覺心朗，反而更襯己悲，莫可奈何、不知所適，喟嘆無人同感、同泣。

> 流運閃欲盡，枯折皆相號。棘枝風哭酸，桐葉霜顏高。老蟲乾鐵鳴，驚獸孤玉咆。商氣洗聲瘦，晚陰驅景勞。集耳不可遏，噎神不可逃。蹇行散餘鬱，幽坐誰與曹。抽壯無一線，翦懷盈千刀。清詩既名朓，金菊亦姓陶。收拾昔所棄，咨嗟今比毛。幽幽歲晏言，零落不可操。（十二，頁 123）

首四句描寫流光閃逝，一年將盡，樹木因而枯折嚎叫。風吹襲著棘枝，聲如哭酸；桐葉即使枯黃，仍高懸枝頭。在〈秋懷〉中，常見作者哀愁時光飛梭，擔憂年老力衰，此處的「相號」、「哭酸」，何嘗不是孟郊心中的悲痛與哀嚎？「梧桐」自古象徵孤高獨立，唯有梧桐方能經霜仍「顏高」，如同獨有作者品行高潔，即便歷經磨難，依然堅守節操，保持志向。五、六句以「乾鐵」喻蟲鳴，「孤玉」譬獸咆，可見嗷嘯聲之淒厲，聞之膽顫。「商氣洗聲瘦，晚陰驅景芳」形容風聲峭削若洗，大地籠罩在黑暗之中，設喻新巧奇險，獨樹一幟。如此沉悶的情景無法逃遏，欲信步解鬱，也沒人相伴。感嘆壯年毫無可取，就算千刀仍剪不斷愁緒，昔日所浪擲卻是今日之珍寶，可惜光陰流逝無法停遏，一切皆晚矣！

上述作品乃先營造零落哀戚的情景，沉鬱讀者情緒，並注入作者情思，使全部景語皆情語，再一步一步渲染情境，一層一層添上愁緒，悲苦愈來愈深，喟嘆越來越濃，使人如臨其境，看見孟郊貧寒交迫；讓人同感其痛，同情孟郊鬱悶掙扎，言有盡而意無窮，情思無限，悲苦滿懷，充滿婉曲之美。

（二）直抒己懷——抒發憂愁體悟之感

孟郊個性耿直，有經世濟民之志，無奈時代動盪、家境貧窮、仕途乖舛，又接連遭逢母喪、子亡鉅變，悲傷痛苦之情自然懇切深沉，時常流露於詩作中。

> 孤骨夜難臥，吟蟲相唧唧。老泣無涕洟，秋露為滴瀝。去壯暫如翦，來衰紛似織。觸緒無新心，叢悲有餘憶。詎忍逐南帆，江山踐往昔。（其一，頁 116）

> 老骨懼秋月，秋月刀劍稜。纖輝不可干，冷魂坐自凝。羇雌巢空鏡，仙飆蕩浮冰。驚步恐自翻，病大不敢凌。單牀寤皎皎，瘦臥心兢兢。洗河不見水，透濁為清澄。詩壯昔空說，詩衰今何憑。（其六，頁 119）

孟郊以「孤骨」、「老骨」自稱，表達自己雞皮鶴髮、瘦骨嶙峋之態，也可料想其坎坷貧病的崎嶇生活，故作者瘦弱到連月光照射都感鋒利，魂魄因月光冷寒而凝結。因淚已流盡，如今年老已無涕泣，只有秋露為我滴瀝。孤鳥在月光下築巢，疾風在雲彩間飛馳，好像我孤單無依在人世間飄蕩。感嘆壯年逝去之速，從此思緒紛亂悲哀，正如〈秋懷〉十二：「抽壯無一線，剪懷盈千刀」，隨時不安畏懼、悲情叢聚。豪情壯志皆是過往雲煙，現今尚有何物可憑藉盛情？我已不敢乘逐南帆，踏踐往昔，有「怯歸」之感。

兩首詩表露時光流逝，年華老去，卻壯志未酬、一事無成的濃厚哀痛感受。

> 老病多異慮，朝夕非一心。商蟲哭衰運，繁響不可尋。秋草瘦如髮，貞芳綴疏金。晚鮮詎幾時？馳景還易陰。弱習徒自恥，暮知欲何任？露才一見讒，潛智早已深。防深不防露，此意古所箴。（其七，頁 119）

> 幽苦日日甚，老力步步微。常恐暫下牀，至門不復歸。饑者重一食，寒者重一衣。泛廣豈無涘，恣行亦有隨。語中失次第，身外生瘡痍。桂蠹既潛污，桂花損貞姿。詈言一失香，千古聞臭詞。將死始前悔，前悔不可追。哀哉輕薄行，終日與駟馳。（十一，頁 122）

〈秋懷〉其七起首二句描述年老病弱，憂慮滿懷，連商蟲都哀哭不絕，秋草也凋枯如髮，唯有金菊稀稀疏疏點綴叢草，可是又能綻放多久呢？小草當自恥微賤無能，殘菊又能夠凌霜幾何？晉陶淵明愛菊，欣賞菊高潔自持，孟郊以菊自喻，在時局動盪的商秋之際，小草（小人）應自恥力薄能低，讓清雅之菊一展金黃，但是又擔憂自己能可否擔荷。下文隨提及原來是昔日曾展現長才，卻遭讒毀，經歷世事的銷削，已學會藏鋒斂鍔，故體會到自古箴誡顯能露才當審時度勢，防備城府，慎選時機方嶄露鋒芒。全詩頗富智慧哲理，具積極意義。

〈秋懷〉十一前八句敘述飢寒交迫，蒼老體弱，竟連走到門扉的氣力也無，所幸日子過得還算清閒。中間六句表達言語失序會遭來陷害禍患，好比即使是清雅的桂花遭蠹蟲啃咬也會汙損其姿容，惡言詈辭一出芬芳香氣也將遺臭千古。以桂花喻己，以蠹蟲喻小人，警惕自己今後當更加謹言慎行，不僅呈現憂讒畏譏的驚懼之感，也表述擇善固執的堅持。

此二首詩由己談起，先描繪年老體衰，再論及往日曾遭忌逢讒，進而體悟出審度時勢、慎言謹行的道理，並以「金菊」、「桂花」自喻，以「秋草」、「蠹蟲」喻小人，兩相對照，更襯孟郊不屈奸佞與高德偉行。

老人朝夕異，生死每日中。坐隨一啜安，臥與萬景空。視短不到門，聽澀詎逐風。還如刻削形，免有纖悉聰。浪浪謝初始，皎皎幸歸終。孤隔文章友，親密蒿萊翁。歲綠閔似黃，秋節迸已窮。四時既相迫，萬慮自然叢。南逸浩淼際，北貧磽确中。曩懷沉遙江，衰思結秋嵩。鋤食難滿腹，葉衣多醜躬。塵縷不自整，古吟將誰通。幽竹嘯鬼神，楚鐵生虯龍。志士多異感，運鬱由邪衷。常思書破衣，至死教初童。習樂莫習聲，習聲多頑聾。明明胸中言，願寫為高崇。（其十，頁 121）

此詩清楚呈現孟郊老年的生活狀況與理想。前十句敘寫年老體衰，眼耳不靈、體瘦如削，只求安穩平靜、得以善終。從「孤隔……自然叢」表達與韓愈、李翱……老友睽違已久，光陰因為邁入晚年，時序流轉更加快速，因而感到萬慮交集。「南逸……邪衷」描繪南方人高逸，北方人貧困，而我也因流光的摧殘，當年的豪情已沒入江中，如今只剩憂憤情懷鬱結秋崧，連食也難飽足，衣裝何醜陋，又有誰懂得我的古吟詩詠呢？幽竹鳴嘯尚有鬼神感通，利劍舞動能化虯龍，志士卻多有感觸鬱悶，原來是因為不順心呀！最後六句再點出即使年老，仍願為童之啟蒙師，教導孩童心領神會，至死不渝。化悲憤為力量，不耽於愁緒，具正向意義。

霜氣入病骨，老人身生冰。衰毛暗相刺，冷痛不可勝。鷺鷺伸至明，強強攬所憑。瘦坐形欲折，腹飢心將崩。勸藥左右愚，言語如見憎。聳耳噎神開，始知功用能。日中視餘瘡，暗鎖聞繩蠅。彼嗅一何酷，此味半點凝。潛毒爾無厭，餘生我堪矜。凍飛幸不遠，冬令反心懲。出沒各有時，寒熱苦相凌。仰謝調運翁，請命願有徵。（十三，頁123）

全詩以誇飾手法描繪老病纏身的嚴重狀況：霜氣透徹病骨，身體彷彿生冰凍結，寒毛豎起互相穿刺，冷痛難耐哀苦呻吟。身骨過分瘦弱幾近斷折，肚子太過飢餓心官即將崩裂，字字怵目驚心、駭人聽聞。左右因我不聽醫師指示而手足無措，我也因言語不善而惹人憎厭。某日探視自己瘡傷，竟然看見繩蠅一類盤旋繚繞，傷口臭味濃烈，幾近可以凝結。細蠅出沒各有其時，但是身邊細蠅不分寒熱，皆來欺凌我。只能祈求造物主守諾有信，多加眷顧護佑我身。孟郊不但病弱年老，不遭人喜，連區區繩蠅也來相擾，老、貧、病之狀已到極限。

上述作品直敘己況、直抒己懷，清楚呈現孟郊蒼老、體弱、病重、家貧、心煩……情景，不但興起讀者強烈的憐憫之心，也使人內心大受衝擊，腦袋備感壓力，讀來膽顫心驚，韓愈在〈貞曜先生墓誌銘〉評孟詩曰：

劌目怵心，刃迎縷解，鉤章棘句，掐擢胃腎。〔註11〕

當是此種感受。另外，其中也可見到孟郊用其血淚體悟出權衡時勢、戒言修身的智慧結晶、處事態度，相較於前類，蘊含的理趣較多，可為後世規準。

（三）議論批判——堅守執古慎言之道

崎嶇顛躓的人生，縱然使孟郊牢騷滿腹，但也體悟出不凡的人生智慧、處事之道，可為人取法借鏡。

黃河倒上天，眾水有卻來。人心不及水，一直去不迴。一直亦有巧，不肯至蓬萊。一直不知疲，惟聞至省臺。忍古不失古，失古志易摧。失古劍亦折，失古琴亦哀。夫子失古淚，當時落漼漼。詩老失古心，至今寒皚皚。古骨無濁肉，古衣

〔註11〕唐．韓愈著，馬其昶校注，《韓昌黎文集校注》（台北：世界書局，1900年1月），卷6，頁625。

如蘚苔。勸君勉忍古，忍古銷塵埃。（十四，頁 124）

本詩明言勸人「執古忍古」，堅守古道。首句化用李白〈江進酒〉：「黃河之水天上來」，云水暢達來去，但人心卻難挽回，具有曲折取巧之性，只知汲汲營營逐名求利。所以，應該找回古心，否則容易摧毀志氣，彷彿劍易折、琴會哀，甚至連孔夫子都會淚流簌簌、老詩人也同樣心寒。末四句倡導執古將使人品高潔，故人人應忍古守古，直至羽化，與老子《道德經》：「執古之道，以御今之有」有異曲同工之妙。直言對當時人心的不滿，富有針砭現實的意味。

詈言不見血，殺人何紛紛。聲如窮家犬，吠竇何誾誾。詈痛幽鬼哭，詈侵黃金貧。言詞豈用多，憔悴在一聞。古詈舌不死，至今書云云。今人詠古書，善惡宜自分。秦火不爇舌，秦火空爇文。所以詈更生，至今橫絪縕。（十五，頁 125）

前八句說明詈罵之言、口舌傷人的威力與可怕，即使不見血，卻可使犬吠鬼哭、黃金失貴，且言語之量不用多，一句便可讓人憔悴心痛，與「良言一句三冬暖，惡語傷人六月寒」互為印證。接著敘述辱罵之書自古至今依然存在，充塞天地之間，所以，吾人當分辨善惡，了解言語的殺傷力，慎言、辨言，方為正道。

孟郊之作常抒發生活的貧陋或病痛的折磨，讓人幾可聽聞詩人的哀鳴之聲，但此類為孟郊少數跳脫以自身為題材，轉而力矯時弊、關懷現實風氣的作品，勸諫時人保持古樸之心、避免傷人之詈言，所以，雖然也同是〈秋懷〉詩中的二首，卻不見秋景或藉景抒情，反而語氣強烈，富有教化意義。

三、〈秋懷〉詩十五首之表現手法

中唐時代，因為國家社會動盪不安，出現了對傳統中和美的反動，而有了「以醜為美」的風氣，極力轉換鋪寫現實中不美或醜的事物。孟郊同追尋「以醜為美」，以精心造詣、搜索枯腸的「苦吟」態度，艱澀生硬的文字，拗折低咽的音韻，反覆錘鍊雕刻詩歌，吟唱出人生的潦倒失意與痛苦磨難〔註12〕，故有「郊寒島瘦」之說，擴大了詩歌的審美內容與審美視野。

在〈秋懷〉詩十五首中，孟郊在句式、句法、音韻、修辭、用語遣詞上都有獨特的表現手法，將苦寒貧病等內容描繪得歷歷在目、維妙維肖，加上孟郊對窮苦多舛的生活有深切著實的體驗，故其筆下的痛苦不適，不僅能深深感染讀者、打動讀者，還能令人潸然淚下、翻騰內心卻仍被吸引，表現出特殊的審美意境，以下分述其表現手法：

（一）句式

體裁上，中唐詩人多作近體詩，可是，孟郊力避時俗，常寫五言古詩，〈秋懷〉詩十五首便是此類。五言古詩發展至中唐，以「上二下三」為正格，每句之中，二三的句式又可分為二二一或二一二的分節，以構成順口可誦的節奏，而〈秋懷〉詩大部份也符合此種規律，故讀來流暢自然。不僅如此，也可將〈秋懷〉詩其四：「一片月落床，四壁風入衣。」斷句為「上三下二」的句式，不但使詩作不落入千篇一律，更添點綴變化之美。

（二）句法

詩貴用字精巧、精鍊不復，孟郊除了把握此點外，也常一反常態，針對某一主題迴旋反覆，層層剝解、步步深入，使得說理透徹精闢，頌讀琅琅上口，在〈秋懷〉詩十四、十五有深刻的表現：「黃河倒上天，眾水有卻來。人心不及水，一直去不迴。」將水與人心相互映照，凸顯人心不復。「一直亦有巧，不肯至蓬萊。一直不知疲，惟聞至省臺。」將「一直」二字重複使用，表達執迷不悟、爭逐名利的醜態。「忍古不失古，失古志易摧。失古劍亦折，失古琴亦哀。夫子失古淚，當時落漼漼。詩老失古心，至今寒皚皚。」舉用各種事例說明「失古」的害處，讓人清楚了解其嚴重性，使得結論「勸君勉忍古，忍古銷塵

〔註12〕「苦吟」定義參考霍建波，〈論孟郊詩歌的創新〉，《唐都學刊》第3期第20卷（2004年5月），頁40。

埃」順理成章，更具說服力。〈秋懷〉詩十五藉著反復描述「詈言」的可怕，使人體會其侵害性之大，警戒人們善惡自分，避免口出惡語，傷人心靈。

（三）音韻

〈秋懷〉詩皆押平聲韻，具有憂愁淒清之感，值得注意的是孟郊有時力避流俗而押險韻，如〈秋懷〉其二，儘管全詩用的是上平聲韻，卻是採用少有人用的第十四韻部「寒」韻。對於孟郊以險韻作詩，張國舉教授有清晰的說明：

> 孟集中共有樂府 67 首，用仄聲韻的（包括換韻）就有 41 首，其中入聲韻的又占 21 首。他純用開口韻的詩不多，而用齊、合、撮口的則隨處可見。他還多次採用險韻作詩，如〈和令狐侍郎郭郎中題項羽廟〉「三江」、〈弔元盧山〉其四「九佳」、〈杏殤〉其九「三江」等。〔註 13〕

以險韻作詩，更能呼應其偃蹇困窮的生活經歷。由此可見，孟郊在用韻方面是經過反復思考、精心安排的。

（四）修辭

在〈秋懷〉詩中，孟郊將命蹇境苦的氛圍描述的糾心斷腸、催人熱淚，多賴「修辭」使用的純熟，其中，最突出者為「誇飾」的運用。如：〈秋懷〉其三：「一尺月透戶，仡栗如劍飛。」將月光灑落如此優美的情境，轉變為刀光劍影般的快速銳利，使用別出心裁。「病骨可剸物，酸呻亦成文。」（其五）「幽苦日日甚，老力步步微；常恐暫下牀，至門不復歸。」（十一）與「霜氣入病骨，老人身生冰。衰毛暗相刺，冷痛不可勝……瘦坐形欲折，腹飢心將崩」（十三）形容自己一貧如洗，老瘦得病，消瘦到骨瘦如柴，幾可剜剸，或是筋骨無法支撐軀體而碎裂開來，飢餓到內心幾乎崩解破裂，讀來驚心動魄，糾結人心。

〔註 13〕張國舉，〈孟郊的詩歌藝術及其在唐詩發展中的貢獻〉，《中國古典文學論叢》第六輯（臺北：中外文學月刊社，1976 年 3 月），頁 39。

孟郊在於「譬喻」上的運用，也十分高妙。如「席上印病文，腸中轉愁盤。」（其二）以盤轉喻哀愁，極為新穎；「商葉隨乾雨，秋衣臥單雲。」（其五）以乾雨喻商葉磨擦聲，自出機杼；「青髮如秋園，一翦不復生；少年如餓花，瞥見不復明。」（其八）以草喻髮，將人生譬喻為餓花幻象，實在絕妙；「老蟲乾鐵鳴，驚獸孤玉咆。」（十二）以乾鐵、孤玉比擬蟲鳴、獸咆聲，維妙維肖。

在「轉化」方面，「冷露滴夢破，峭風梳骨寒。」（其二）「滴」、「梳」的使用，增強驚破夜夢、寒風透骨之感；「竹風相戛語，幽閨暗中聞。」（其五）與「棘枝風哭酸，桐葉霜顏高。」（十二）營造詭譎陰森的駭人氣氛；「抽壯無一線，翦懷盈千刀。」（十二）將抽象年紀具象化為絲線，讓人喟嘆風燭殘年，憂鬱難耐。

另外，值得注意的是「商氣洗聲瘦」（十二）以聽覺摹寫表達視覺效果，製造出形體枯瘦的形象，傳達詩人失意、潦倒、思緒悲苦的情感底蘊，且〈秋懷〉詩每首皆採用「對偶」修辭，語句整齊，層次分明。孟郊常不採用賞心悅目、和諧安祥的意象作為書寫對象，反而竭力使用容易引起人們顫慄震盪的素材，對感官作強烈刺激，予人獨特的審美經驗。

（五）用語造詞

孟郊避熟就生，喜用冷僻的硬語，造成所謂的「險語」，如〈秋懷〉詩其三：「一尺月透戶，仡栗如劍飛。」以及其五：「病骨可剸物，酸呻亦成文。」「仡栗」、「剸」字眼冷僻卻別有意蘊。

進一步說明，「尚峭」是孟郊所追求的，「峭」是相對「易」而言，尚峭就是追求不平常、去熟就新。為了追求峭硬有力，孟郊出奇入古，常以剛硬、冰冷、恐怖事物作為比喻，例如：「秋月顏色冰」、「秋月刀劍稜」將秋月形容成宛如冰、刀劍般冰冷銳利；「聲響如哀彈」、「幽竹嘯鬼神」、「棘枝風哭酸」將秋風描述成如鬼哭神號般淒厲，營造冷峭、肅殺的秋景；〈秋懷〉十四：「霜氣入病骨，老人身生冰。衰毛暗相刺，冷痛不可勝。」柔軟的毫毛，孟郊寫來卻帶有刺痛人身的力量，用語猛狠峭奇，故韓愈有言：

橫空盤硬語，妥貼力排奡。〔註14〕

清人劉熙載曰：

孟東野詩，黃山谷得之，無一軟熟句，梅聖俞得之，無一熱俗句。〔註15〕

說明孟郊作品風格矯健有力，不受拘束，獨樹一幟，讀來新奇遒勁又怵目驚心。

此外，在〈秋懷〉詩十五首中，多處以「疊字」入詩，例如：「吟蟲相唧唧」（其一）、「幽幽草根蟲」（其四）、「裊裊一線命」（其五）、「單牀寤皎皎，瘦臥心兢兢。」（其六）、「織織勞無衣，喓喓徒自鳴。」（其八）、「赬珠枝纍纍，芳金蔓舒舒。」（其九）、「浪浪謝初始，皎皎幸歸終。」（其十）、「幽苦日日甚，老力步步微。」（十一）、「幽幽歲晏言，零落不可操。」（十二）、「鷕鷕伸至明，強強攬所憑。」（十三）、「夫子失古淚，當時落漼漼。詩老失古心，至今寒皚皚。」（十四）、「詈言不見血，殺人何紛紛。聲如窮家犬，吠竇何誾誾……古詈舌不死，至今書云云。」（十五），「疊字」使用頻率極高，創造出情境生動、用詞新穎的效果，孟郊功力可見一斑。

四、〈秋懷〉詩十五首之美感——以醜為美

孟郊一生運舛命乖，窮苦貧困、潦倒失意、憂愁苦痛在其筆下更顯深刻，但孟郊以獨特的取材內容與創作手法，融合豐富想像力，將掐心絞胃的題材化為絕妙精準的詩篇，營造引人入勝的情境，形成特有的衝突美感——以醜為美，以下分析之：

（一）構思傳神貼切，意象奇妙精巧

孟郊一生坎坷困頓，受盡世態炎涼，對人情世事的感受特別深刻，

〔註14〕唐・韓愈著，錢仲聯集釋，《韓昌黎詩繫年集釋》（上海：上海古籍出版社，1984年8月），卷5，頁527。

〔註15〕清・劉熙載著，《藝概・詩概》（台北：金楓出版有限公司，1986年12月），卷2，頁94。

他總是以獨特的方式抒情寫意，獨樹一幟，如〈秋懷十五首〉其二：「冷露滴夢破，峭風梳骨寒。席上印病文，腸中轉愁盤。」描寫秋露滴面、秋風冷峭，驚破夜夢，寒澈身骨，雖未明白寫出詩人家境，卻可想見家中之殘破敗壞。不僅貧寒，又身弱體病，輾轉於床褥，故有病臥在床之痕，「腸中轉愁盤」句，以盤轉比喻愁思糾腸，最為新巧。〈秋懷〉詩十三：「霜氣入病骨，老人身生冰。衰毛暗相刺，冷痛不可勝。鷕鷕伸至明，強強攬所憑。瘦坐形欲折，腹飢心將崩。」採誇飾語法，極盡誇張能事，形容老病不耐霜寒，身軀幾已凍僵，導致衰毛隱隱相刺，疼痛難忍，身體也瘦弱至將快斷折，心緒因腹中飢餓若將崩潰。誇飾修辭的使用，令病弱、飢寒之狀欲發慘烈，甚至駭人耳目。〈秋懷〉詩其九：「秋深月清苦，蟲老聲麤疏。」〈秋懷〉詩十二：「棘枝風哭酸，桐葉霜顏高。」以擬人修辭述寫秋月淒苦、秋聲哀淒、秋葉蒼黃枯槁，將無情之物渲染得情感充沛，可視為孟郊悲苦世界的反映與主觀情感的投射。孟郊將自身特有的感情透過精巧的附會傳遞給自然之物，使表現對象人格化，無疑是加深了詩歌的感染力與動人之美。

孟郊能苦思出別出心裁的意象，擅用誇飾、比喻、擬人手法，將己之悲苦愁思與物象緊密連結在一起，使物中融情、情中含物，造意遣詞新奇巧妙、傳神無比，故孟郊在〈贈鄭夫子魴〉自謂：

> 天地入胸臆，吁嗟生風雷。文章得其微，物象由我裁。〔註16〕

信手拈來，天地萬物皆是孟郊題材，體物入微得其精妙，自能隨心所欲抒情狀物，令人心生高山仰止之感。

（二）情緒強烈深沉，內容愁苦悲淒

孟郊是一位敏感激越的作家，他的詩不重視刻劃現實，而是經由主觀情感經歷浸濡詩作、表現意象，故可明顯感受到作者的情緒與理念。孟郊一生坎坷、與世不合、懷才不遇，詩成了他靈魂的呼喊與抒

〔註16〕唐．劉叉，〈答孟東野〉，清．聖祖御定，《全唐詩》，頁208。

發，故詩作常帶有困厄、挫敗、不平、飢寒、憂愁……強烈的負面情緒，加上擅常輔以色彩、質感的幫襯以將情感融入物象，所以，孟郊筆下的事物有明顯強烈的情感宣洩性，以紀錄其悲憤哀痛的人生。

如其一：「吟蟲相唧唧」、「秋露為滴瀝」，其二：「梧桐枯崢嶸，聲響如哀彈。」吟蟲、秋露、梧桐彷彿為孟郊哀鳴、哭泣，可憐他的窮愁潦倒；其三：「孀娥理故絲，孤哭抽餘思。」以孀娥自比，表達自己孤苦愁悶；其四：「秋至老更貧，破屋無門扉。一片月落牀，四壁風入衣。」描繪深秋時節，更感貧苦、家徒四壁，不勝唏噓；其六：「單牀寤皎皎，瘦臥心兢兢。」見月思故人，愈憐己之孤獨無依，心神不寧。

顯然，孟郊刻意將一切事物渲染上作者本身的思緒，故詩句中處處可見強烈卻深沉的憂鬱憤慨，充滿了陰冷化、凝重性，卻又耐人尋味。

（三）造句瘦硬奇峭，語言生僻艱澀

孟郊以苦吟的態度雕琢出瘦硬苦寒的語言，喜用冷僻艱澀的字彙或古典詞語，有時為了加強效果，甚至使用極少套用於詩歌的詞彙入詩，如：〈秋懷十五首〉：「一尺月透戶，仡栗如劍飛。」「病骨可剸物，酸呻亦成文。」「仡栗」、「剸」字眼冷僻卻更添意蘊；〈秋懷十五首〉其十二：「棘枝風哭酸，桐葉霜顏高。」意境陰冷卻增加感染力。又喜愛以堅硬寒冷事物入詩，如：「秋月顏色冰」、「秋月刀劍稜」增添孤苦氣息。

孟郊體物細微、經歷多舛，融入「苦吟」態度，字字句句可謂由血淚編織，嘔心絞腦而成，並常在日常用語中發覺新意，故杜甫〈江上值水如海勢聊短述〉：「為人性僻耽佳句，語不驚人死不休！」也可稱為孟郊的寫照。故唐代貫休在〈讀孟郊集〉中評孟郊：

> 清刳霜雪髓，吟動鬼神司。〔註 17〕

〔註 17〕李建崑，〈論孟郊秋懷詩十五首〉，《興大中文學報》（1996 年 1 月），頁 243。

宋朝魏泰在《臨漢隱居詩話》說：

孟郊詩蹇澀窮僻，琢削不暇，真苦吟而成。〔註 18〕

可證明孟郊詩歌語言有別於傳統優美和諧的風格，是刻意的、琢磨的；不同於傳統的輕鬆愉快，是凝重的、陰沉的；分別於傳統的高雅韻致，是瘦硬的、苦寒的，自成一格。

孟郊「以醜為美」，其語言使用與意象創造非常突出，致使負面題材在其筆下皆化為觸動人心、精采絕倫的詩篇，他打破傳統清新、明麗、淡雅、灑脫、雄健、豪邁的美感，代之以峭拔、雕刻、險峻、貧寒、陰冷的意境，在中國文學史上佔有一席之地。

五、結語

孟郊生平坎坷多舛、貧寒潦倒，在〈秋懷〉詩十五首中能見到明顯完整的描述，故在創作上提倡「苦吟」，以苦心造詣、搜索枯腸的態度，艱澀生硬的文字，拗折低咽的音韻，反覆錘鍊雕刻詩歌，期能吟唱出人生的潦倒失意與痛苦磨難，形成寒瘦峻峭的詩風。

依據內容表述特色，〈秋懷〉詩十五首大致可分為三種類型：由景入情——敘寫老弱貧病之情景，乃先營造零落哀戚的情景，沉鬱讀者情緒，並注入作者情思，使全部景語皆情語，再步步渲染情、添愁，使人如臨其境、同感其痛，言有盡而意無窮，情思無限，悲苦滿懷，充滿婉曲之美。直抒己懷——抒發憂愁體悟之感，直接呈現孟郊蒼老、體弱、病重、家貧、心煩、感悟……，不但興起讀者強烈的憐憫之心，也使人內心大受衝擊，呈現「不美之美」；另外，也可見到孟郊用其血淚體悟出權衡時勢、戒言修身的智慧結晶、處事態度，相較於前類，蘊含的理趣較多，可為後世規準。議論批判——堅守執古慎言之道，為孟郊少數跳脫以自身為題材，轉而力矯時弊、關懷現實風氣的作品，勸諫時人保持古樸之心、避免傷人之詈言，不見秋景或藉景抒情，反

〔註 18〕宋・魏泰，《臨漢隱居詩話》，收於清・何文煥編，《歷代詩話》上（台北：木鐸出版社，1982 年 2 月），頁 321。

而語氣強烈，富有教化意義。

表述手法方面，孟郊除了以正統五言古詩「上二下三」的句式表現外，可將「一片月落床，四壁風入衣」（其一）斷句為「上三下二」的句式，更點綴變化之美。句法上，不但精鍊巧妙，又有迴旋反覆之處，層層剝解、步步深入，說理透徹精闢，頌讀琅琅上口。音韻上，皆屬平聲韻，具有憂愁淒清之感，值得注意的是在〈秋懷〉其二裡，採用少有人用的第十四韻部「寒」韻。修辭上，擅用誇飾、譬喻、擬人，造成強烈感官刺激，予人獨特審美感受。用語造詞上，尚峭、喜用「險語」、「疊字」，達到貼切生動的效果。

孟郊取材內容與創作手法別具一格，形成獨特的「以醜為美」：構思傳神貼切，意象奇妙精巧，擅用誇飾、比喻、擬人手法，將己之悲苦愁思與物象緊密結合，使物中有情、情中有物，造意遣詞新奇巧妙、傳神無比。且孟郊一生坎坷、與世不合，詩歌為他靈魂的呼喊與宣洩，故詩作中有困厄、挫敗、不平、飢寒、憂愁……強烈負面情緒，內容愁苦悲淒。不僅如此，其以苦吟態度雕琢出瘦硬奇峭的語言，喜用冷僻艱澀的字彙或古典詞語，呈現特殊審美意境。

現今經濟階層懸殊，尚有重多寒窮悲苦者須要大眾伸出援手，孟郊作品正可激發吾人惻隱之心，不僅在詩歌史上有劃時代的貢獻，且對國家有以古鑑今之效，價值不菲。

六、參考書目

（一）專書

1. 後晉・劉昫等撰，《舊唐書》（北京：中華書局，1975年5月）。
2. 南朝・劉勰著，《文心雕龍》（貴州：貴州人民出版社，2008年9月）。
3. 唐・韓愈著，馬其昶校注，《韓昌黎文集校注》（台北：世界書局，1900年1月）。
4. 唐・韓愈著，錢仲聯集釋，《韓昌黎詩繫年集釋》（上海：上海古籍出版社，1984 年 8 月）。

5. 清．劉熙載著，《藝概．詩概》（台北：金楓出版有限公司，1986 年 12 月）。
6. 邱燮友、李建崑校注，《孟郊詩集校注》（台北：新文豐出版社，1997 年 10 月）。
7. 唐．劉叉，〈答孟東野〉，收於清．聖祖御定，《全唐詩》（台北：文史哲出版社，1978 年 12 月）。

（二）學位論文

1. 劉竹青，《孟郊、賈島詩比較研究》（台北：台灣師範大學中文研究所碩士論文，1995 年）。
2. 張慧珍，《孟郊詩歌研究》（台中：靜宜大學中文研究所碩士論文，2000 年）。
3. 王麗雅，《孟郊、韓愈奇險詩風比較研究》（台北：輔仁大學中文研究所碩士論文，1984 年）。

（三）期刊論文

1. 鍾曉峰，〈論孟郊的詩人意識與自我表述〉，《淡江中文學報》（2009 年 6 月）。
2. 施寬文，〈孟郊在韓孟詩派的地位〉，《南台科技大學學報》（2002 年 3 月）。
3. 李建崑，〈論孟郊秋懷詩十五首〉，《興大中文學報》（1996 年 1 月）。
4. 張國舉，〈孟郊的詩歌藝術及其在唐詩發展中的貢獻〉，《中國古典文學論叢》第六輯（台北：中外文學月刊社，1976 年）。
5. 舒紅霞，〈論孟郊詩歌審美意境的內核結構〉，《陝西師大學報》第 3 期第 2 卷（1994 年 9 月）。
6. 李芳民，〈略論孟郊的心態與山水詩創作的審美追求〉，《西北大學學報》第 86 期第 25 卷（1995 年 1 月）。

7. 杜道群，〈試論孟郊詩歌怪誕美的成因〉，《吉安師專學報》第 2 期第 19 卷（1998 年 4 月）。
8. 景遐東，〈論孟郊詩歌的意象創造〉，《湖北師範學院學報》第 2 期第 18 卷（1998 年）。
9. 霍建波，〈論孟郊詩歌的創新〉，《唐都學刊》第 3 期第 20 卷（2004 年 5 月）。